Scheffler Verlag

Rita Monika Hirsch

Die Mitte

des

Augenblicks

*Mit herzlichen Grüßen
und allen guten Wünschen*

Roman

Rita Monika Hirsch

17. 08. 2009

Impressum

Scheffler-Verlag
Herdecke 2000

Umschlaggestaltung: Stefano Libertini, Mailand

Hirsch, Rita Monika

Die Mitte des Augenblicks: Roman

ISBN 3-89704-123-5

Zu diesem Buch:

Anna-Ruth ist tief betroffen, als sie erfährt, daß ihr väter-licher Freund Otto vor einiger Zeit verstorben ist. Obgleich Otto ihr nun keine emotionale Stütze mehr sein kann und sie zu spät erkennt, daß sie einem „Engel" begegnet ist, weiß sie, welch' kostbares Geschenk er ihr hinterlassen hat: eine Quelle voller Lebensweisheiten, aus der sie immer wieder schöpfen kann.

Er war es, der sie gelehrt hat, nicht im Gestern oder Mor-gen zu leben, sondern im Heute – in der Mitte des Augenblicks. Otto vertraute sie ihre Probleme mit ihrem Freund Erhard an, der ihre gemeinsame Beziehung mit Unehrlichkeiten, Vertrauensbrüchen und bewußten Täu-schungen belastete, und er riet ihr, ihr Weltbild nicht an der Realität zerbrechen zu lassen, sondern die Zeit für sich arbeiten zu lassen.

Tatsächlich scheint sich zwischen beiden wieder alles einzurenken, und Erhard spricht sogar von Heirat. Aber kurz nach dem gebuchten Urlaub auf die Insel Ischia läuft wieder alles schief, und Anna-Ruth trennt sich von Erhard. Dennoch schlägt sie ihm vor, den Urlaub doch noch gemeinsam anzutreten.

Just aber in dieser Zeit gerät ihre Welt aus den Fugen, denn sie droht auf einem Auge zu erblinden. Sie begreift, daß Dinge plötzlich Gewicht erlangen können, an die man vor kurzer Zeit noch gar nicht dachte.

Wenngleich Anna-Ruth und Erhard sorglose Urlaubs-wochen auf Ischia verbringen, bleibt Erhard für sie eine „harte Nuß". Doch sie bereut keine der Erfahrungen, denn jede einzelne fördert ihre Fähigkeit, aus dem Erlebten zu lernen, eine „innere Mitte" zu finden.

Die Welt ist einem Fährboot zu vergleichen,

drin Leute auf der Fahrt zusammen steh'n,

die, wenn sie nach der Fahrt vom Boote steigen,

sich gleich zerstreu'n und nie sich wiederseh'n.

Was steigst du, Mullah, auf das Minarett?

Gott ist nicht taub. Er hört dich hier.

Um Seinetwillen rufst du zum Gebet.

Such Ihn in deinem Herzen, spricht Kabîr.

Ich wollte Otto anrufen, aber ich fand den Zettel mit seiner Telefonnummer nicht mehr, und im Telefonbuch war er nicht eingetragen, wie ich wußte. Daß er sich nicht meldete, erweckte in mir ein ungutes Gefühl. Was war da vorgefallen?

Um das herauszufinden, fuhr ich ein paar Tage später nach Bavenheim, wo er in einem zweihundert Jahre alten Fachwerkhaus wohnte, das er im vergangenen Jahr gekauft hatte.

Schmiedestraße 15. - Ich fand das Haus, doch an dem weißen Briefkasten, der am Gartenzaun angebracht war, stand ein anderer Name: „Schwarze". Was hatte denn das zu bedeuten?

Ich öffnete die Gartenpforte und ging auf dem Plattenweg bis zum Eingang. Auch auf dem Klingelschild entdeckte ich nur den Namen Schwarze.

„Herr Assmann ist tot", erklärte mir der junge Mann, der auf mein Klingeln in der Tür erschien. „Ich habe das Haus im vorigen Monat von seiner geschiedenen Frau, der er es überschrieben hatte, gekauft. Mehr kann ich Ihnen leider nicht sagen."

„Tot?" wiederholte ich verständnislos. Warum war denn Otto tot?

Der junge Mann konnte mir diese Frage nicht beantworten. Er hatte Otto Assmann nicht persönlich kennengelernt.

Mit dieser Nachricht ging ich langsam zum Auto zurück, setzte mich hinein, fuhr aber noch nicht los. Konnte es wirklich wahr sein, daß Otto gestorben war? Aber warum sollte wohl sonst ein anderer sein Haus bewohnen?

Ich drehte mich noch einmal um und schaute ungläubig das Haus an, das ihm gehört hatte. Erst nach einer geraumen Zeit startete ich den Wagen.

Irgendwie mußte ich in Erfahrung bringen, an welchem

Tag Otto gestorben war und wo sich sein Grab befand. Wenn es sich wirklich so verhielt, wollte ich ihn wenigstens noch einmal auf dem Friedhof besuchen.

Tags darauf rief ich deshalb die Stadtverwaltung an und ließ mich mit der Abteilung verbinden, die für Sterbefälle zuständig war.

„Sind Sie eine Verwandte von Herrn Assmann – seine Tochter oder seine Ehefrau?" wurde ich gefragt.

Da ich weder das eine noch das andere war, erhielt ich keine Auskunft.

Die Verwaltung des Nordfriedhofes erklärte mir mit Bestimmtheit, daß ein Otto Assmann dort nicht beerdigt worden sei. Es blieb also nur noch der Südfriedhof.

Hoffentlich hat ihn seine geschiedene Frau nicht überführen lassen, dachte ich. Wie mir bekannt war, wohnte sie irgendwo weit entfernt.

Beim Südfriedhof bekam ich schließlich eine brauchbare Antwort. „Hier ist er auch nicht beerdigt. Aber seine Nachbarin, Frau Großherr, kann Ihnen sicher Näheres dazu sagen."

Ich notierte mir die Telefonnummer, und am Abend rief ich jene Frau Großherr an.

„Hier ist Anna-Ruth Dressler", stellte ich mich vor und erklärte ihr, weshalb ich mich nach Otto Assmann erkundigte. Von ihr erfuhr ich, daß er vor drei Monaten gestorben war. Das genaue Datum konnte sie jedoch nicht angeben.

„Ich möchte gern sein Grab besuchen", sagte ich so ruhig wie möglich. „Wissen Sie, wo ich es finden kann?"

„Möglicherweise gibt es gar kein Grab", entgegnete sie. „Wenn ich mich recht erinnere, ist er auf der „grünen Wiese" beigesetzt worden. Ich will mich aber deswegen sicherheitshalber bei einer Bekannten erkundigen. Rufen Sie mich morgen mittag noch einmal an."

Am nächsten Tag hatte ich die Gewißheit: Otto war tatsächlich anonym beerdigt worden. Es gab kein Grab. Nichts mehr war von ihm geblieben – nur noch meine Erinnerung.

Nur 65 Jahre war er alt geworden, hatte mir Frau Großherr erzählt. Aber das Traurige war: Ich hatte ihn „verpaßt", und nun konnte ich ihn nicht einmal mehr auf dem Friedhof finden.

Daß man einem Engel begegnet ist, erkennt man meistens erst dann, wenn er gegangen ist.

Kapitel 1

Er war etwas ganz Besonderes – dieser Otto Assmann. Seine schwarzen Locken, seine tief dunklen, fast schwarzen Augen und seine leise, bedächtige Stimme. Sein Auftreten war immer dezent, nie laut. Dennoch strahlte er Souveränität und Würde aus. Man übersah ihn nicht, wenn man ihm begegnete. Er hatte es nicht nötig, auf sich aufmerksam zu machen. Freiwillig blieb er im Hintergrund. Es waren immer die anderen, die ihn nach vorn holten.

Otto sprach nicht viel über sich selbst, aber er war ein hervorragender Zuhörer, und seine Ratschläge in Problemsituationen, gleich welcher Art, waren immer hilfreich. Er konnte das Gefühl vermitteln, daß alles gar nicht so schlimm war, wenn man ihm die Schwierigkeiten, die einen belasteten, erzählt hatte.

„Du mußt heute leben", sagte er ruhig. „Nicht gestern oder morgen, sondern heute – in der Mitte des Augenblicks."

Wir saßen uns in seinem geräumigen Wohnzimmer, das mit antiken Möbeln eingerichtet war, gegenüber: ich auf dem Sofa und Otto in einem wuchtig aussehenden Sessel. Er hatte Kaffee gekocht, der wie immer sehr stark war, und er rauchte bereits die vierte Zigarette seit meiner Ankunft.

„Es gibt in jeder Woche zwei Tage, über die wir uns keine Sorgen machen sollten", sprach er weiter, „zwei Tage, die wir freihalten sollten von Angst und Bedrükkung. Einer dieser beiden Tage ist das Gestern mit all seinen Fehlern und Sorgen, geistigen und körperlichen Schmerzen. Das Gestern ist nicht mehr unter unserer Kontrolle. Alles Geld dieser Welt kann das Gestern nicht zurückbringen. Wir können keine einzige Tat ungeschehen machen und nicht ein Wort zurücknehmen, das wir gesagt haben. Das Gestern ist vorbei."

Er nahm einen Schluck von dem heißen Kaffee und fuhr dann nachdenklich fort.

„Der andere Tag, über den wir uns keine Sorgen machen sollten, ist das Morgen mit seinen möglichen Gefahren, Lasten, großen Versprechungen und weniger guten Leistungen. Auch das Morgen haben wir nicht unter unserer augenblicklichen Kontrolle. Morgen wird die Sonne aufgehen, entweder in ihrem vollen Glanz oder hinter einer Wolkenwand. Aber eines steht fest: Sie wird aufgehen. Bis sie aufgeht, sollten wir uns nicht über das Morgen Sorgen machen, weil es noch nicht geboren ist.

Da bleibt nur ein Tag übrig: heute! – Jeder Mensch kann nur die Schlacht eines einzigen Tages schlagen. Daß wir manchmal zusammenbrechen, geschieht nur, wenn wir die Last dieser zwei fürchterlichen Ewigkeiten – gestern und morgen – zusammenfügen. Es ist nicht die Erfahrung von heute, die die Menschen verrückt macht. Es ist die Reue und die Verbitterung über etwas, das gestern geschehen ist, oder die Furcht vor dem, was das Morgen bringen wird. Heute ist das Morgen, worüber wir uns gestern Sorgen gemacht haben."

Er lächelte mir über den schweren, dunklen Holztisch hinweg zu. Er hatte eine eigene Art zu lächeln, die sich hauptsächlich durch seine Augen vollzog, und ich hatte das Gefühl, daß er sich vergewissern wollte, daß ich ihm gedanklich gefolgt war.

Damals wohnte er noch in seiner Eigentumswohnung am Weinberg, die er später verkaufte, um in sein neues „altes Haus" zu ziehen.

„Kennst du das auch", begann ich. „Du wünschst dir etwas von ganzem Herzen – mehr als alles auf der Welt.

11

Du wartest und hoffst und betest, aber es passiert nichts. Da sich nichts erzwingen läßt, hakst du deinen heißersehnten Traum eines Tages ab und hörst auf zu warten und an die Erfüllung zu glauben.

Und dann geschieht das Eigenartige: Wenn du später doch noch bekommst, was dir so viel bedeutet hat, kannst du dich nicht mehr darüber freuen. Du brauchst es nicht mehr. Der Wunsch ist beendet. Zu dem Zeitpunkt, wo du es gebraucht und dich darüber gefreut hättest, hast du es nicht erhalten. Nun kommt es zu spät."

Otto hatte mir aufmerksam zugehört. Jetzt zündete er die fünfte Zigarette an und blies den Rauch durch die Nase.

„Du rauchst zuviel", sagte ich besorgt.

„Ich weiß", gab er kleinlaut zu. „Ich trinke auch zuviel Kaffee – zuviel und zu stark. Aber die guten Vorsätze halten immer nur so lange, bis sie mit unseren Leidenschaften in Konflikt geraten, und ziehen dann jedesmal „den kürzeren"."

Ich kam wieder auf unser Thema zurück. Zwar war mir bekannt, daß Otto nicht sehr verschwiegen war – mit der gleichen Selbstverständlichkeit, mit der er manchmal von den Problemen und Schwierigkeiten seiner Freunde erzählte, würde er auch ihnen gegenüber das eine oder andere Wort aus unserem Gespräch fallenlassen – doch er ging nie in Einzelheiten, und da ich das wußte, störte es mich nicht.

„Es verhält sich wie mit einem Kind und einer Puppe: Irgendwann ist das Kind zu alt geworden für die Puppe, die es sich lange Zeit vergeblich gewünscht hat."

Otto zeigte sich belustigt über meinen Vergleich. „Das muß nicht unbedingt richtig sein", meinte er und wies mit der Hand zu einem schwarzen Ledersessel hinüber, auf dessen Rückenlehne eine altertümlich gekleidete Puppe mit einem Porzellankopf saß. Er sah mich dabei unentwegt an, ob ich nicht etwa glaubte, er habe mich nicht verstanden. Otto verstand immer.

„Wie alt bist du, Anna-Ruth?" fragte er, obgleich ich ziemlich sicher war, daß er es wußte.

„Vierunddreißig", erklärte ich tonlos.

„Und kein bißchen weise." Er sah mich in einer leicht mitleidigen Art an.

"Warum auch? Schließlich bin ich nicht Laotse."

Es klang ein wenig frech. Ich merkte es erst, als es heraus war. Aber Otto hatte die Antwort provoziert. Er stützte die Fingerkuppen seiner beiden Hände gegeneinander, schaute eine Weile schweigend auf sie hinunter und ließ die Hände dann locker in den Schoß fallen.

„Es gibt ein altes Kinderlied, das mir gerade einfällt", sagte er bedächtig. Dann sang er es mir vor:

> „Alles muß klein beginnen.
> Laß etwas Zeit verrinnen.
> Es muß erst Kraft gewinnen –
> und endlich ist es groß."

„Ja, die Probleme aber leider auch", wandte ich ein. Und dann erzählte ich ihm von meinem Freund Erhard.

Kapitel 2

Erhard Mengel war zwölf Jahre älter als ich, wie er mir erklärte. Später stellte es sich jedoch heraus, daß er mich um ein Jahr beschwindelt hatte, denn tatsächlich betrug unser Altersunterschied dreizehn Jahre. Auf das eine Jahre wäre es nun wirklich nicht angekommen. Ich verstand seine Unaufrichtigkeit deshalb nicht.

Er war in Berlin geboren und aufgewachsen, was unschwer aus dem typischen Berliner Akzent herauszuhören war, den er bis heute beibehalten hatte.

Obwohl er das einzige Kind seiner Eltern war, bestand keine allzu enge Beziehung zu ihnen, und was an familiärer Bindung noch vorhanden war, hatte sich gänzlich zerschlagen, als sich Erhard nach fünfjähriger Ehe von seiner Frau Brita und seinem Sohn Jörg trennte.

Seitdem war einige Zeit vergangen, und nun hatte ich mich in Erhard Mengel verliebt – oder besser gesagt: in die Vorstellung, die ich von ihm hatte. Er war einen Meter vierundachtzig groß, besaß eine schlanke, aber kräftige Figur, dichtes, hellbraunes Haar und hellblaue Augen.

Erhard wohnte in Schwarzwiek, Maibaumstraße 14, in der ersten Etage. Um ihn zu besuchen, mußte ich achtzig Kilometer fahren – so weit lagen Schwarzwiek und Kronsberg, wo ich zu Hause war, voneinander entfernt – aber das war nicht der Rede wert. Ich hatte mein kleines grasgrünes Auto mit der zinnoberroten Beifahrertür, die nach dem letzten glatteisbedingten Unfall eingesetzt worden war, weil in der passenden Farbe keine zu bekommen gewesen war. Doch ich hatte entschieden, daß sie ihre Farbe behalten sollte, obwohl Erhard es lieber gesehen hätte, wenn ich sie farblich wieder angeglichen hätte.

„Mit dem Auto fällst du doch überall auf", meinte er wichtig.

„Na und? Warum denn auch nicht? Ich wollte schon immer mal etwas Besonderes sein", erklärte ich nüchtern, und somit behielt die Tür ihre rote Farbe.

Als gelernter Konditor verstand er es, exzellente Sahnetorten zu fertigen. Von Zeit zu Zeit erfreute er seine Nachbarn, ein altes, gebrechliches Ehepaar, das in derselben Etage wohnte, zum Wochenende mit ein paar Kostproben.

Heute arbeitete er nicht mehr in diesem Beruf. Eine Umschulung zum Radio- und Fernsehtechniker hatte ihn auf einen anderen Weg gebracht.

Die Arbeit stellte auch seine einzige Freizeitbeschäftigung dar. Nach Feierabend reparierte er Fernsehgeräte in seiner Wohnung, und dieser Tätigkeit galt sein uneingeschränktes Interesse. Der kleine Raum, der von anderen Leuten normalerweise als Kinderzimmer genutzt wird, war bei ihm zu einem Ersatzteillager von chaotischstem Ausmaß zweckentfremdet worden, weshalb er peinlichst genau darauf achtete, daß die Tür zu diesem Raum stets geschlossen blieb. Auch mir hatte er freiwillig keinen Blick dort hinein gewährt.

Eigentlich war Erhard das genaue Gegenteil von mir. Wollte ich alles aufzählen, was mir im Leben wichtig war, ihn jedoch nicht interessierte, käme man zu dem Schluß, daß es mehr Dinge gab, die uns trennten, als die, die uns zusammenfügten. Er las keine Bücher, war nicht musikbegeistert wie ich, Spaziergänge, selbst kleinere, waren ihm zu anstrengend, und einen Fotoapparat besaß er erst gar nicht. Wir waren nie im Kino gewesen und hatten kein einziges Theaterstück oder Konzert zusammen besucht, was mir im Laufe der Zeit zunehmend fehlte.

Statt dessen schwärmte er für Wasserski. Doch ohne die Möglichkeit zu haben, diese Sportart auszuüben, blieb es nur ein Traum, den ich aber nicht mit ihm teilte – ebensowenig wie seine Begeisterung für die Bastelei an den Fernsehgeräten.

Das einzige, das wir beide gleichermaßen liebten, war das Tanzen. Erhard war ein guter Tänzer, und an manchen Samstagabenden gingen wir ins „Mirage" oder zu „Jonathan". Zugegeben – das waren die Stunden, die uns einander näherbrachten, doch darüber hinaus blieb er mir fremd.

„Ein gewisses Maß an Unkenntnis vom anderen ist die Voraussetzung dafür, daß zwei Menschen Freunde bleiben", hatte Otto gemeint, als ich ihm meine Zweifel anvertraute.

Nach dieser Erklärung hatte ich ihn eine Weile stumm angesehen.

„Es ist überhaupt nicht so, wie ich es mir vorgestellt habe", sagte ich dann.

„Das ist es nie", hatte Otto weise geantwortet.

Kapitel 3

Mitte April. Es war so warm, daß die Luft wie ein Mantel wirkte. Die Jacke über dem Arm, die graue Reisetasche, die ich für das Wochenende bei Erhard gepackt hatte, neben meine Füße gestellt, drückte ich auf den Klingelknopf neben dem Namensschild „Mengel".

Erhard hantierte mit Wischeimer und Besen im Hausflur herum, als ich die Treppen heraufkam.

„Ich bin gleich fertig", verkündete er, ohne sich stören zu lassen.

Ich war stehengeblieben und wollte warten. Aber er trat zur Seite, damit ich an ihm vorbeigehen konnte.

Der Fußboden der kleinen Küche war noch naß. Ich bemerkte es erst, nachdem ich zum Fenster gegangen war, um von oben einen Blick auf mein grün-rotes Auto zu werfen, das direkt vor der Haustür parkte. Vorsichtig stapfte ich wieder zurück.

Erhard hatte abgewaschen. Das Geschirr stand noch zum Trocknen umgedreht in der Spüle. Um so mehr erstaunte mich die Unordnung auf seinem Wohnzimmerschrank. Anstatt die offenen Fächer mit hübschen Gegenständen zu dekorieren, hatte Erhard Ablageflächen daraus gemacht. Dort standen die Reste eines uralten Plattenspielers, mehrere Bierdeckel lagen herum, dazwischen Streichholzschachteln, eine Glühbirne, eine aufgerissene Tafel Schokolade, zur Hälfte gegessen, einzelne Wäscheklammern, zerknülltes Papier und Zeitungen.

„In meinem Chaos steckt Methode", verkündete Erhard plötzlich hinter mir.

Erschrocken fuhr ich herum. Ich hatte ihn nicht kommen gehört. Sein Gesicht ließ den Eindruck entstehen, als freute er sich über die Unordnung. Oder sollte es als

Entschuldigung gelten?

„Findest du nicht, daß du es ein bißchen übertreibst?" fragte ich deshalb.

„Du bist doch nicht hergekommen, um das herauszufinden", meinte er gepreßt. Sein Tonfall ließ keine Schlüsse zu, ob er ärgerlich oder belustigt war oder ob er es als peinlich empfand. Jedenfalls wechselte er schnell das Thema.

„Ich habe eine Einladung bekommen, die mit zwei Aufträgen verbunden ist", erklärte er und wartete darauf, daß ich Interesse für nähere Einzelheiten zeigte. Aber ich tat ihm den Gefallen nicht, weil ich mit dem Wort „Aufträge" unweigerlich Fernsehreparaturen in Verbindung brachte. Doch diesmal war das ausnahmsweise nicht der Fall.

„Es ist eine Einladung zur Konfirmation meines Sohnes Jörg", sagte er, ein wenig enttäuscht darüber, daß ich keinerlei Fragen gestellt hatte, und ich stellte auch jetzt, da ich wußte, worum es sich handelte, keine Fragen. Ich war sicher, daß diese Einladung nicht mir galt.

Es war mir ohnehin unerklärlich, aus welchem Grunde sich Erhard von seiner Frau hatte scheiden lassen. Daß er noch immer an ihr hing, sie noch immer liebte, war so offensichtlich, daß ich mitunter Schwierigkeiten hatte, diese Tatsache zu akzeptieren.

Brita hat dies gemacht, Brita hat das gesagt, Brita hat solche Kleider getragen, mit Brita bin ich dorthin gefahren... Das mußte ich mir unzählige Male anhören. Es schien, als gab und gäbe es noch immer keine andere Frau für Erhard als seine Brita. Doch warum hatte er sich dann scheiden lassen?

Ich hatte ihn gebeten, solcherlei Worte etwas einzuschränken, um bei mir nicht ständig die Befürchtung aufkommen zu lassen, daß ich neben dieser „Superfrau" erst gar nicht bestehen konnte. Immerhin war ich jetzt seine Partnerin – von der anderen hatte er sich getrennt. Seitdem waren seine Lobreden auf Brita weniger geworden.

Bei den beiden Aufträgen, erklärte mir Erhard, handele es sich um die Herstellung von Sahnetorten für die Feier sowie um eine Transportaktion größeren Ausmaßes. Das weckte meine Neugier.

„Meine Eltern sind zur Zeit in Grömitz", sagte Erhard. „Meine Mutter leitet dort eine Seniorenfreizeit der Kirche. Natürlich möchten sie als Großeltern bei der Konfirmation ihres einzigen Enkels mit dabei sein. Das Problem ist nur, daß die Seniorenfreizeit noch nicht zu Ende ist, und als Leiterin kann man nicht so einfach ein paar Tage weggehen."

Er machte eine Pause und sah mich an. Als ich nichts einwandte, erzählte er weiter.

„Sie haben mich gebeten, sie mit dem Auto abzuholen und am Sonntag nach dem Kaffeetrinken wieder nach Grömitz zurückzubringen."

Ich zog die Stirn in Falten. „Eine ganz schöne Zumutung", fand ich.

„Nicht, wenn du dich entschließen könntest mitzukommen, so daß wir uns beim Fahren abwechseln, zumal wir, wenn wir die beiden bei den Senioren abgeliefert haben, gleich wieder zurückfahren müssen. Ich kann für den Montag keinen Urlaub beantragen."

„Na prima", sagte ich leicht verärgert, weil mir klar war, daß er meine Mithilfe bereits fest eingeplant hatte. Ich konnte ihn doch nicht allein an einem Tag je zwei Hin- und zwei Rückfahrstrecken fahren lassen. Darüber hinaus bedeutete es, daß ich auch an der Konfirmationsfeier würde teilnehmen müssen, was mir widerstrebte. Zwar war ich trotz allem ein bißchen neugierig auf diese

Superfrau Brita, dennoch wollte ich ihr nicht unbedingt persönlich begegnen. Ich fürchtete, daß Erhard sie mir allzu stolz präsentieren würde, anstatt mich mit einem vergleichbaren Stolz als seine neue Partnerin vorzustellen.

Als ich diese Vermutung offen aussprach, erklärte er sachlich, Brita habe seit langem einen neuen Mann, Robert, den ich bei dieser Gelegenheit auch kennenlernen würde. Allein aus dieser Tatsache heraus seien meine Befürchtungen unbegründet.

Wie dem auch sei – er hatte gewonnen. Hätte ich jetzt noch nein sagen sollen?

„Damit es nicht zu anstrengend wird, fahren wir einen Tag eher von hier los, übernachten in der Nähe von Grömitz und holen meine Eltern am Sonntagmorgen ab."

Er hatte alles genau überlegt und war bemüht, meine Zweifel zu zerstreuen. Doch ein ungutes Gefühl blieb in mir bestehen.

Kapitel 4

Wir fuhren am Samstagvormittag um 9.30 Uhr in aller Ruhe los. Die Sonne schien, und es war warm. Das ungute Gefühl, das noch vor ein paar Tagen vorhanden gewesen war, hatte einer frohen Stimmung Platz gemacht, für die das Frühlingswetter gesorgt hatte. Die Vögel sangen, und ich hätte auch singen mögen, denn nach den langen Wintermonaten war dies der erste Ausflug, den wir unternahmen.

Um diese Zufriedenheit nicht zu beeinträchtigen, versuchte ich, den Anlaß unserer Fahrt in den Hintergrund zu drängen. Otto hatte gesagt: die Mitte des Augenblicks erleben, nicht vorwärts- und nicht rückwärtsschauen – wenigstens nicht allzu weit.

Heute abend würde ich Erhards Eltern kennenlernen, und ich hoffte, einen guten Eindruck zu hinterlassen. Die heimliche Frage, ob sie mich wohl mögen würden, beschäftigte mich mehr, als ich zugeben wollte. Ich wußte, daß Erhard zumindest zu seiner Mutter ein getrübtes Verhältnis hatte. Aber vielleicht konnte ich dazu beitragen, daß sich die Beziehung der beiden künftig besserte, auch wenn er meinte, daß so etwas nicht „in sein System passe".

Wir hatten uns entschlossen, nicht in Grömitz zu übernachten, sondern in einem kleineren Ort ein Zimmer zu suchen. Ein Haus war uns dadurch aufgefallen, daß im Garten ein altes Straßenschild stand, auf dem mit verschnörkelter Schrift „Präsidentstraße" zu lesen war. Als der Hausherr Erhards Berliner Dialekt vernahm, bot er uns um so bereitwilliger ein Zimmer an und fiel sogleich in Erhards Tonfall mit ein.

„Berliner unter sich", sagte er und schlug freudig mit

dem Rücken der einen Hand in die Handfläche der anderen. „Immer, wenn ich Berliner Gäste habe, wird draußen im Garten die Berliner Flagge gehißt."

Er griff nach einem zusammengelegten Stück Stoff auf einer Kommode im Flur und nahm sich die Zeit, dieses an der Fahnenstange im Garten hochzuziehen, ehe er uns das Zimmer zeigte.

„Gäste bringen Abwechslung in das gemächliche Leben von uns „Dörflern". Man muß doch mit den anderen Schritt halten", erklärte er.

Am Abend fuhren wir nach Grömitz, um Erhard Eltern zu treffen. Ich sah der Begegnung mit ihnen recht gelassen entgegen, und auch Erhard machte kein Trara daraus. Ein kurzes Telefongespräch, um mitzuteilen, daß wir hier waren – dabei blieb es.

Erhards Vater lernte ich an diesem Abend noch nicht kennen; die Mutter kam allein. Ihr Mann habe sich bereits hingelegt, sagte sie. Er fühle sich nicht gut heute. Konnte es vielleicht zutreffen, daß er gar nicht sonderlich daran interessiert war, mich kennenzulernen und daß er deshalb zunächst seine Frau vorgeschickt hatte, um mich in Augenschein zu nehmen? Mir war klar, daß es für einen ersten Eindruck keine zweite Chance geben würde.

Der Himmel sah aus, als hätte ihn ein Kind mit Wasserfarben betupft, als wir zu dritt in Richtung Kurhaus gingen. Erhard war um keine Unterhaltung mit seiner Mutter bemüht, was mich ein wenig verwunderte. Schließlich hatte er sie lange nicht gesehen. Doch das schien keine Rolle zu spielen. Unsere Begegnung wirkte deshalb ein wenig zwanghaft, und Erhard tat nichts dazu, um die Situation zu entspannen.

Seine Mutter dagegen erzählte munter von der Seniorenfreizeit, um die Leere, die deutlich spürbar wurde, zu überspielen. Sie war eine kleine, rundliche

Person mit ergrauten Haaren, und ich konnte mir gut vorstellen, daß sie das Amt als Leiterin der Seniorenfreizeit bestens ausfüllte.

Weder hegte ich eine spontane Begeisterung für sie noch lehnte ich sie ab. Mein erster Eindruck von ihr war recht neutral und eher zum Positiven hin ausbaufähig. Wollte ich mit ihrem Sohn zusammenbleiben, war es wichtig, auch mit ihr als Mutter ein gutes Verhältnis zu pflegen. Doch Erhard verhielt sich sehr gleichgültig.

Nach einem kurzen Spaziergang ans Wasser verabschiedeten wir uns voneinander, und ich merkte, daß Erhard heimlich aufatmete. Er war froh, die angestrebte Distanz beibehalten zu können. Offensichtlich wollte er seiner Mutter nicht näherkommen. Im Nu saßen wir im Auto und fuhren davon. Es war, als hätte jemand „avanti" gesagt. Kein Wort fiel mehr über unsere Begegnung und das erste Kennenlernen.

Unser Vermieter hatte uns „Familienanschluß" angeboten, da wir die einzigen Gäste waren, und so verbrachten wir den Rest des Abends gemütlich in seinem Wohnzimmer. Er erzählte uns, daß er das Straßenschild im Garten von einem Berliner Polizisten geschenkt bekommen habe. Danach zeigte er uns mit sichtlichem Stolz ein Album mit Fotos seiner Pensionierung als Marinesoldat und freute sich, daß wir es interessiert anschauten.

Ich vergaß das gespannte Verhältnis zwischen Erhard und seiner Mutter, und auch an die morgige Konfirmationsfeier, die sicherlich mit einiger Aufregung für mich verbunden sein würde, dachte ich nicht. Statt dessen tat ich das, was Otto gesagt hatte: in der Mitte des Augenblicks leben. Ich fühlte mich sehr wohl an diesem Abend. Wo ein Mensch glücklich ist, hat ein anderer dafür gesorgt.

Am Sonntagmorgen frühstückten wir und 4.45 Uhr, und eine halbe Stunde später waren wir bereits auf dem Weg nach Grömitz, um Erhards Eltern abzuholen. Es blieb keine Zeit, um über Müdigkeit nachzudenken. Um 10.00 Uhr begann der Konfirmationsgottesdienst in Schwarzwiek, und die Eltern wollten pünktlich dabei sein. So fuhren Erhard und ich je die Hälfte der Strecke.

Ich hatte mich für das auberginefarbene Kostüm entschieden, das ich nur zu besonderen Anlässen aus dem Schrank holte, und heute war ein solcher Anlaß. Heute würde ich Erhards gesamte „Ex-Familie" kennenlernen – mehr oder weniger unfreiwillig.

Der ohnehin enge Kostümrock war mittlerweile noch enger geworden, aber wenn ich den Knopf offen ließ und nur den Reißverschluß benutzte, würde es schon gehen. Das dachte ich so lange, bis ich in der Kirche niesen und mit bangem Gefühl feststellen mußte, daß sich der Reißverschluß dabei um mindestens drei Zentimeter geöffnet und beim zweiten Niesen noch weiter abwärts bewegt hatte.

In einer der vorderen Reihen saßen Brita und ihr neuer Mann Robert. Erhard hatte mich gleich auf sie aufmerksam gemacht, als er sie entdeckte.

Erwartungsgemäß war die Kirche bis auf den letzten Platz gefüllt. Viele mußten sogar stehen. Ich saß eingezwängt zwischen Erhard und seinem Vater, der bisher wenig Notiz von mir genommen hatte. Vielleicht war er noch müde. Schließlich hatten wir alle sehr zeitig aufstehen müssen. Darüber hinaus war Brita die Schwiegertochter – nicht ich. Ich war nur die neue Freundin des Sohnes und als solche am heutigen Tage recht uninteressant.

Ich war mir nicht einmal sicher, ob ich überhaupt auf der Gästeliste gestanden oder ob Erhard es nur durchgesetzt hatte, mich mitbringen zu dürfen, damit er als Vater des Konfirmanden, der nicht mehr am Familientisch sitzen durfte, sich nicht so verloren vorkam. Seinen Platz hatte Robert eingenommen.

Als wir aus der Kirche traten, begann es zu regnen. Ich wollte mich um den Sektempfang in Britas und Roberts Wohnung, in der einst Erhard gewohnt hatte, drücken. Es war mir unangenehm. Doch nachdem uns Erhard miteinander bekannt gemacht hatte, bestand Brita darauf, daß ich mitging.

Ich fand sie nett, wenn auch ihr Lächeln etwas „aufgesetzt" wirkte. Vielleicht war es aber nur innere Anspannung. Schließlich oblag ihr die gesamte Organisation der Feier. Sie war nur unwesentlich kleiner als ich, hatte dichtes, dunkelbraunes Haar in Kinnlänge und wache braune Augen, die daran gewöhnt zu sein schienen, alles, was rundherum vorging, zu beobachten. Ihr sehr modisch geschnittenes beigefarbenes Kostüm brachte ihre schlanke Figur vorteilhaft zur Geltung.

Ich fragte mich, wie Erhard zu dieser Frau gekommen war. Sie paßte überhaupt nicht zu ihm. Aber paßte ich denn zu ihm?

Es regnete noch immer, als wir zum Mittagessen ins Hotel fuhren. Der Himmel war grau, die Straße und die Häuser waren grau, die Luft ebenfalls. Das einzige, was etwas Farbe in diese heute so trostlos anmutende Stadt brachte, war die rote Ampel.

Stolz nahm Erhards Sohn seinen Platz an der festlich gedeckten Tafel ein. Eltern und Großeltern sowie die Paten saßen mit ihm am „Ehrentisch". Mir fiel auf, daß der Junge nicht ein einziges Mal den Kontakt zu seinem Vater suchte und nicht einmal zu ihm herüberschaute. Er wirkte bescheiden und artig, besaß die dunkelbraunen Haare und die dunklen Augen seiner Mutter und auch die stille Art zu beobachten.

Am unteren Ende war ein kleiner Tisch für zwei Personen an die Festtafel herangeschoben worden. Dort fanden wir die Tischkarten mit unseren Namen. Doch stand nicht etwa „Papa" darauf, sondern einfach „Erhard". Auf meiner Tischkarte las ich „Fräulein Anna", was mich mit einigem Unmut erfüllte. Ich war 34 Jahre alt und wollte nicht mit „Fräulein" angesprochen werden. Darüber hinaus legte ich Wert auf meinen vollständigen Vornamen, und der lautete „Anna-Ruth".

„Hast du ihnen nicht meinen richtigen Namen genannt?" fragte ich Erhard verärgert.

„Doch", beharrte er, „aber anscheinend fanden sie, daß „Anna" genügt."

„Mir nicht", stieß ich spitz hervor.

Die Art, wie man uns „eingestuft" und an einem Extratisch abseits plaziert hatte, war herabwürdigend. Wir hatten uns nicht bereit erklärt, die Eltern in einer „Hauruck-Aktion" von weit her abzuholen und noch am selben Tage wieder zurückzubringen, um nun die Erfahrung machen zu müssen, daß sogar das Wort „Papa" zuviel war. Immerhin blieb die Tatsache der Vaterschaft bestehen, auch wenn die Ehepartner geschieden waren.

Ich dachte daran, in aller Deutlichkeit verlauten zu lassen, daß wir für den Rücktransport nicht mehr zur Verfügung stünden. Doch Erhard wollte „gute Miene zum bösen Spiel machen".

„Es ist Jörgs Konfirmationsfeier", sagte er, „und Jörg ist mein Sohn, auch wenn ich anscheinend nicht mehr sein Vater bin."

Brita schien unsere Verärgerung nicht entgangen zu sein, und vermutlich, um einer Absage unsererseits vorzugreifen, erklärte sie nach dem Essen, die Rückfahrt nach Grömitz brauchten wir nicht mehr zu unternehmen.

Wir ließen es dabei bewenden, ohne uns zu erkundigen, ob ein anderer fahren würde oder ob die Eltern nun doch hierblieben.

Erleichtert fuhren wir in die Maibaumstraße, um die drei Sahnetorten, die Erhard zugesagt hatte, fertigzustellen. Nach dem Kaffeetrinken, das, wie der Sektempfang, in Britas Wohnung stattfinden sollte, wollten wir uns davonstehlen. Bis dahin würde ich die Nervenanspannung, die diese Situation für mich darstellte, noch ertragen, dachte ich.

Als ich am Nachmittag in Britas Küche einen Moment mit Erhards Mutter allein war, sagte sie mit gedämpfter Stimme zu mir: „Seien Sie vorsichtig mit dem Erhard, Fräulein Anna. Halb und halb ist nicht ganz."

Ich verbesserte sie nicht, daß ich „Anna-Ruth" heiße, weil ich merkte, daß sie es gut meinte. Vielmehr überdachte ich diese etwas betrübliche Bemerkung und fragte mich, wovor sie mich warnen wollte. Danach hätte ich sie besser direkt fragen sollen. Doch das ging mir erst später auf.

Natürlich blieb es nicht bei Britas Zusage, daß uns die Rücktour nach Grömitz erspart bleiben sollte. Um 20.30 Uhr rief sie an, ob wir die Eltern nicht doch fahren könnten.

Es gelang mir nur mit Mühe, meine Verärgerung zu unterdrücken. Wir hatten gerade unsere Sachen gepackt und wollten nach Kronsberg fahren. Aber Erhard meinte nur: „Eigentlich war es ja von vornherein geplant, daß wir die Rücktour auch übernehmen."

Allerdings war die Rede davon gewesen, nach dem Kaffee aufzubrechen. Ich empfand es als eine ungeheure Dreistigkeit. Schließlich mußten wir beide morgen früh wieder arbeiten, doch das schien den Beteiligten unwesentlich zu sein. Die Hauptsache war, daß alles nach Plan verlief – nach ihrem Plan.

So beschrieben wir also einen „kleinen Umweg" und fuhren über Grömitz, das wir um 24.00 Uhr erreichten, nach Kronsberg, wo wir um 3.00 Uhr todmüde die Autotür zuschlossen. Die Konfirmationsfeier war zu Ende.

Kapitel 5

Zwei Tage später fuhr Erhard zu Fernsehaufnahmen nach Hamburg. Er hatte sich als Kandidat einer Diskussionssendung beworben, bei der es um das Thema „Ehen mit oder ohne Trauschein" ging, und war hierzu eingeladen worden.

„Und für welche Seite willst du dich starkmachen?" erkundigte ich mich.

„Na, für Ehen mit Trauschein natürlich", hatte er geantwortet.

Nun war er unterwegs. Ich besuchte Otto, um ihm die Neuigkeit zu erzählen. Doch ich hatte den Eindruck, daß er an diesem Abend sehr unwohl aussah. Er wirkte erstaunlich blaß, und seine dunklen Augen schienen noch ein wenig dunkler zu sein als gewöhnlich – wie bei einem Fieberkranken. Waren seine Bewegungen heute langsamer als sonst, oder kam es mir nur so vor?

„Wie geht es dir?" fragte ich mit einem besorgten Blick auf ihn.

Er verzog das Gesicht zu einem matten Lächeln. „Etwas zu verbessern gibt es immer", sagte er gleichgültig, „aber eigentlich bin ich ganz zufrieden."

„Eigentlich" war Otto immer ganz zufrieden, weil er so war, wie er war. Er beklagte sich nie über widrige Zustände oder Umstände. Er sprach nicht einmal viel über sich selbst. Ein einziges Mal hatte er beiläufig erwähnt, daß ihm damals ein Hotel gehörte, das aber inzwischen verkauft worden war. Ein Teil seiner antiken Möbel stammte aus diesem Hotel.

Was ich darüber hinaus von ihm wußte: Er hatte früher einmal verstärkt dem Alkohol zugesprochen, war aber mittlerweile seit Jahren „trocken". Inwieweit der Verkauf seines Hotels und seine Ehescheidung – wenn überhaupt – mit dieser Tatsache im Zusammenhang standen, konnte ich jedoch nicht sagen. Jedenfalls hatte Otto mit Sicherheit schwere Jahre erlebt.

Im Hintergrund spielte leise ein Radio, und als die Musik endete, erklärte der Sprecher:

„Das war das „Adagio" C-Dur von Wolfgang Amadeus Mozart, das er kurz vor seinem Tode im Mai 1791 für Glasharmonika komponierte."

Als nachfolgend ein Stück aus dem „Feuervogel" von Igor Strawinsky angekündigt wurde, stand Otto auf und schaltete das Radio aus.

„Heute nicht", sagte er, und daran erkannte ich, daß meine Beobachtungen über seinen Gesundheitszustand zutrafen, denn Otto liebte klassische Musik und würde sie sonst nicht so unvermittelt abdrehen.

Ich wollte ihn durch meinen Besuch nicht unnötig strapazieren. Deshalb fragte ich ihn, ob ich etwas für ihn tun könne, und als er verneinte, verabschiedete ich mich nach einer Weile. Er sagte nicht, wie andere Male: „Bleib doch noch ein bißchen." Vielmehr schien er heute froh darüber zu sein, daß ich ihn wieder allein ließ.

„Du kannst mir doch einen Gefallen tun", erklärte er dann, als wir bereits im Treppenhaus standen. Er ging noch einmal zurück in seine Wohnung und holte einen Brief.

„Wenn du den bitte auf den Weg bringen würdest, wäre ich dir sehr dankbar."

„Selbstverständlich", versprach ich.

Er blieb in der Tür stehen und sah mir nach. Irgendwie wirkte er müde und abgespannt.

Der Brief, den Otto mir mitgegeben hatte, war an eine Versicherungsgesellschaft adressiert. Vor einiger Zeit hatte er mir erzählt, daß er einen Käufer für seine Eigentumswohnung, die er derzeit bewohnte, gefunden habe und in Kaufverhandlungen für ein zweihundert Jahre altes Haus stehe.

Meine spontane Reaktion auf diese Mitteilung war Bedauern gewesen, denn das Objekt, auf das Otto „ein Auge geworfen" hatte, stand in Bavenheim – etliche Kilometer von Kronsberg entfernt. Sollte es zum Vertragsabschluß kommen, was eigentlich schon ziemlich sicher war, würde Otto Kronsberg verlassen und nach Bavenheim umziehen.

Am nächsten Abend kam Erhard aus Hamburg zurück. Er zeigte sich begeistert, berichtete wortreich vom Ablauf der Fernsehaufnahmen und nannte einen Sendetermin Ende Mai. Beide waren wir sehr gespannt auf das Ergebnis.

Das Leben schien wieder seinen gewohnten Gang zu gehen. Zwar hatten Erhards Lobreden auf Brita seit der Konfirmation seines Sohnes nachgelassen, dafür bot er mir neuerlichen Anlaß zum Ärger. Nach jeder Frau mit langen Beinen und kurzem Rock drehte er sich auffällig um und ließ Bemerkungen wie „Meine Güte – und dabei soll man ruhig bleiben!" oder „Junge, Junge, die hat was!" fallen.

Anfangs überhörte ich so etwas und ärgerte mich nur im stillen darüber. Schließlich besaß ich auch eine gute Figur und lange, schlanke Beine. Es war völlig überflüssig, daß er derart nach anderen Frauen schielte. Darüber hinaus fand ich es äußerst ungehörig und geschmacklos, solche Worte in meiner Gegenwart zu äußern, und als dies immer häufiger vorkam, fragte ich ihn, ob er mich damit verletzen wolle.

„Keineswegs", erklärte er unschuldig. „Ich hole mir nur draußen Appetit, um zu Hause zu speisen."

Es war mir nicht entgangen, daß des öfteren in der unteren Wohnung des Nachbarhauses eine junge Frau am Fenster stand, wenn wir vorbeikamen. Sie und Erhard grüßten sich dann jedesmal recht vertraulich. Als ich mich näher nach ihr erkundigte, erklärte er, das sei Rosi, eine alte Bekannte. Sie sei auch geschieden und lebe allein mit ihrer kleinen Tochter. Wenn ihm in der Woche „die Decke auf den Kopf falle", besuche er die beiden gelegentlich.

„So so", entgegnete ich daraufhin, „dann besuchst du die beiden gelegentlich."

Ich sah, daß ein wenig Röte in Erhards Gesicht stieg, als er versicherte, die Rosi sei absolut nicht sein Typ. Ich brauchte keinerlei Befürchtungen zu hegen. Es sei alles ganz harmlos.

Zugegeben – sie gehörte nicht zu dem Typ Frauen, über die Erhard auf der Straße entsprechende Bemerkungen machte. Sie hatte aschblonde kurze Haare und ein Durchschnittsgesicht ohne eine Spur von Schminke, das man eigentlich schnell wieder vergißt, wenn man hingeschaut hatte. Denn noch trieb es mich am Abend zu der vorsichtig formulierten Frage, ob Erhard vor unserer Beziehung eine andere Frau in seiner Wohnung gehabt habe. Ich erwartete, daß er sagte: „Selbstverständlich hat es vor dir eine andere Frau gegeben." Das wäre aufrichtig und in Ordnung gewesen. Aber er zog mich nur zu sich heran, hielt mich auf eine halbe Armlänge Abstand von sich entfernt, um mich mit seinen blauen Augen anschauen zu können, und versicherte, in dieser Wohnung sei noch keine Frau gewesen. Um seiner Aussage mehr Glaubwürdigkeit zu verleihen, fügte er betonend hinzu: „Nicht einmal meine Mutter."

Danach erschien ein zufriedenes Lächeln auf seinem Gesicht. Er hatte mich überzeugt. Ich glaubte ihm. Allerdings wußte ich auch, daß er diese Wohnung noch nicht allzu lange bewohnte.

Kapitel 6

Zum „Tanz in den Mai" gingen wir zu „Jonathan". Es war ein Abend voller Harmonie, den wir beide genossen, und wir tanzten verliebt bis spät in die Nacht. Es fielen keinerlei Bemerkungen über irgendwelche Frauen, wie ich insgeheim befürchtete, denn weibliche Wesen, die in Erhards Interesse liegen konnten, gab es bei „Jonathan" hinreichend. Auch Brita erwähnte er während der nächsten Zeit nicht mehr. Schon war ich gewillt, an seine Ehrlichkeit zu glauben – da wurde ich eines Besseren belehrt.

Erhards Kumpel Michael, der mit seiner Freundin Corinna im Nachbarhaus zur linken Seite wohnte, hatte uns für den folgenden Sonntagabend eingeladen, um mich einmal persönlich kennenzulernen. Bisher waren wir uns nur beim Einparken unserer Autos auf der Straße begegnet, und außer einem kurzen Gruß aus der Entfernung hatte keine weitere Kommunikation stattgefunden. Ich wußte von Michael nicht mehr, als daß er ein uraltes gelbes Auto gekauft hatte, das er sauber abschleifen und neu lackieren wollte, um aus ihm ein „Schmuckstück" zu machen.

Corinna hatte ein kaltes Abendessen vorbereitet. Sie war nett, aber alles andere als hübsch. Ihre dunkelblonden Haare hingen ohne besondere Frisur auf ihre Schultern herab. Auffallend waren ihre schadhaften Zähne, aber auch ihre grünen Augen, die ihr einen freundlichen Ausdruck verliehen.

Wir hatten gegessen, Musik gehört und uns unterhalten. Die Männer waren beim Bier im Wohnzimmer sitzen geblieben, und ich half Corinna in der Küche beim Abwaschen. Da fragte sie mich unvermittelt, ob ich Rosi kenne, die junge Frau aus dem Nachbarhaus zur rechten Seite.

Ich horchte auf. Aus welchem Grunde stellte sie mir diese Frage?

„Rosi war einmal meine Freundin", erzählte Corinna, während sie einen Stapel Teller in den Schrank räumte. „Jedenfalls früher."

Sie griff das Besteck, das zum Abtrocknen in der Spüle lag, und gab sich einen geschäftigen Eindruck, um nicht sofort weitersprechen zu müssen. Erst als sie meinem Blick begegnete, der Spannung ausdrückte, fuhr sie fort, wobei ich das Gefühl hatte, daß sie versuchte, ihre Worte mit Bedacht zu wählen.

„Rosi wollte ihre Scheidung feiern und hatte ein paar Leute eingeladen. Da ihre neue Wohnung aber infolge der Teilung mit ihrem Mann nur spärlich möbliert war, bat sie mich, in unserer Wohnung feiern zu dürfen. Erhard wußte an diesem Abend nichts von der Feier. Er wollte nur mit Michael ein Bier trinken. Aber Rosi lud ihn ein zu bleiben, und so lernten sich die beiden näher kennen."

Wieder machte Corinna eine Pause, um die Wirkung ihrer Worte auf mich abzuwarten.

„Es wurde sehr spät, und Rosi ging dann nicht mehr in ihre Wohnung, sondern übernachtete bei Erhard."

Ich schluckte. „Obwohl sie im Nachbarhaus wohnt?"

„Ja", bestätigte Corinna kurz. „Ich dachte, daß du das wissen solltest. Deshalb habe ich es dir erzählt."

Ich schluckte noch einmal. Also doch! dachte ich. Und mir hatte er aufrichtig versichert, daß noch keine Frau in seiner jetzigen Wohnung über Nacht geblieben war. Von wegen „alte Bekannte"! Ein paar Stunden hatten genügt, um sie in seine Wohnung mitzunehmen.

Ich merkte, wie ein Zittern durch meinen Körper lief.

Enttäuschung, Wut, Ohnmacht – über die Reihenfolge war ich mir nicht im klaren. Ich hatte nur plötzlich den übermächtigen Wunsch, den Abend bei Corinna und Michael abzubrechen und nach Hause zu fahren. Erhard hatte mich belogen – wissentlich und willentlich belogen und getäuscht und mir dabei noch unschuldsvoll in die Augen gesehen.

Nur unklar vernahm ich Corinnas Stimme, die mich zum Bleiben bewegen wollte. Doch ich hatte bereits meine Jacke über dem Arm und war von meinem Entschluß nicht mehr abzuhalten. Mit äußerster Bestimmtheit teilte ich Erhard, der vor einem halbvollen Bierglas saß, mit, daß ich auf der Stelle nach Hause fahren wolle.

Er verstand nicht, was überhaupt los war, aber er ahnte, daß etwas Ernstes vorgefallen sein mußte. Ich war bereits an der Tür, ohne einen Abschiedsgruß oder ein Dankeschön für die Einladung zu sagen, und als ich im Treppenhaus stand, kam Erhard hinterher. Ich beschleunigte meine Schritte, um nicht neben ihm gehen zu müssen, bis ich fast in Laufschritt verfiel. Nur weg! dachte ich. Ganz schnell weg!

Unglücklicherweise stand meine Tasche noch in Erhards Wohnung. Die mußte ich holen. Und dann nichts wie weg! Ich fühlte mich betrogen und verletzt.

Erhard lief auf der Straße hinter mir her, bis ich vor seinem Hauseingang stehenblieb. Er hatte den Schlüssel.

In seiner Wohnung wollte er mich in die Arme nehmen, doch ich wehrte ihn unsanft ab. Er sah mich nur stumm an, fragte aber nicht, was denn plötzlich in mich gefahren sei. Wollte ich es ihm denn überhaupt erzählen? Ich sah keinen Sinn darin. Darüber hinaus fühlte ich mich zu jeglicher Erklärung unfähig, denn das Zittern in meinem Körper hatte sich noch verstärkt.

Ich griff nach meiner Reisetasche, die im Flur stand, und

wandte mich zur Tür. Zwei Schritte – und ich würde draußen sein, die Treppen hinunter und schnell weg. Da sagte er: „So kannst du doch nicht fahren. In diesem Zustand landest du am nächsten Baum."

Er sah mich hilflos an und wollte meine Hand fassen, aber ich ließ beide Hände hinter meinem Rücken verschwinden.

„Ich bleibe nicht hier", sagte ich mit einer Bestimmtheit, die keinen Zweifel darüber aufkommen ließ, daß ich es auch tatsächlich so meinte.

Er fragte noch immer nicht, was denn passiert sei, und das erzürnte mich noch mehr. Später hatte ich den Verdacht, daß er den Grund ahnte.

„Ich bleibe nicht hier – keinesfalls!" beharrte ich noch einmal, machte aber im Moment auch keine Anstalten zu gehen. Vielleicht sollte ich ihm doch erklären, was mich derart gegen ihn aufbrachte. Jetzt war die Stunde der Wahrheit gekommen.

Ich versuchte, im stillen bis zehn zu zählen, ehe ich vorschlug, draußen „eine Runde zu drehen". Er nahm es gelassen hin, daß ich danach unter allen Umständen nach Hause fahren wollte.

Ich war reichlich verwirrt, und wir liefen erst durch etliche Straßen, bevor ich es schaffte, eine Erklärung abzugeben, die mit der Aussage schloß: „Ich lege mich nicht in ein Bett, in dem du mit einer anderen geschlafen hast."

Erhard betrachtete mich eingehend mit schief geneigtem Kopf und gab dann den unglaublichen Kommentar kund: „Dann kaufen wir eben ein neues Bett."

Ruckartig war ich stehengeblieben. „Meinst du wirklich, daß die Angelegenheit damit bereinigt ist? Du hast mich belogen und getäuscht. Ich kann dir nicht mehr glauben und dir nicht mehr vertrauen. Es ist keineswegs alles ganz harmlos, wie du mir weismachen wolltest."

Er verteidigte sich nicht. Ich merkte aber auch, daß er mir gar nicht mehr weiter zuhörte, denn etwas anderes hatte inzwischen seine Aufmerksamkeit eingefangen. Aus einem der Häuser trugen junge Leute Sperrmüll auf die Straße, und Erhard hatte ein altes Fernsehgerät entdeckt, dessen Rückwand fehlte, so daß er das „Innenleben" begutachten konnte.

„Da ist noch ein Zeilentrafo drin", rief er begeistert. „Den kann ich für mein Ersatzteillager gebrauchen."

Kurzerhand lieh er sich von den jungen Leuten einen Schraubenzieher und eine Zange und begann, das Teil auszubauen. Mich und unser Problem schien er dabei vergessen zu haben.

Ich überlegte, ob ich warten oder einfach weitergehen sollte. Da fiel mir ein, daß meine Tasche noch immer in Erhards Wohnung stand. Ich hätte sie ins Auto laden sollen, bevor wir losgingen. Dann wäre ich jetzt unabhängig gewesen und hätte einfach abfahren können. So aber blieb mir nichts anderes übrig als zu warten, bis Erhard die Teile, die er gebrauchen konnte, ausgebaut hatte. Es war abzusehen gewesen, daß es nicht nur bei dem Zeilentrafo allein bleiben würde.

Er strapazierte meine Geduld wirklich auf das ärgste. Seine alten Fernseher waren ihm wichtiger, als unsere Beziehung ins Reine zu bringen. Das konnte doch nicht wahr sein!

Inzwischen war ich bis zur nächsten Straßenecke vorausgegangen und dort stehengeblieben. Hier holte er mich nach einer Zeit, die mir endlos erschien, schließlich ein. Wie ein kleiner Junge zeigte er stolz seine „Schätze" her, als sei mit uns alles in bester Ordnung. Ich hatte sogar das Gefühl, daß ihm der Sperrmüllfernseher als willkommenes Ablenkungsobjekt diente.

Ein paar Schrauben rutschten ihm aus den vollen Händen und fielen auf die Straße. Er wollte sich bücken, um sie aufzuheben, doch ich wartete nicht mehr auf ihn. Ich wollte hier weg, und so ließ er sie liegen und folgte mir kleinlaut, nun seinerseits Unmut zeigend, daß ich mich so zickig benahm. Das hatte mir gerade noch gefehlt, daß er „den Spieß" jetzt umdrehte und mir die Schuld gab.

„Ich will nach Hause!" betonte ich jedes einzelne Wort lautstark, und wie zur Bekräftigung blieb ich für einen Moment stehen und sah ihn demonstrativ an.

„Ja, ich hab's ja verstanden", sagte er resigniert.

Da er beide Hände voller „Schrott" hatte, mußte ich in seine Hosentasche greifen und den Hausschlüssel herausholen.

„Bitte, kein „Theater" im Hausflur", bat er mich.

Ich antwortete nicht. An der Wohnungstür probierte ich drei Schlüssel, ehe ich den passenden fand. Dann stand ich im Flur. Ich hätte die Tasche nehmen und gehen können.

Erhard gab der Tür einen leichten Fußtritt, so daß sie ins Schloß flog, und trug die ausgebauten Fernsehteile in das Zimmer, das ihm als Ersatzteillager diente und das ich nicht betreten durfte. Er tat, als beherberge er dort eine Falschmünzerwerkstatt, von der ich nichts wissen sollte.

„Willst du wirklich heute noch fahren?" fragte er. „Es ist gleich Mitternacht."

„Na und?" sagte ich zuerst. Dann überlegte ich, daß die Rückfahrt im Dunkeln mehr als eine Stunde in Anspruch nehmen würde – und das in meiner aufgeregten Verfassung.

Langsam ließ ich die Henkel meiner Tasche wieder los. Erhard wertete das als Friedensangebot und zeigte sich der Situation gewachsen.

„Ich koche uns erstmal einen Tee", sagte er behutsam

und verschwand in der Küche.

Ich war mit einem Mal hundemüde, fühlte mich geradezu erschöpft und eigentlich zu keinem klaren Gedanken mehr fähig. Ich wollte nur schlafen, aber allein im Wohnzimmer auf der Couch, wenn überhaupt – nur nicht neben Erhard liegen - nie mehr.

Ein paar Minuten später brachte er auf einem Tablett zwei Tassen Tee herein und stellte sie auf den Tisch. Um mir nicht das Gefühl zu geben, daß er mir zu nahe trat, nahm er an der gegenüberliegenden Seite des Tisches Platz. Er sah mich nicht an, faltete die Hände, schaute auf den Boden und wartete. Auch als ich ihn ansah, blickte er nicht auf.

„Warum hast du das getan?" fragte ich nach einer Weile, als er noch immer nichts sagte und ich das Schweigen langsam unerträglich fand.

„Es ist eben passiert", antwortete er leichthin.

Der heiße Tee dampfte in den Tassen, doch keiner von uns beiden rührte ihn an. So saßen wir die halbe Nacht und redeten über Unehrlichkeit, Vertrauensbruch, bewußte Täuschung und daß ich mir so unsere Beziehung nicht vorstellte.

„Nein, ich auch nicht", sagte er versöhnlich.

„Warum hast du mich denn dann belogen?" fragte ich noch einmal.

Er zuckte die Schultern – das war alles. Damit ließ er die Entscheidung bei mir, ob ich unsere Beziehung abzubrechen oder fortzuführen gedachte. So einfach war das.

Kapitel 7

Langsam begriff ich, was es mit der Warnung auf sich hatte, die Erhards Mutter mir gegenüber bei der Konfirmation ausgesprochen hatte. Sie kannte ihren Sohn und fühlte sich deshalb verantwortlich, mir einen gut gemeinten Tip zu geben. Aber noch wußte ich nicht alles.

Da Erhard in keiner Weise vom Muttertag Notiz zu nehmen gedachte, hatte ich seiner Mutter ein Päckchen mit einer kleinen Schmuckdose und einer Glückwunschkarte geschickt und hoffte, daß sie sich über die Aufmerksamkeit freute. Erhards Verhalten fand ich unerhört. Doch offensichtlich gab es etwas in seinem Leben, das er seiner Mutter nicht nachsah.

„Über unsere eigenen Fehler zu lachen, macht es einfacher, es noch einmal zu probieren", sagte Otto, als ich ihn mit meinen Sorgen aufsuchte. Er hatte sich wieder erholt und schien wie immer zu sein. „Laß nicht dein Weltbild an der Realität zerbrechen. Laß vielmehr die Zeit für dich arbeiten."

„Und wenn sie es nicht tut?" gab ich zu bedenken.

„Sie tut es immer", stellte er sachlich fest.

Erhard rief mich in der folgenden Woche mehrmals täglich an – sowohl morgens im Büro als auch abends zu Hause, was höchst ungewöhnlich war, denn er telefonierte im allgemeinen nicht gern mit mir, und wenn es schon sein mußte, dann nur kurz, um mitzuteilen, was anstand. Die neuerlichen Gespräche waren länger, und daraus entnahm ich, daß ihm doch noch etwas an unserer Beziehung zu liegen schien.

Ich verhielt mich höflich, blieb aber weiterhin reserviert und war sehr auf der Hut, um keine Schlüsse zuzulassen, wie ich mich letztendlich entscheiden würde. Noch hatte ich keine Vorstellung davon, wie es mit uns weitergehen sollte. Als Erhard die Frage wagte, ob er am nächsten Wochenende zu mir kommen dürfe, lehnte ich ab. Zeit lassen, hatte Otto geraten. Nichts überstürzen.

Mein psychisches Befinden schwankte in diesen Tagen erheblich. Gegen besseres Wissen hoffte ich, daß unsere Vertrauensbasis wiederherzustellen sein würde. Trotzdem hatte ich ihm erneut abgesagt, als er am Freitagabend noch einmal anfragte, ob ich es mir mit einem Treffen am Wochenende überlegt hätte. Daraufhin hatte er das Gespräch beendet.

Sollte ich ihm doch einen Schritt entgegengehen? überlegte ich. Ein paar Minuten später rief ich ihn an. Ich wollte ihm sagen, daß er kommen könne, aber da war er nicht mehr zu Hause.

Mißtrauen und Zorn flammten sofort wieder auf. Ich sah auf die Uhr: 19.30 Uhr. Hinterging er mich aufs neue? Hatten seine abendlichen Telefonate nur eine Alibifunktion dafür, daß ich glauben sollte, er sei zu Hause, während er jetzt vielleicht bereits auf dem Weg ins Nachbarhaus zu Rosi war? Mit einem Rückruf hatte er sicher nicht gerechnet. Nein, ich traute ihm nicht mehr und war froh, daß ich ihn am Telefon nicht erreicht hatte. So konnte es bei dem getrennten Wochenende bleiben. Eine intakte Beziehung ist mehr als nur Streit vermeiden.

Statt einem Treffen mit Erhard zog ich in Erwägung, am Samstag oder Sonntag zu Otto zu fahren, um nicht allein zu sein. Aber selbst dazu fehlten mir die Energien, und so genehmigte ich mir einen Marillenschnaps und setzte mich mit einem Buch in die Sofaecke.

Insgeheim wartete ich darauf, daß das Telefon klingelte, aber es blieb stumm. Niemand kümmerte sich um mich, niemanden interessierte es, wie es mir geht, und nach dem dritten Marillenschnaps verstärkte sich meine traurige Stimmung noch. Doch es lag ganz allein bei mir, mich aus dieser Situation zu befreien. Nur hatte ich im Augenblick nicht die Kraft dazu.

Auch am Montag wartete ich vergebens auf Erhards Anruf. Vermutlich war ihm das erfolglose Werben um meine Rückkehr mittlerweile zu albern geworden, und so hatte er es aufgegeben. Wer läßt sich schon gern immer wieder abweisen? Ich wollte ihn auf keinen Fall anrufen, auch dann nicht, wenn er sich die ganze Woche nicht mehr meldete. Sollte er doch zu seiner Rosi gehen. Ich konnte es ohnehin nicht verhindern.

Doch am Donnerstagabend rief er an, um mir mitzuteilen, daß am Samstag die Fernsehaufzeichnung gesendet wird, zu der er nach Hamburg gefahren war.

„Wollen wir uns die Sendung gemeinsam ansehen?" fragte er vorsichtig.

Ich zögerte einen Augenblick, bevor ich „meinetwegen" murmelte. Es hatte gleichgültig klingen sollen, aber ich fand selbst, daß ein Anflug von Freude in meiner Stimme mitschwang – Freude darüber, daß vielleicht alles wieder gut werden könnte.

Er mußte diesen gewissen Ton herausgehört haben, denn prompt schlug er vor, daß ich zu ihm nach Schwarzwiek kommen solle, und ich stimmte zu. Wie sich die Angelegenheit dann weiter entwickelte, würde sich zeigen.

Ich war neugierig auf die Fernsehsendung. Dennoch fuhr ich nicht so leicht beschwingt zu ihm wie sonst. Daß sich zwischen uns etwas verändert hatte, wurde dadurch deutlich, daß Erhard keinerlei Anstalten zu einem Begrüßungskuß machte. Statt dessen drückte er mir eine Karte in die Hand, auf der sich seine Mutter sehr herzlich für die Aufmerksamkeit zum Muttertag bedankte.

„Na, siehst du", sagte ich, aber er ging nicht darauf ein.

Er habe sich vorgenommen, am Nachmittag an meinem Auto Ölwechsel zu machen, erklärte er ablenkend.

Seine Geschäftigkeit verleitete mich zu der Annahme, daß er auf jeden Fall einer eventuellen Aussprache aus dem Wege gehen wollte. Da aber ein Ölwechsel an meinem Wagen in absehbarer Zeit ohnehin nötig sein würde, hatte ich keine Einwände dagegen. Ich überließ ihm meine Autoschlüssel, und er fuhr zu Michael in die Werkstatt, wo dieser mit Hilfe einiger junger Leute an seinem alten gelben Auto arbeitete. Derweil machte ich es mir mit einem Buch auf dem Balkon bequem und genoß die warmen Sonnenstrahlen.

Erhard hatte Kaffee gekocht und ihn für mich in eine Thermoskanne gefüllt. Er hatte sogar einigermaßen aufgeräumt. Der „Kram" auf dem Wohnzimmerschrank war verschwunden. Nur den alten verstaubten Plattenspieler hatte er stehengelassen. Daneben lag eine aufgeschlagene Illustrierte. Jemand hatte das Kreuzworträtsel gelöst. Bei näherem Hinsehen erkannte ich, daß es eine Frauenhandschrift war, und ich tippte auf Rosi, die wohl in der Zwischenzeit wieder einmal hiergewesen sein mußte.

Als ich Erhard darauf ansprach, stritt er die Vermutung ab. Er habe die Illustrierte aus der Firma mitgebracht, und das Kreuzworträtsel sei bereits ausgefüllt gewesen, beteuerte er und wirkte geradezu beleidigt, daß ich zu seiner solchen Unterstellung kam.

Doch nichtsdestotrotz sprach er mich in der Aufregung mit „Rosi" an, verbesserte sich aber sofort, als er es merkte, und setzte hinzu: „Du machst einen ganz verrückt mit deinem Mißtrauen!"

Einen Augenblick lang zog ich in Erwägung, auf der Stelle nach Hause zu fahren und nicht mehr wiederzukommen. Doch meine Gedanken mußten für ihn derart deutlich von meinem Gesicht abzulesen gewesen sein, daß er schnell den versöhnlichen Vorschlag machte, Eis essen zu gehen.

Es war ein strahlend schöner Tag, und überall in der Stadt sah ich junge Paare unbekümmert Hand in Hand durch die Straßen schlendern. Das erfüllte mich mit Traurigkeit, denn zunehmend wuchs bei mir die Gewißheit, daß ich Erhard mit Rosi teilte: sie in der Woche und ich am Wochenende. Doch letztendlich wollte ich es nicht wahrhaben.

Am Abend trafen mich unvorbereitet die nächsten „Überraschungen".

Erhard hatte einen guten Rotwein besorgt, den wir in Erwartung der Fernsehsendung tranken, denn bis 22.00 Uhr mußten wir uns noch gedulden. Der Wein bewirkte, daß ich mich kurzzeitig etwas besser fühlte und die belastenden Gedanken in den Hintergrund traten. Doch das sollte nicht so bleiben.

Die Sendung begann mit einigen Minuten Verspätung, weil zuvor noch Kurznachrichten und eine Programmvorschau liefen. Unsere Weinflasche war inzwischen leer, und Erhard fragte, ob er eine zweite öffnen solle. Aber ich schüttelte den Kopf.

„Wir wollen es nicht übertreiben", schränkte ich ein.

Und dann wurde mitten in das Fernsehstudio eingeblendet, und ich erkannte Erhard auf dem Bildschirm. Er saß als einer von vier Diskussionsteilnehmern, zwei männlichen und zwei weiblichen, in einem kastenförmigen, hellbraunen Ledersessel und wartete darauf, daß er an die Reihe kam, sich vorzustellen.

Der Mann, der Erhard schräg gegenüber saß, erzählte, er sei geschieden, habe zwei Töchter, die bei der Mutter lebten, und wolle nun mit seiner neuen Partnerin eine Beziehung aufbauen.

Die eine der beiden Frauen war verheiratet, hatte ein

Kind, die andere lebte in einer offenen Beziehung mit ihrem Partner zusammen.

Erhard erklärte, er sei zweimal verheiratet gewesen, habe einen Sohn aus erster Ehe und lebe zur Zeit allein ohne feste Partnerin.

Das war die Höhe! – Nicht nur, daß Erhard mir seine zweite Ehe verschwiegen hatte – er leugnete auch noch, eine Partnerin zu haben. Dabei besaß er, genau genommen, sogar zwei. Doch diese Tatsache bekanntzugeben, hatte er sich vermutlich nicht getraut. Auch Offenheit hat ihre Grenzen.

Er schien zur Zeit der Aufnahme gar nicht daran gedacht zu haben, daß ich die Sendung später auch sehen würde, sonst hätte er seine Vorstellung sicher anders formuliert – oder auch nicht. Jedenfalls hätte ich gern gewußt, welche Rolle ich denn in seinem Leben spielte, wenn er mich nicht als seine feste Partnerin sah. Doch alles, was er darauf entgegnete, war:

„Ich lebe doch allein. Was ist an dieser Aussage verkehrt?" Dabei sah er mich verständnislos an.

„Nichts", murmelte ich kleinlaut. Es hatte keinen Zweck, noch weitere Worte darüber zu verlieren. Es interessierte mich auch nicht mehr, ob er nun für Ehen mit oder ohne Trauschein plädierte. Ganz gleich, was er sagen würde – in meinen Augen war es unglaubwürdig.

Kapitel 8

„Arme Anna-Ruth! Da hast du dir was aufgeladen!"
sagte Otto am Telefon. Ich hatte ihn angerufen, weil ich
nicht mehr weiterwußte.

„Das scheint mir auch so", stimmte ich ihm zu. „Ich
kann nicht mehr schlafen. Immerzu muß ich daran denken, daß er nicht einmal den Schneid hatte, Ehefrau
Nummer zwei zu erwähnen – ein Jahr dauerte diese Ehe
nur – und wenn ich das abschalte, kommt der Gedanke
an die Rosi aus dem Nachbarhaus hoch und macht mich
vollends fertig. Übrigens hieß seine zweite Frau auch
Rosi. Wenigstens dem Vornamen ist er treu geblieben."
Ich sehnte mich nach einem Mann, der „komm" sagte,
seine Hand nach mir ausstreckte und dem ich blind vertrauen konnte. Ich würde meine Hand in seine legen und
mit ihm gehen. Doch dieser Mann war nicht Erhard – das
war mir klar geworden.

„Zu leben bedeutet mehr, als am Leben zu sein", sagte
Otto. „Du kannst dich dazu entscheiden, dich voll auf das
Leben einzulassen."

Zumindest er hatte genau das getan, indem er den
Kaufvertrag für das Haus in Bavenheim unterschrieb.
Einerseits freute ich mich für ihn. Nun würde er das
Objekt bekommen, das er sich gewünscht hatte. Ande-
rerseits wußte ich, daß er damit meinem unmittelbaren
Umfeld entrückte.

„Dann kommen ganz neue Anforderungen auf dich zu",
gab ich zu bedenken, aber Otto war zuversichtlich.

„Wenn du nur Aufgaben erledigst, die du schon kannst,
erzielst du nie Fortschritte", erklärte er unternehmungslustig. „Wenn ich sehe: das ist der richtige Weg, dann
versuche ich, ihn zu gehen – gegen alle Widerstände."

Und ich? – Otto schien in seinem Alter mehr Energien zu besitzen als ich mit 34 Jahren. Was so eine unglückliche Beziehung doch für Kraft kostete! Aber kein Zustand auf dieser Welt dauert ewig, sagte ich mir. Es ist möglich, im Leben glücklich zu sein, und ich wollte mich darum bemühen.

Ein paar Tage lang war „Sendepause", doch dann rief Erhard wieder an. Ich hätte ihn gern gefragt, was er denn jetzt noch von mir wolle, doch ehe ich diese Frage stellen konnte, erklärte er ernsthaft, er sei nach wie vor daran interessiert, mit mir zusammenzubleiben.

„Und Rosi? Wie stellst du dir das weiter vor?"

Anstatt unmittelbar auf meine Frage einzugehen, erzählte er, daß er sich nach einer neuen Arbeitsstelle in der Nähe von Kronsberg umsehen wolle, um eventuell wieder in seinem früheren Beruf als Konditor zu arbeiten.

„Dann können wir zusammenziehen, was aber letztendlich darauf hinauslaufen sollte, daß wir heiraten", sagte er unverblümt.

„Richtig, du bist ja für Ehen mit Trauschein", erwiderte ich ironisch, obgleich das sonst nicht meine Art war.

Seine Mitteilung überrumpelte mich, denn in den vergangenen Tagen hatte ich mich auf einen inneren Abstand von Erhard eingerichtet, ohne daß es schmerzte. Und nun unterbreitete er mir Heiratsabsichten. Oder war das etwa nur ein neuer Trick, um mich wieder versöhnlich zu stimmen? Er hatte mich nicht einmal gefragt, ob ich das überhaupt wollte. Ich sah es als nicht unbedingt erstrebenswert an, Ehefrau Nummer drei zu werden, nachdem er es mit Nummer zwei nicht länger als ein Jahr ausgehalten hatte. Seine große Liebe war und blieb Brita. Sie zu verlassen war der größte Fehler seines Lebens gewesen – zu dieser Erkenntnis war er wohl mittlerweile selbst gekommen.

„Warum habt ihr euch eigentlich damals getrennt?" fragte ich ihn.

„Warum? – Es ging eben nicht mehr."

Eine ziemlich vage Antwort, fand ich, und da ich im Augenblick ohnehin nicht gut auf ihn zu sprechen war, sagte ich ihm geradeheraus meine Vermutung: „Du hast sie betrogen, und eines Tages hatte sie es satt und hat dich 'rausgeschmissen. War es nicht so?"

Er blieb mir die Antwort schuldig, und das ließ den Eindruck entstehen, daß ich wohl nicht unrecht hatte.

„Egal, was passiert – hinterher gibt es immer jemanden, der es kommen sah", sagte er abschließend.

Wieder rief ich Otto an. Ich brauchte einen Rat von ihm.

„Nimm die Menschen, wie sie sind. Andere gibt es nicht", zitierte er den Ausspruch eines früheren Bundeskanzlers. „Aber tue nichts, was du nicht wirklich willst."

Otto war jetzt verstärkt mit den Vorbereitungen für seinen Umzug beschäftigt. Ich hatte ihm meine Hilfe angeboten, aber er sagte, im Augenblick wolle er alles noch so weit wie möglich „im Alleingang" erledigen. Später käme er gern darauf zurück.

Der nächste Anruf von Erhard dauerte nur ein paar Sekunden, und ich fragte mich, was er damit bezwecken wolle. Ein Gespräch war in der kurzen Weile gar nicht erst zustandegekommen. Ich konnte mir auf sein Verhalten einfach keinen Reim machen. Wollte er nur in Erfahrung bringen, ob ich zu Hause war? Das wäre auch etwas unauffälliger möglich gewesen. Vielleicht war er aber auch in Eile, weil er zu Rosi wollte. Diesmal startete ich jedoch keinen Rückruf. Es interessierte mich nicht mehr. Oder fürchtete ich, das Klingeln seines Apparates könne wieder ins Leere laufen?

Ich wollte mir diese Frage nicht beantworten, weil sie

unweigerlich eine neue Frage nach sich gezogen hätte: Lag mir vielleicht doch noch etwas an Erhard? Er besaß gewiß auch gute Seiten.

Am folgenden Wochenende nahm er Anlauf zu einer neuen Verabredung. Als ich zögerte, stellte er sich verständnislos.

„Du weißt doch jetzt alles über mich. Warum also noch immer dieses Mißtrauen?"

„Gerade darum", sagte ich. „Alles, was dein bisheriges Leben ausmacht, habe ich aus zweiter Hand erfahren – nicht von dir selbst. Das ist es, was mich bekümmert."

Daraufhin ging er zum Angriff über. „Du hast mir von Anfang an nicht getraut", behauptete er, und um seine Worte noch zu erhärten, setzte er überlegen hinzu: „Wenn du zu mir kamst, blieb deine Reisetasche jedesmal vollständig gepackt im Flur stehen, damit du jederzeit abfahren konntest, und daran hat sich bis heute nichts geändert. Glaubst du, mir sei das nicht aufgefallen?"

„Allerdings", entgegnete ich gereizt. „Du hast mir auch reichlich Anlaß dazu geboten, vorsichtig sein zu müssen."

Danach war keine Rede mehr von einem Treffen. Er hatte ja noch Rosi als Ersatz, die ihn sicher erstaunt fragen würde, weshalb er denn diesmal auch am Wochenende Zeit habe, dachte ich verärgert.

Wir stritten nur noch. Jeder von uns beiden hatte das Gefühl, daß der andere ihn nicht versteht und sich auch nicht um einen harmonischeren Umgang miteinander bemüht. In unsere Gespräche hatte sich ein aggressiver Ton eingeschlichen. Da kam Erhard eines Tages mit einem neuerlichen Vorschlag auf mich zu.

„Laß uns zwei Wochen gemeinsam in Urlaub fahren", sagte er. „Diese Zeit ist eine Möglichkeit für uns zu prüfen, ob wir zueinander passen. Wenn wir danach feststellen sollten, daß wir auf engstem Raum nicht miteinander auskommen, können wir uns in guter Gewißheit, nichts unversucht gelassen zu haben, voneinander verabschieden."

Mich störte an seinem Vorschlag vor allem, daß er wieder nicht fragte, was ich denn davon halte. Er hatte mir nur mitgeteilt, was er sich ausgedacht hatte. Wo blieb da die notwendige Gemeinsamkeit, die zweifelsohne zu einer guten Partnerschaft gehört? Sie hatte sich auch im Laufe der Zeit nicht entwickelt.

Während der nächsten Tage dachte ich darüber nach, ob ich zustimmen oder ablehnen sollte. Eine Stimme in mir warnte: „Anna-Ruth, sei vorsichtig!" Andererseits fand ich, daß es gar keine schlechte Idee war. Sollten wir diese Chance nicht nutzen, um festzustellen, ob wir uns näherkommen können oder ob wir uns noch weiter voneinander entfernen?

„Das kriegen wir alles hin. Mach dir keine Sorgen. Du brauchst nur zu sagen: „Unser Urlaub wird wunderbar!", und dann wird's auch so sein", versprach er.

Noch war ich skeptisch. Ich wollte keine neue „Schlappe" erleben, noch dazu irgendwo im Ausland, wo man nicht einfach die Reisetasche nehmen und nach Hause fahren konnte, wenn unhaltbare Zustände eintraten. Wer weiß schon, wer der andere ist?

Doch Erhard bemühte sich ernsthaft zu beweisen, daß er mich zurückgewinnen wolle. Er brachte eine Flasche echten Champagner mit, als er am Wochenende kam, und wir tranken ihn in bestem Einvernehmen – zumindest die erste Hälfte. Nebenbei versuchten wir, uns über das Urlaubsziel zu einigen.

Ich wußte, daß Erhard Jugoslawien liebte und mehrere Urlaube in diesem Land verbracht hatte. Aber gerade das war ein Grund für mich, nicht mit ihm dorthin zu fahren. Ich wollte nicht an alte Urlaubserinnerungen anknüpfen, sondern etwas Neues gestalten. Deshalb schlug ich die Insel Ischia vor.

Ich merkte, daß er von meinem Reiseziel nicht begeistert war. „Warum gerade Ischia?" wollte er wissen.

„Warum nicht Ischia?" fragte ich zurück.

Er sah mich erstaunt an. „Du mußt doch einen Grund dafür haben, weshalb du ausgerechnet nach Ischia willst."

„Nein", erklärte ich. „Einen Grund gibt es nicht. Ich möchte nur gern diese Insel kennenlernen. Ich möchte Neapel besuchen, einen Ausflug zum Vesuv machen und auch nach Pompeji fahren."

Doch meine Antwort genügte ihm nicht. „Wie kommst du gerade auf Ischia?" beharrte er weiter. Er forderte tatsächlich eine Begründung für meinen Urlaubswunsch, und das erboste mich ungemein. Mußte man denn unbedingt alles erklären und begründen?

„Ich habe ein Buch über Ischia gelesen. Darin war die Insel so anziehend beschrieben, daß ich gern einmal dorthinfahren möchte", sagte ich ruhig, obgleich ich nicht verstand, weshalb ich es zuließ, daß er ein Verhör mit mir anstellte. Aber er war noch immer nicht zufrieden.

„Was für ein Buch?" wollte er wissen.

Langsam verlor ich die Geduld und die Lust, ihm zu antworten. Was hatte das für einen Zweck?

„Einen Roman", sagte ich in einem Ton, der meine ganze Verärgerung über diese Art von Gespräch zum Ausdruck brachte. „Einen Liebesroman, der auf der Insel Ischia spielt. Soll ich ihn dir holen? Möchtest du ihn lesen?" fragte ich herausfordernd. Ich wußte nur zu genau, daß er keinerlei Bücher las oder überhaupt lesen würde.

Damit war Ruhe – zumindest, was Ischia betraf. Nach einer Weile erwähnte er, daß er mit seiner Frau Rosi einen Urlaub in Tunesien verbracht habe, der ihm sehr gut gefallen habe.

Ich ließ diese Aussage so stehen, ohne darauf einzugehen. Ich wollte weder nach Jugoslawien noch nach Tunesien.

Während des restlichen Wochenendes sprachen wir nicht mehr vom Urlaub. Ich kochte ein gutes Essen, wir setzten uns auf die Terrasse in die Sonne und unternahmen sogar einen kurzen Spaziergang, obwohl Erhard üblicherweise dazu nicht zu bewegen war. Das brachte mich zu der Vermutung, daß er aus diesem Grunde sogenannte Strandurlaube vorzog, die nicht in Besichtigungstouren ausarteten. Für Kultur hatte er ohnehin recht wenig übrig.

Als er am Sonntagabend nach Schwarzwiek zurückfuhr, legte er besänftigend den Arm um mich, so daß mir dummerweise fast die Tränen kamen.

„Die Welt ist ein ziemlich großer Platz", sagte er poetisch. „Da muß es doch möglich sein, ein Urlaubsziel zu finden, das uns beiden zusagt."

Ich begleitete ihn zu seinem Wagen, und er erschien mir ungewöhnlich nachdenklich. Als er bereits eingestiegen war, erklärte er, daß er Mitte der Woche für eine Nacht herkommen wolle, um vorher etwas zu erledigen. Dann fuhr er davon. Er bot mir keine Gelegenheit, ihn nach näheren Einzelheiten zu fragen.

Eine kurze Zeit lang hatte ich ein Gefühl wie von einem Sturz ins Leere. Ich wußte nicht, was ich davon halten sollte, doch als ich erfuhr, daß sich Erhard bei einem Konditor in Kronsberg um eine Arbeitsstelle beworben hatte, gewann ich wieder Zuversicht.

„Wir stehen ja nicht unter Zeitdruck", meinte er gelassen. „Vielleicht gibt es auch einen Mittelweg."

Danach erschien er mit einem dicken Stapel Urlaubskataloge, die er bei verschiedenen Reiseveranstaltern besorgt hatte.

„Was hältst du von Ischia?" fragte er überraschenderweise und lachte über mein erstauntes Gesicht.

Es war mir klar, daß trotz seiner gegenteiligen Behauptungen der eigentliche Grund der war, daß er mich zurückgewinnen wollte. So verbrachten wir das gesamte Wochenende mit dem Vergleichen von Reiseangeboten und entschieden uns schließlich für das Hotel „Palio Carmina" in Forio. Eine Woche später machten wir die Buchung fest und leisteten die Anzahlung.

„Jetzt ist alles in Ordnung", meinte Erhard, und von da an ging alles schief.

Kapitel 9

„Das Leben wird ohne die leisen Zwischentöne leicht zu einer Strapaze. Man kann nicht nur Akkorde ertragen", erklärte Otto, als ich ihn das nächste Mal besuchte.

Wir hatten Musik gehört: die „Zigeunerphantasien" aus dem Ballett „Die Steinblume" von Serge Prokofieff, und ich hatte Otto meinen seltsamen Traum der letzten Nacht erzählt, der mich nicht losließ, weil ich wußte, daß sich Otto eingehend mit dem Thema „Traumdeutung" auseinandersetzte.

„Ich betrat eine kleine, mit bunten Blumen geschmückte Kirche, um zu heiraten. Der Pastor kam auf mich zu und gab mir die Hand. Er trug ein Tablett, auf dem zwei goldene Ringe lagen. Neben mir ging Erhard, und hinter mir hörte ich die Hochzeitsgäste. Sie waren lustig und redeten durcheinander. Nur schienen sie keine Gesichter zu haben, und ich bemerkte, daß alle schwarz angezogen waren. Auch Erhard und ich trugen Schwarz. Der Pastor dagegen hatte ein buntes Gewand angelegt. Er besaß als einziger ein Gesicht. Ich war aber nicht traurig, sondern fühlte mich wohl."

Mit einem fragenden Blick schaute ich Otto an. „Kannst du mir erklären, was dieser Traum zu bedeuten hat?"

Otto lächelte still. „Solche Träume deuten immer auf unbewältigte Probleme hin", meinte er nach einer Weile. „Die Kirche symbolisiert zum Beispiel den Wunsch nach einem ausgeglichenen Seelenleben, nach Ruhe, Entspannung, Besinnung. Der Pastor steht für eine Vertrauensperson, die wichtige Anregungen, Hinweise und Hilfestellungen gibt und die es gut meint. Deswegen das bunte Gewand.

Die Hochzeit hat einen doppelten Sinn: Ende und

Anfang zugleich, also Wechsel in eine neue Lebensphase. Es kann Loslösung von einer gegenwärtigen Beziehung sein, aber auch die Änderung eines Lebensstils. Die Bindung an etwas Neues – das bedeuten die Ringe.

Die schwarze Kleidung ist Sinnbild für Trennung und Abschied, und die allgemein fröhliche Stimmung bedeutet, daß du dem Vergangenen nicht nachtrauerst, sondern von einer positiven Wende in deinem Leben überzeugt bist – so oder so..."

Ich zog die Stirn in Falten. „Was meinst du mit „so oder so"? Daß ich meine Lebensumstände überdenken sollte?"

„Ja, so ungefähr", sagte er und fuhr dabei mit den gespreizten Fingern durch seine schwarzen Locken. Dann stand er auf. Es hatte geklingelt.

Als er wieder hereinkam, folgte ihm eine große, schlanke junge Frau in Jeans, heller Bluse und einem marineblauen Blazer aus Wildleder. Otto machte uns miteinander bekannt.

„Das ist Christiane. Sie ist Architekturstudentin und wartet auf den Beginn des nächsten Semesters. Da der Mietvertrag für ihre Wohnung bereits vorher ablief, bewohnt sie während der nächsten zwei Wochen bis zu ihrer Abreise mein Gästezimmer."

Otto war wirklich ein Schatz! Wo er nur konnte, bot er seinen Freunden Hilfe und Unterstützung an. Dabei befand er sich zur Zeit selbst im Aufbruch zu etwas Neuem.

In der Vorfreude auf den Ischia-Urlaub hatte ich mir kurze schwarze Shorts aus Crepe de Chine gekauft, dazu eine schwarze Netzstrumpfhose. Zufrieden drehte ich mich bei der Anprobe vor dem Spiegel. So konnte ich mich durchaus sehen lassen.

„Wer keinen Mut zum Träumen hat, der hat auch keine

Kraft zum Kämpfen", hatte Otto erklärt. Aber sowohl an Mut als auch an Träumen fehlte es mir nicht. Ich war jung, wollte das Leben genießen und mich an jedem neuen Tag erfreuen, auch wenn die Sonne einmal nicht scheinen sollte. So schlimm würde es schon nicht werden, dachte ich.

Als wir vom Reisebüro die verbindliche Buchungsbestätigung erhielten, tranken wir freudig einen Sherry auf unseren bevorstehenden Urlaub.

„Schade, daß wir so viel Zeit mit Streiten verloren haben", meinte Erhard und lächelte ein wenig kläglich. Doch dann sprachen wir von anderen Dingen und kamen nicht wieder auf das alte Thema zurück.

So war das also. Unser Einvernehmen hielt noch genau bis zum nächsten Wochenende an. Am Freitag bekam Erhard eine Absage auf seine Bewerbung, von der er sich so viel versprochen hatte. Ich fand es zwar auch enttäuschend, daß es nicht geklappt hatte, aber Erhards Bemerkung daraufhin ärgerte mich mehr, als ich es ihm zeigte: „Vielleicht soll es nicht sein mit uns beiden."

So schnell war er bereit aufzugeben. Eine einzige Bewerbung, eine einzige Absage – das war alles, um abschießend festzustellen: Es geht eben nicht.

Plötzlich mäkelte er herum, daß das Essen nicht pünktlich um 12.00 Uhr auf dem Tisch stand, wenn er am Wochenende kam, und er diktierte mir, daß ich um Punkt 19.00 Uhr Hunger aufs Abendbrot zu haben hatte, was aber bedauerlicherweise nicht der Fall war und ihn dazu veranlaßte, seinen Unmut über diesen vermeintlichen Mißstand kundzutun.

Als ich mir jedoch abends nach den Spätnachrichten ein Käsebrot zurechtmachte, griff er mich böse an: „Das machst du nur, um mich zu ärgern!" behauptete er verstimmt. Sein Ton hatte dabei eine Schärfe angenommen, daß ich fürchtete, gleich würde er mich schlagen.

Angst stieg in mir hoch, und dieses Gefühl bewirkte, daß ich mich sagen hörte: „Ich möchte, daß du auf der Stelle nach Hause fährst – jetzt gleich! Ich will dich nie mehr wiedersehen! Nimm deine Sachen und verschwinde! Ich lasse mir doch nicht von dir einen Zeitplan aufzwingen! Schließlich bin ich ein erwachsener Mensch und will nicht entmündigt werden!"

Mit einem entschlossenen Blick unterstrich ich die Aussagekraft meiner Worte. Jetzt war wirklich Schluß! Ich wollte nicht mehr!

Einen Moment lang stand Erhard wie angewurzelt mir gegenüber im Flur. Vermutlich wollte er es nicht wahrhaben, daß ich es ernst meinte. Doch dann murmelte er etwas wie: „Das ist doch nicht zu fassen!", suchte seine Sachen zusammen und warf unsanft die Haustür hinter sich ins Schloß. Erleichtert atmete ich auf.

„Ich will dich nie mehr wiedersehen!" wiederholte ich leise, aber mit Entschiedenheit. „Nie mehr – nie mehr!"

Kapitel 10

Es ist der Traum jeder Frau, der Traum eines Mannes zu sein. Dennoch wollte ich nicht darauf achten müssen, daß alles streng nach Vorschrift geschieht. Ich wollte überhaupt nicht, daß mir irgendwelche Vorschriften gemacht werden. Deshalb war es für mich auch unbegreiflich, woher sich Erhard das Recht nahm, über mein Leben zu bestimmen.

In der Nacht träumte ich, Erhard habe irgendwo in einer Konditorei „probegearbeitet" und mir erklärt, daß er recht zuversichtlich sei, einen Anstellungsvertrag bekommen zu können. Er wolle sich daraufhin gleich bewerben, und zwar so, wie er in diesem Moment vor mir stand: in kurzen Hosen. Erst nach einigem Hin und Her ließ er sich dazu bewegen, eine ordentliche Hose anzuziehen.

„Wenn ich eine feste Anstellung bekomme, können wir heiraten", sagte er aufgeräumt.

Diese Mitteilung löste in mir ein unangenehmes Gefühl aus. Ich verspürte Angst bei dem Gedanken an eine Heirat. Gleichzeitig fragte ich ihn, weshalb er sich ausgerechnet in diesem anderen Ort um eine Arbeitsstelle bewerben wolle und nicht in Kronsberg. Er wisse doch genau, daß ich Kronsberg nicht so einfach verlassen könne.

Später befanden wir uns in einer alten Burgruine und standen frei auf einem balkonartigen Vorsprung ohne Geländer oder sonstige Abschirmung nach unten. Da erst sah ich, daß Erhard ein Fläschchen mit Säure in der Hand hielt, und ich ahnte, daß er mir diese Säure im nächsten Moment ins Gesicht schütten und mich in die Tiefe hinunterstürzen würde.

Panische Angst ergriff mich, und von meinem eigenen Stöhnen erwachte ich schließlich. Es dauerte einige Augenblicke, bis ich mich zurechtfand und mir klar wurde, daß mich niemand bedroht hatte. Ich atmete tief durch, als könne ich damit die letzte Erinnerung an den unangenehmen Traum auslöschen. Dann schlug ich entschlossen die Bettdecke zurück und stand auf.

„Ich brauche dich nicht, Erhard Mengel!" sagte ich laut. „Ich kann sehr gut ohne dich leben!"

Doch wie verbringt man am besten den ersten Sonntag nach einer endgültigen Trennung? Mit Leichtigkeit oder mit Vergnügen?

Mir fiel ein, daß ich bei einer Wette vor einiger Zeit zwei Stücke Kuchen an Otto verloren hatte. Ich war der festen Überzeugung gewesen, Tschaikowsky habe „Peter und der Wolf" komponiert, während Otto meinte, es stamme von Prokofieff. Ich war so sicher, recht zu haben, daß ich gleich um zwei Stücke Kuchen gewettet und bedauerlicherweise verloren hatte.

Aber noch während ich überlegte, ob ich heute nachmittag meine „Wettschulden" einlösen sollte, entschied ich mich dafür, zu Hause zu bleiben und nicht zu Otto zu fahren – heute nicht. Ich wollte nicht darüber reden, daß ich von Erhard Treue, Fürsorglichkeit und Ehrlichkeit erwartet, aber nicht gefunden hatte. Ich wollte auch nicht, daß Otto sagte: „So sind die Menschen nun mal nicht." Darüber hinaus fehlte mir der rechte Antrieb, um ins Auto zu steigen und loszufahren, und Otto besaß kein Auto. Ich wußte nicht einmal, ob er einen Führerschein hatte.

Um mit meinen Gedanken und Gefühlen Erhard gegenüber ins Reine zu kommen, trug ich auf einem Blatt Papier einzelne Stichpunkte für und gegen ihn zusammen, wobei sich auf der „positiven" Seite nicht mehr als fünf Punkte befanden: Er ist handwerklich begabt, sieht gut aus, beweist einen modischen Geschmack, tanzt gern und hilft bei der Gartenarbeit. Die „negative" Seite überwog jedoch erheblich mit sechsundzwanzig Punkten.

Diese Gegenüberstellung bestätigte mir die Richtigkeit meiner Entscheidung, und ich fragte mich wieder einmal, warum es so sein mußte, daß man Ereignissen und Erfahrungen ausgesetzt wurde, gegen die man sich nicht wehren konnte.

„Heutzutage bekommt man nichts mehr umsonst", beklagte ich mich bei Otto, als mir mehr und mehr die Tragweite unserer Trennung bewußt wurde. „Früher war alles ganz anders."

Otto sah mich nachdenklich an. „Es hat keinen Zweck, immer an die „gute alte Zeit" zurückzudenken. Das macht einen nur älter", erklärte er gleichmütig.

Man hätte meinen sollen, daß es darauf nur eine einzige Antwort geben konnte, aber ich fand eine andere.

„Es ist Sommer, und ich bin allein", sagte ich resigniert. „Ich fühle mich so verloren, und kein Fundbüro kann mir helfen."

Ein paar Tage später steckte in meinem Briefkasten eine Karte mit einem Spruch:

„Die Einsamkeit hat mich gelehrt, daß das Zusammenleben mit anderen etwas ziemlich Schönes ist. Das Zusammenleben mit anderen hat mich gelehrt, daß die Einsamkeit etwas ziemlich Schönes ist. Und so habe ich viel Abwechslung und ein ziemlich schönes Leben."

Auf der Rückseite stand nichts weiter als „Viele Grüße von Otto."

Die Karte entlockte mir ein Schmunzeln. Otto war kein großer Briefeschreiber. Doch er hatte genau die richtigen Worte für mich gefunden. Man konnte gar nicht verrückt genug sein, als daß es nicht einen anderen gab, der noch verrückter war und einen verstand.

Als ich ihn anrief, um mich für die Karte zu bedanken, sagte er: „Leben ist das, was passiert, während du eifrig dabei bist, andere Pläne zu machen. Aber wirklich reich ist, wer mehr Träume in seiner Seele trägt, als die Realität zerstören kann."

Am nächsten Wochenende war es so warm, daß ich mich entschloß, auf der Terrasse zu schlafen – nicht allein der hochsommerlichen Temperaturen wegen, sondern weil ich es mit der Zeit vermißte, daß sich nicht mal wieder etwas Außergewöhnliches ereignete. Ich war nicht unbedingt der Mensch, der es gelassen hinnahm, daß jeder Tag eintönig dem anderen glich.

Aus diesem Grunde versuchte ich, ein wenig „Camping-Atmosphäre" herzustellen, indem ich bei Einbruch der Dunkelheit die Balkonliege auf der Terrasse aufstellte und meinen Schlafsack darauf ausrollte. Ein Sherry als „Schlummertrunk", und um 22.00 Uhr nahm ich mein „Open-air-Nachtlager" ein.

Die Luft war mild, und ich fand es aufregend, unter freiem Himmel zu nächtigen. Die hochgewachsenen Fichten schirmten meine außergewöhnliche Schlafstätte den Nachbarn gegenüber ab. Noch vernahm ich ihre Stimmen, aber gegen 23.00 Uhr kehrte langsam Ruhe ein, was allerdings bewirkte, daß ich nach und nach das sichere Gefühl des Behütetseins verlor. Von nun an befand ich mich allein hier draußen.

Ein Gedanke an Erhard schlich sich ein. Er hatte sich nicht mehr gemeldet, keinen Versuch mehr unternommen, in irgendeiner Weise Verbindung zu mir aufzunehmen. Dabei war für Anfang September unser Urlaub gebucht und auch bezahlt. Wie sollte denn das jetzt weitergehen? Irgendwie mußten wir die Angelegenheit regeln.

Ich drehte mich auf den Rücken, schaute zu dem Sternenhimmel über mir hinauf und war froh, das Problem heute nacht nicht mehr lösen zu müssen. In der Ferne vernahm ich das Motorengeräusch eines Autos. Gleich darauf folgte ein zweites – danach war wieder alles ruhig. Doch dann dachte ich erneut darüber nach, wie das anstehende Urlaubsproblem abgehandelt werden konnte. Befaßte sich Erhard überhaupt mit dem Gedanken, oder hatte er die Angelegenheit der Einfachheit halber beiseite geschoben?

Mein Blick führte geradewegs am Forsythienstrauch vorbei auf die Straße, und ich überlegte, ob ich zu meiner eigenen Sicherheit den großen Topf mit der Agave am oberen Ende der Treppe, die auf die Terrasse führte, plazieren sollte. Also stand ich auf und trug die Agave an die Stelle, wo ich meinte, daß sie mich im Falle eines Falles vor eventuellem unerwarteten Besuch schützen würde.

Nach einer Weile kamen mir neuerliche Gedanken, denn die hintere Terrassentreppe war ebenso unbewacht. Wenn mich nun jemand im Vorbeigehen von der Straße aus hier auf meinem Campingbett liegen sah...

Also stand ich noch einmal auf und versperrte den Zugang über die hintere Terrassentreppe mit einem weiteren Agaventopf. Und nun? – Daß ich schließlich doch eingeschlafen war, wurde mir erst in dem Moment bewußt, als hinter mir eine Zwetschge vom Baum fiel und bei der Landung auf dem Blumenbeet ein plumpsendes Geräusch verursachte, das mich aufschrecken ließ. Unwillkürlich suchte mein Blick die beiden Agaventöpfe. Sie standen nach wie vor an denselben Plätzen, die ich ihnen zugedacht hatte. Erleichtert atmete ich die Luft, die ich angehalten hatte, wieder aus.

Die Kirchturmuhr verkündete, daß es 2.00 Uhr war, und

ersparte mir dadurch den mühsamen Versuch, bei der Dunkelheit die Uhrzeit von dem Zifferblatt meiner Armbanduhr abzulesen, denn der „Mann im Mond" hatte sich inzwischen „aus dem Staub gemacht".

Ich gähnte verschlafen und überlegte, ob ich mein unübliches Nachtlager beibehalten oder mich wieder ins Haus zurückziehen sollte, wo es sicher nicht nötig war, auf der Lauer zu liegen, um nur kein warnendes Geräusch zu überhören. Schließlich raffte ich meinen Schlafsack zusammen und setzte die Nachtruhe in gewohnter und weniger strapaziöser Weise fort.

Kann schon sein, daß man mit der Zeit vorsichtiger wird. Vor zehn Jahren wäre ich vermutlich unbesorgt weiter draußen liegengeblieben. Aber mittlerweile war ich 34 Jahre alt und „schrecklich erwachsen", wie sich Otto belustigt ausgedrückt hatte. Na, wenn schon! Mitunter war es gar kein Fehler, die vernünftige Seite vorzukehren.

Gerade deshalb entschloß ich mich ein paar Tage später, endlich mit Erhard die Urlaubsfrage zu klären. Wie auch immer – es mußte eine Lösung gefunden werden. Vielleicht – wenn überhaupt – war es möglich, trotz allem, was vorgefallen war, nach Ischia zu fliegen und die finanzielle Einbuße beim Reiseveranstalter zu umgehen, indem wir den Urlaub nicht stornierten.

Erhard zeigte sich über den Vorschlag weniger erstaunt, als ich angenommen hatte. Er war einverstanden und schien sich sogar darüber zu freuen, als ich am Telefon erklärte, es müsse doch möglich sein, sich vernünftig zu benehmen und einander wohlwollend zu begegnen.

Dennoch stellte ich eines deutlich klar: „Es bleibt bei der Trennung. Daran gibt es nichts zu rütteln. Und wir treffen uns erst am 5. September in Frankfurt auf dem Flughafen. – Findest du das übertrieben?"

„Überhaupt nicht", sagte er leichthin. „Also, bis zum 5. September."

Dann legte er den Hörer auf.

Kapitel 11

Es war Unrast in mir. Nicht allein deshalb, weil ich mich fragte, ob das alles gutgehen würde, ob ich die richtigen Entscheidungen getroffen hatte. Es gab da noch etwas anderes, das mir Sorgen bereitete, das seit einiger Zeit mein Denken bestimmte.

Irgend etwas war mit meinem rechten Auge nicht in Ordnung. Anfangs nahm ich es nicht allzu ernst, doch als die matte graue Stelle im Blickfeld, die geraden Linien oder Buchstabenzeilen einen Knick nach oben verlieh, weiterhin erhalten blieb, vereinbarte ich schließlich einen Termin beim Augenarzt. Mir schien, als dürfe ich die Angelegenheit nicht länger „auf die leichte Schulter" nehmen.

Der Augenarzt gab mir recht. „Es hat sich ein Bluterguß hinter der Netzhaut gebildet. Außerdem ist die Netzhaut entzündet", erklärte er auf seine souveräne Art.

Die Aussage erschreckte mich. War da etwas Schlimmes passiert?

Er reichte mir eine Überweisung zu einer weiterführenden Untersuchung in der Universitätsklinik. Gleich morgen früh um 7.30 Uhr sollte ich dort erscheinen.

Ängstlich sah ich den Augenarzt an. „Ich muß diese Frage stellen: Ist das ein Tumor?"

„Nein", beruhigte er mich. „Aber wir müssen der Sache nachgehen und feststellen lassen, woher dieses Blutgerinnsel kommt. Glücklicherweise befindet es sich nicht direkt im Sehzentrum, sondern etwa einen Millimeter außerhalb. Die Uni-Klinik hat die Möglichkeit, genauere Untersuchungen durchzuführen. Zu diesem Zweck wird Ihnen ein Farbkontrastmittel gespritzt."

Das Wort „gespritzt" veranlaßte mein Herz zu einem

unangenehm spürbaren Sprung. Von je her hatte ich Angst vor Spritzen. Aber es würde sich nicht umgehen lassen. Ich mußte die Angst überwinden, denn diese Untersuchung war unumgänglich.

„Bleiben Sie ein paar Tage zu Hause", sagte der Augenarzt. „Keine Arbeit am Computer, keine körperliche Anstrengung, kein Fernsehen, auch nicht lesen – einfach ausruhen, und dann sehen wir weiter."

Er verabschiedete mich, obgleich noch so viele Fragen in mir pochten. Doch seine anderen Patienten warteten ebenfalls, und ich mußte mich zunächst mit der Überweisung in die Uni-Klinik bescheiden.

„Chorioretinitis rechts mit Hämorrhagien", las ich auf dem Papier, das ich unschlüssig in meinen Händen hielt. Was immer das heißen mochte – ich hatte Angst, sowohl vor der Untersuchung als auch vor dem Ergebnis. Der Augenarzt hatte meinen Fall als Notfall ausgewiesen, da ich sonst nicht gleich morgen früh einen Termin hätte bekommen können.

Als ich auf die Straße hinaustrat, fuhr ein alter Mann in einem motorisierten Krankenrollstuhl an mir vorbei. Auf dem Schoß hielt er ein Zehnerpack Toilettenpapier fest. Unwillkürlich schaute ich ihm hinterher. Er ist bei weitem schlimmer dran als ich, tröstete ich mich. Mein gesundheitliches Problem würde sicher zu beheben sein – seines vermutlich nicht mehr.

Dennoch machte ich mir Sorgen. Alle möglichen Hirngespinste drängten sich mir auf.

„Warte doch erst einmal das Ergebnis der morgigen Untersuchung ab", sagte Otto beschwichtigend am Telefon.

Von meiner Unruhe getrieben, war ich schnurstracks nach Hause gefahren, hatte es dann aber bedauert, nicht zuvor bei Otto Zwischenstation gemacht zu haben. Ich mußte unbedingt mit jemandem reden, und Otto war zweifelsohne der beste Gesprächspartner in dieser Situation.

„Wenn ich dir dadurch helfen kann, begleite ich dich gern in die Uni-Klinik", bot er mir an. Das beruhigte mich ein wenig.

„Ach, Otto, was würde ich nur ohne dich machen?" erwiderte ich dankbar.

Am nächsten Morgen holte ich ihn pünktlich um 6.00 Uhr ab. Er stand schon vor der Haustür und wartete auf mich, und ich sagte ihm noch einmal, wie froh ich war, daß er mitfuhr.

„Das ist doch selbstverständlich", meinte er liebevoll.

„Nein", sagte ich, während ich den Wagen wendete, „selbstverständlich ist nichts."

„Ich wette, daß du noch nicht einmal gefrühstückt hast", wechselte Otto das Thema. Große Worte über seine Hilfsbereitschaft waren ihm noch nie angenehm gewesen.

„Da brauchst du gar nicht zu wetten", erklärte ich streitbar. „Hättest du denn in meiner Lage essen können – noch dazu so früh am Morgen?"

„Es ist ein ganz normaler Mittwoch mitten im Leben", entgegnete Otto gelassen, und ich sagte, daß er allen Grund habe, gelassen zu sein. Er habe ja nichts auszustehen.

„Nur beizustehen", meinte er lächelnd.

Wir stellten das Auto um kurz nach 7.00 Uhr auf dem Riesenparkplatz der Uni-Klinik ab, zogen an der Anmeldung die Wartenummer vier und kamen bei der Aufnahme der Personalien fast sofort an die Reihe. Dann marschierte ich neben Otto durch endlose Gänge bis zur Augenklinik. Hier mußten wir wieder warten. Es war noch nicht 7.30 Uhr.

Durch die hohen Fenster fiel warm die Sonne herein, und ich saß da mit ernstem Gesicht und schaute auf meine Hände, die unruhig in meinem Schoß lagen.

„Was für ein schöner Tag zum Traurigsein", sagte Otto leise und sah mich mitleidsvoll von der Seite an. Da wurde am Schalter mein Name aufgerufen.

„Sie haben keinen Termin für heute vereinbart", erklärte die ältere Dame hinter der Glasscheibe, während sie in meinen Überweisungspapieren und in ihrem Terminkalender blätterte.

„Ich bin ein Notfall", entschuldigte ich die Unterlassung. Ich war fest entschlossen, mich nicht wieder wegschikken zu lassen. Wenn es schon sein mußte, dann sofort.

Wir wurden weiterdirigiert und gebeten, vor dem Untersuchungsraum Nummer dreizehn Platz zu nehmen. Hier warteten bereits mehrere Leute.

„Ich habe Angst vor einem schlimmen Ergebnis", sagte ich zu Otto. „Die Augen sind so wichtig, und ich möchte sie gesund erhalten."

„Deshalb sind wir ja hier", entgegnete er. Ich hatte es nicht überhört, daß er „wir" sagte, und das gab mir ein Gefühl des Beschütztseins, das mir in diesem Augenblick sehr wohltat.

Ein flüchtiger Gedanke an Erhard schlich sich ein, den ich aber entschieden zur Seite schob. Er wäre mir in dieser Situation mit Sicherheit nicht so hilfreich gewesen wie Otto. Vermutlich hätte er nur nach hübschen Krankenschwestern Ausschau gehalten. Als ich Otto das sagte, lachte er.

„Ich hatte nicht gedacht, daß „ein Mann für alle Fälle" so wichtig sein kann", scherzte er.

„Jetzt weißt du es", sagte ich. Für einen Moment hatte ich sogar das Bevorstehende vergessen.

Dann folgte die Untersuchung. Augentropfen, die die

Pupillen weiteten, und erneutes Warten vor dem Zimmer mit der Nummer dreizehn. Wieder wurde ich aufgerufen, mußte Zahlen lesen, in grelle Lichtpunkte schauen, danach noch einmal vor der Tür Platz nehmen. Aber ich war innerlich ruhiger geworden, hatte mich in das Unvermeidliche gefügt.

„Die eigentliche Untersuchung erfolgt erst jetzt", verkündete der junge Arzt, als er mich das nächste Mal hereinholte.

Die Ampulle mit der roten Farbflüssigkeit lag schon für die Injektion bereit, und ich mußte zehn grelle Blitzlichtaufnahmen direkt in das rechte Auge über mich ergehen lassen. Nach jedem Mal war ich froh, daß sich die Anzahl der noch verbleibenden notwendigen Blitze verringerte. Es war äußerst unangenehm, obwohl mir zwischendurch zwei kurze Erholungspausen gewährt wurden.

„Geben Sie sofort Bescheid, wenn sich während der Injektion des Kontrastmittels Kreislaufprobleme bei Ihnen bemerkbar machen sollten", hatte der Arzt erklärt und sich zwischendurch zweimal nach meinem Befinden erkundigt. Doch in dieser Hinsicht spürte ich keine Veränderung. Das einzig Ungewöhnliche war, daß ich danach meine Umgebung in einem blaßroten Grundton wahrnahm, als ich mich wieder zu Otto auf den Flur setzte. Die Wände hatten eine rote Farbe und die Stühle und der Fußboden auch. Doch nach einiger Zeit verschwand dieses Symptom wieder. Als der Professor Otto und mich hereinrief, um uns das Ergebnis zu erläutern, hatte sich das Sehen bereits wieder normalisiert.

Wir standen vor einem Bildschirm, auf dem nacheinander die zehn Aufnahmen meines rechten Auges erschienen. Durch das Farbkontrastmittel zeichnete sich das Blutgerinnsel ab und war deutlich erkennbar.

„Und wie kann es behandelt werden", fragte ich. Mein Blick ging zwischen dem jungen Arzt und dem Professor hin und her.

„Nur durch eine Operation", erklärte der Professor unmißverständlich. „Eine Operation, die auf neusten Erkenntnissen basiert und die man erst seit etwa zwei Jahren durchführt."

„Erst seit zwei Jahren?" fragte ich erstaunt.

„Schon seit zwei Jahren", verbesserte er sich. „Zwei Jahre sind in der Medizin eine lange Zeit."

„Und was hat man vor dieser Zeit gegen so ein Blutgerinnsel unternommen?" forschte ich weiter.

„Nichts", sagte der Professor kühl. „Da war nichts zu machen."

Seine Erklärungen genügten mir nicht. „Wie schnell ist denn eine solche Operation notwendig?" wollte ich wissen.

„Das kommt darauf an, wie schnell Sie sich entscheiden", war seine ausweichende Antwort, bei der er es bewenden lassen wollte. Also mußte ich weiterfragen.

„Besteht denn die Möglichkeit, daß das Blutgerinnsel von selbst wieder verschwindet?"

„Vielleicht. Sie können ja noch eine Weile abwarten."

Seine Art der Aufklärung ärgerte mich. Von einem Professor hatte ich mir einen umfassenderen und eingehenderen Bescheid vorgestellt und keine derart vagen Aussagen, die man erst Wort für Wort anfordern mußte. Wenigstens ließ er sich dazu herab, mir die Operationsmethode aufzuzeigen.

„Sie müßten zwei Wochen hierbleiben, weil es eine schwierige Operation sein wird – schwierig und zeitaufwendig. Das Auge wird herausgenommen, von hinten aufgeschnitten, um an das Blutgerinnsel heranzukommen. Dieses wird dann in Präzisionsarbeit seitlich herausgezogen."

„Na, prima", war mein Kommentar. Ich fühlte, wie meine Hände feucht wurden.

„Und durch diese Operation ist gewährleistet, daß sich kein neues Blutgerinnsel bildet?" wagte ich zu fragen.

„Gewährleistet ist gar nichts", sagte der Professor unpersönlich. „Niemand kann wissen, ob das Problem damit ein für alle Male behoben sein wird. Nur eines ist dabei zu bedenken: Wenn sich das Gerinnsel nicht selbständig auflöst, wird es sich eines nicht allzu fernen Tages unter das Sehfeld schieben, und dann..."

Er führte den Satz nicht zu Ende, doch ich wußte auch so, was er hatte sagen wollen.

Die Rückfahrt verlief recht schweigsam. Otto besaß ein feines Gespür dafür, wann es angebracht war, nicht zu reden. In meinem Kopf wirbelten die Gedanken wild durcheinander wie winzige Teeblätter in einem Glas mit heißem Wasser, nachdem man darin gerührt hatte. Im Augenblick vermochte ich keinen einzigen zu fassen und festzuhalten. Deshalb sagte ich zu Otto: „Ich möchte dich zum Essen einladen. Worauf hast du Appetit?"

Sein Gesichtsausdruck zeigte Überraschung. Doch er schien sich über den Vorschlag zu freuen.

„Auf Speckpfannkuchen mit Camembert und Preiselbeeren", erklärte er, nachdem er eine Weile nachgedacht hatte.

Aber dann wechselte ich doch wieder das Thema. „Womit habe ich das verdient?" fragte ich leicht mutlos.

Otto hob die Hände aus seinem Schoß und ließ sie wieder fallen.

„Das Leben läuft nicht immer so, wie man es plant", sagte er. „Aber du brauchst nichts zu überstürzen. Erledige erst das Notwendige, dann das Mögliche, und plötzlich schaffst du das Unmögliche."

Kapitel 12

Am Abend bekam ich Fieber. Ein Problem mehr oder weniger – was machte das schon? Darauf kam es nun wirklich nicht mehr an. Da ich aber wußte, daß der Körper durch dieses Fieber das Injektionsmittel abbaute, beunruhigte es mich nicht allzu sehr.

Später rief Otto noch einmal an, um sich nach meinem Befinden zu erkundigen und mir eine gute Nacht zu wünschen.

Am nächsten Morgen war das Fieber wieder abgeklungen, aber ich fühlte mich dennoch so richtig als „armer Tropf". Die Sonne schien, doch ich konnte mich nicht darüber freuen. Ich nahm mir fest vor, Otto während der nächsten Tage in Ruhe zu lassen und ihn nicht weiter mit meinen Problemen zu behelligen. Schließlich hatte er genügend eigene Belange zu regeln. Doch am Abend war er es, der mich anrief, um mir Mut zu machen, den Kopf nicht hängen zu lassen.

„Du brauchst wirklich nicht zu befürchten, daß du mir „auf den Keks gehst" – ganz und gar nicht", beruhigte er mich, als ich diese Ansicht äußerte.

„Das Leben ist ein Tauschgeschäft: Du gibst etwas von dir, aber du fragst auch: „Was bekomme ich dafür?" – Ist es nicht so?"

Otto lachte. „Wo hast du denn diese Weisheit her? – Nein, es ist nicht so – jedenfalls nicht immer..."

Noch hatte ich die Hoffnung nicht aufgegeben, denn noch war es nicht entschieden, daß eine Operation unbedingt notwendig war, um dem Auge die Sehfähigkeit zu erhalten. Trotzdem hielt der Unruhezustand an. Es war die Ungewißheit, die mir zu schaffen machte. Wie würde sich die Angelegenheit entwickeln?

Obwohl es mir schwerfiel, hielt ich mich strikt an die Anweisungen des Augenarztes: nicht fernsehen, nicht lesen. Gerade das hätte mich aber von meinen sorgenvollen Gedanken etwas ablenken können. Da ich mir nicht sicher war, ob Fahrradfahren möglicherweise auch zu den körperlich anstrengenden Tätigkeiten zählte, verzichtete ich vorsichtshalber darauf. Aber was blieb mir dann noch? Ich fühlte mich in meinem Wirkungskreis erheblich eingeschränkt.

Am Wochenende fand Ottos Umzugsaktion statt. Ausgerechnet jetzt, wo ich nicht dabei helfen konnte.

„Mach' dir darüber keine Gedanken", sagte er am Telefon. „Es sind genügend Leute hier."

Trotzdem war mir die Situation mehr als unangenehm. „Ich komme auch", sagte ich hastig. „Dann kann ich euch wenigstens mit Essen versorgen."

„Nein, du kommst nicht", bestimmte Otto nachdrücklich. „Außerdem ist die Küche bereits abgebaut. Du sollst Streß meiden, hat dein Arzt angeordnet, und hier ist im Augenblick alles andere als eine streßfreie Zone."

Es belastete mich, daß Otto die Wohnung am Weinberg aufgab und fortzog. Mit dieser Tatsache konnte ich mich nicht abfinden, weil er damit aus meinem Umfeld verschwand. Zuvor hatte ich schon Erhard verloren, und jetzt ging auch Otto.

Ich saß auf der Terrasse, tankte Himmelblau und dachte nach. Warum bezeichnet man die Umwelt eigentlich als „Um-welt"? Weil man sich selbst als Mittelpunkt darin sieht? – Alles dreht sich um mich, aber die Zeit ändert sich...

Bei diesem Gedanken stand ich auf, um mir eine Flasche Wein aus dem Keller zu holen. Es war Sommer, und ich war traurig.

Selbstmitleid ist kein guter Partner, aber an diesem

Wochenende war mir auch ein solcher Partner willkommen. Wenn man schon nicht lesen, nicht fernsehen,
nicht radfahren durfte, das Telefon sich ausschwieg, die
beiden Freundinnen, die ich anzurufen versucht hatte,
sich durch den Anrufbeantworter entschuldigen ließen
und – nicht zu vergessen – eine Operation in Aussicht
stand, die einem Angst einflößte, wenn man nur daran
dachte – dann war sicher ein bißchen Selbstmitleid verständlich.

Nach dem ersten Glas Wein mobilisierten sich meine
Lebensgeister ein wenig, so daß ich das Gefühl bekam,
eigentlich sei doch alles in Ordnung. Nach dem zweiten
Glas begann der Wein zu klettern: Erst war er in den
unteren Beinen, dann spürte ich ihn in den Knien, und
langsam stieg er in den Kopf. Das dritte Glas bewog
mich zu der Feststellung, daß ich Überraschungen wie
eine solche diffizile Augenoperation haßte, und nach
dem vierten Glas überkam mich wieder das Selbstmitleid. Ich hatte mich nur im Kreise gedreht.

Caramba! dachte ich. Mit einem Mal war nichts mehr
so, wie es vorher gewesen war. Erhard war fort, und Otto
ging weg. Doch über allem stand die Angst vor der
Augenoperation. Mit diesem Gedanken konnte ich mich
einfach nicht vertraut machen.

Von irgendwoher vernahm ich leise Ottos Stimme: „Du
willst es nur nicht. Nicht, weil es schwer ist, wagst du es
nicht, sondern weil du es nicht wagst, ist es schwer."

Tränen stiegen mir in die Augen. Ach, Otto, warum
gehst du weg? Warum? So weit weg...

Den Rest der Flasche hätte ich nicht mehr trinken sollen.
Ich war es nicht gewohnt. Doch die momentane Aus-
weglosigkeit, war sie auch nur eingebildet, ließ mich
unvernünftig werden, und danach weinte ich hem-
mungslos, und niemand war da, der mich auf den Boden

der Tatsachen zurückgeholt hätte. Meine Lage wurde nur schlimmer. Zumindest empfand ich sie als immer schlimmer werdend, und in dieser ohnehin hoffnungslosen Situation war es keine Frage der Vernunft mehr, daß ich mir zum Abschluß noch einen Sherry genehmigte. Eine Steigerung meiner abgrundtiefen Traurigkeit konnte ich damit ohnehin kaum noch herbeiführen.

Ich ließ Tisch und Stuhl auf der Terrasse stehen, auch die Flasche und das Weinglas blieben draußen. Ich strebte nur noch mein Nachtlager an. Immer noch von neuem kamen die Tränen. Erhard, Otto, Operation – um was weinte ich eigentlich? Ich fühlte mich unfähig, jeglicher Problematik zu begegnen.

Das Leben lehrt uns allerlei.
Man kommt an manchem Tage
aus lauter Jux und Tollerei
in eine schiefe Lage.

Diesen Spruch hatte ich irgendwo einmal gelesen, und er war das letzte, was mir an diesem Abend einfiel, bevor mir die Augen zufielen.

Kapitel 13

Als ich mich am Sonntagmorgen im Spiegel betrachtete, fand ich mich alles andere als hübsch. Meine Augenlieder waren vom Weinen gerötet und geschwollen, und auch, nachdem ich sie mit Wasser gekühlt hatte, blieben sie unverändert. Das war nicht mehr die Anna-Ruth Dressler, mit der ich mich identisch erklären konnte. Das war eine unvernünftige Person, die den Bluterguß im Auge durch die Heulerei nun sicher ungünstig beeinflußt hatte. Ich hoffte nur, daß dadurch kein größerer Schaden entstanden war.

Versöhnlich und ermutigend lächelte ich der Anna-Ruth im Spiegel zu, doch das Spiegelbild lächelte nur matt und unglücklich zurück.

„Ich werde die Sache anpacken!" sagte ich laut und schaute der anderen Anna-Ruth entschlossen in die geröteten Augen.

Es gibt Situationen im Leben, die zwingen, den Atem anzuhalten und sich neu zu besinnen. Es gibt Augenblicke, in denen man spürt, daß sich eine Chance bietet, die niemals wiederkehren wird.

Bei der nächsten Untersuchung am Montag erklärte der Augenarzt, er habe den Eindruck, daß das Blutgerinnsel kleiner geworden sei. Diese Aussage ließ meine Hoffnung, daß mir vielleicht eine Operation erspart blieb, in die Höhe schnellen.

Aufmerksam las der Augenarzt die Mitteilung über den Befund, die die Uni-Klinik ihm zugesandt hatte.

„Möglicherweise bekommen wir das Problem mit Cortison in den Griff", sagte er. „Wir werden es versuchen."

Zuversichtlich und guten Mutes fuhr ich nach Hause. Morgen würde ich wieder arbeiten gehen. Ich durfte wieder lesen und fernsehen, zwar alles in Maßen, aber mein Tagesablauf würde sich durch die Aufhebung der Einschränkungen nun wieder normalisieren. Bis zur nächsten Kontrolluntersuchung in der Uni-Klinik in drei Wochen blieb genügend Zeit, um durch das Medikament vielleicht eine Besserung herbeizuführen.

Mehrmals täglich testete ich die Sehfähigkeit des rechten Auges. Wurde der matte graue Fleck im Sehfeld tatsächlich kleiner, oder erlag ich hier einer Wunschvorstellung? Vorhanden war er auf jeden Fall noch – das ließ sich nicht leugnen – und nach wie vor beulte er gerade Linien, die ich probeweise nur mit dem rechten Auge anvisierte, nach oben aus. Das war bestimmt noch nicht in Ordnung.

Dennoch fuhr ich relativ gelassen in die Uni-Klinik und wartete etwa mit der gleichen Aufregung auf die Untersuchung, mit der ich im Kino auf den Beginn eines Filmes gewartet hätte. Ich war recht zuversichtlich, daß alles gut werden würde.

Die Tatsache, daß ich meine Warteposition diesmal vor Zimmer Nummer zwei und nicht, wie letztens, vor Zimmer Nummer dreizehn einnehmen sollte, wertete ich übermütig als positives Zeichen. Wenn das Blutgerinnsel im Auge auch von dreizehn auf zwei zurückgegangen war, wollte ich zufrieden sein.

Unter den weiteren Patienten erkannte ich eine ältere Türkin wieder, die beim letzten Mal auch hier gewartet hatte. Ein etwas fülliger junger Mann mit kurzgeschnittenen Haaren, Jeanshosen und einer braunen Lederjacke musterte mich unentwegt. Aber ich ignorierte seine Blicke.

Eine Schwester schob einen Teewagen mit Thermoskannen heran und verteilte heiße Getränke, doch während ich noch überlegte, ob ich einen Becher Kaffee trinken sollte, wurde mein Name aufgerufen. Also keinen Kaffee.

Was nun folgte, war mir nicht mehr unbekannt. Wieder mußte ich in gleißend helle Lichtpunkte starren, nach oben, nach unten, nach links und nach rechts schauen, und schließlich eröffnete mir der Augenarzt, daß er die Untersuchung vom letzten Mal wiederholen wolle.

„Noch einmal ein Farbkontrastmittel spritzen?" fragte ich leicht entsetzt. Ich hatte fest damit gerechnet, daß dies heute nicht mehr notwendig sein würde.

„Ja", sagte er bedauernd. „Ich kann Ihnen das leider nicht ersparen. Nur so ist es möglich, im einzelnen eine Veränderung festzustellen."

Und danach hatte ich die Gewißheit: Das Blutgerinnsel war zwar kleiner geworden, doch das Hauptproblem machte eine sogenannte „Membran" aus, von der bislang nicht die Rede gewesen war.

„Subretinale Neovaskularisationsmembran rechts", hatte als Befund auf meiner neuerlichen Überweisung an die Uni-Klinik gestanden. Diese Membran war mit einer Art winziger, hauchdünner Folie zu vergleichen, die sich im Auge gebildet hatte und die sich ohne ärztlichen Eingriff nicht zurückentwickeln würde. Was nun? Nichts Gutes ahnend, sah ich den Augenarzt an.

Der zu dem anschließenden Gespräch hinzugezogene Professor verdeutlichte mir die Tatsache, daß sich die Angelegenheit keineswegs auf unkomplizierte Weise würde beheben lassen, wie ich voreilig angenommen hatte.

„Sie sind in der Tat ein Problemfall", gestand er offen, und diese Aussage beunruhigte mich von neuem.

„Was bedeutet das?" Lieber hätte ich diese Frage nicht gestellt, doch ich mußte Klarheit erlangen. Schließlich ging es um mein Augenlicht.

„Die Operation, von der letztlich die Rede war, kommt unter den gegebenen Umständen kaum in Betracht", klärte er mich auf. „Die Membran befindet sich in unmittelbarer Nähe des Zentrums des schärfsten Sehens. Es ist unmöglich, sie operativ zu beseitigen, ohne dabei die Netzhaut zu beschädigen."

Er machte eine kleine Pause, damit ich seine Worte verarbeiten konnte. Dann kam er auf die nächste Möglichkeit zu sprechen.

„Eine Laserbehandlung würde bewirken, daß die Membran durch Verbrennen zerstört wird. Nur werden dadurch die umliegenden Nervenzellen mit verbrannt, so daß das Sehen danach erheblich schlechter wird. Das darf ich Ihnen hierbei nicht verschweigen."

„Und was würde passieren, wenn wir die Sache so lassen und nichts verändern?" fragte ich kleinlaut.

„Sie würde sich von selbst verändern", antwortete der Professor. „Die Membran ist bereits seit der letzten Untersuchung gewachsen. Sie würde sich weiter vergrößern und sich unter das Sehfeld schieben. Die Auswirkung wäre, daß sich das Sehen ebenfalls erheblich verschlechtert."

Ratlos schaute ich zwischen den beiden Ärzten hin und her. „Das sind ja aussichtsreiche Chancen", sagte ich kläglich. „Wenn ich Sie recht verstanden habe, ist es egal, für welche der drei Möglichkeiten ich mich entscheide. In jedem Fall wird die Sehfähigkeit nachlassen", vergewisserte ich mich noch einmal.

„So ist es", bestätigte der Professor emotionslos. „Zumindest das rechte Auge betreffend."

Er wartete, ob ich noch weitere Fragen stellen würde.

„Und wenn wir als vierte Möglichkeit zunächst einen operativen Eingriff hinauszögern und erst einmal beobachten, ob sich die Membran vielleicht doch wieder zurückentwickelt?" schlug ich nach einer Weile vor, aber der Professor schüttelte den Kopf.

„Sie wird sich nicht zurückentwickeln, sonst wäre sie in den vergangenen Wochen nicht weiter gewachsen", führte er mit Bestimmtheit aus. „Je mehr sie sich aber vergrößert, desto mehr Nervenzellen werden dann bei einer Laserbehandlung mit zerstört. Das ist unvermeidbar."

„Puh!" Mehr als dieser Seufzer fiel mir momentan nicht ein.

„Wozu würden Sie mir denn raten?" wollte ich wissen. Doch die Antwort war keine Entscheidungshilfe für mich.

„Das ist schwer zu sagen", wich er aus. Dennoch arrangierte er für mich für den Nachmittag ein Gespräch mit dem Netzhautspezialisten. Ich wollte jede Chance wahrnehmen, auch die allerkleinste, um mich über die Risiken zu informieren, die in meinem Falle auftreten konnten. Es war mir wichtig genug; deshalb nahm ich weitere zweieinhalb Stunden Wartezeit in Kauf, bis der Arzt seine Operationen beendet hatte und danach Zeit für mich fand.

Im wesentlichen bestätigte er die Aussagen der beiden anderen Ärzte. Doch eine Bemerkung, die am Schluß der Unterredung fiel, gab mir zu denken. Er sagte wie zu sich selbst: „Ich scheue jedesmal davor zurück, Gesundes durch eine Operation kaputtzumachen."

Nur - wie lange würde das sogenannte Gesunde noch gesund bleiben? fragte ich mich. In unserem Leben gibt es immer ein Vorher und ein Nachher. Wie sollte ich mich entscheiden?

„In die Ferne schauen und das Naheliegende ergreifen", hatte Otto einmal gesagt. Aber was war hier das Naheliegende? Niemand konnte mir das sagen – nicht einmal die Ärzte.

Ich wollte Otto anrufen und mit ihm darüber sprechen. Doch da fiel mir ein, daß ich seine neue Telefonnummer gar nicht kannte. Als ich es mit der alten versuchte, meldete sich eine Stimme vom Band: „Kein Anschluß unter dieser Nummer."

Kapitel 14

Waren das etwa die „guten alten Zeiten", nach denen ich mich in zehn Jahren zurücksehnen würde?

Nicht ohne Mühe versuchte ich, mich wieder einem Zustand der Gelassenheit anzunähern, der meine Gedanken wenigstens für Augenblicke von der Entscheidung, die ich zu treffen hatte, ablenkte. Doch ich war von einer wilden, namenlosen Unruhe erfüllt. Es schien keine zufriedenstellende Lösung zu geben.

Ein paar Tage lang trug ich das Problem mit mir herum, ohne irgend etwas zu unternehmen. In welche Richtung hätte ich mich auch bewegen sollen? Es war alles andere als eine hoffnungsvolle Aussicht, was die Ärzte übereinstimmend zum Ausdruck brachten. Ich sah keinen Weg mehr vor mir.

In meiner Erinnerung tauchte jäh ein Gespräch mit der Mutter eines Freundes auf, das mich damals – es mochten seitdem wohl zehn Jahre vergangen sein – geraume Zeit ziemlich beunruhigt hatte.

Es war an einem Silvesterabend. Wir saßen in einer fröhlichen Runde beieinander und tranken Feuerzangenbowle – da nahm die Mutter des Freundes, die ihren Platz neben mir auf dem Sofa hatte, meine Hand, drehte die Handfläche nach oben und betrachtete sie lange und nachdenklich.

Ich hätte ihr die Hand entziehen können – dann wäre mir sicherlich viel Unruhe erspart geblieben - aber ich ließ sie gewähren, teils aus Bequemlichkeit, teils, weil ich sie nicht verärgern wollte. Doch im nachhinein erkannte ich, daß dies keine gute Entscheidung war, denn sie sagte mir voraus, daß ich im Alter von etwa 35 Jahren eine ernste Krankheit bekommen würde.

Als ich sie daraufhin erschrocken anschaute, beruhigte sie mich: „Trotzdem geht es weiter. Siehst du, hier führt auch die Lebenslinie weiter." Sie fuhr mit dem Fingernagel ihres Zeigefingers meine Lebenslinie entlang.

„Bei mir ist es auch immer weitergegangen", sagte sie abschließend.

Ich wußte, daß sie eine schwere Krankheit überstanden hatte, von der sie noch immer nicht gänzlich genesen war. Aber was für eine Krankheit sollte denn mir bevorstehen? Ich war nicht der Mensch, dem man bedenkenlos solche Voraussagen machen durfte, ohne daß es mich belastete. Als ich dem Freund besorgt von der Prognose seiner Mutter erzählte, wehrte er ab.

„Das darfst du nicht ernstnehmen", meinte er beschwichtigend. „Ich bezweifle sogar, daß sie seit ihrer Krankheit überhaupt noch die Fähigkeit besitzt, Handlinien zu deuten. Früher konnte sie so etwas, aber da hätte sie dir derart beunruhigende Dinge nie gesagt. Allein deshalb bin ich sicher, daß sie es heute nicht mehr kann."

Doch seine Worte stellten keineswegs eine Beruhigung für mich dar. Was würde passieren, wenn sie doch recht behielt? Andererseits hatte ich mir gesagt, daß damit wenigstens gewährleistet war, daß ich mit 35 Jahren noch am Leben sein würde. Noch hatte ich mindestens acht bis zehn Jahre Zeit, aber je mehr ich mich dem Alter von 35 näherte, desto kritischer beobachtete ich jedes Krankwerden dahingehend, ob es möglicherweise im Hinblick auf die Deutung der Lebenslinie zu werten sei.

Und nun war ich 34 Jahre alt, und alle Anzeichen sprachen dafür, daß es nicht nur eine leere Phrase gewesen war. Die Zeitangabe stimmte und alles andere vermutlich auch. Aber es hatte auch geheißen, daß es weitergehen würde. Das war hierbei die einzige trostvolle Voraussage.

Mittlerweile war die Mutter des Freundes gestorben. Ich konnte sie in dieser Sache nicht mehr befragen. Was hätte sie mir auch sagen sollen? Ich mußte meine Entscheidung allein treffen. Doch wie sollte ich zwischen Möglichkeiten wählen, die alle nicht sinnvoll erschienen?

Otto hätte vielleicht den richtigen Blick für das Problem gehabt. Aber er hatte im Moment vermutlich selbst „Land unter" gemeldet und keine Zeit für irgendwelche Dinge, die nicht ausschließlich seinen Umzug betrafen.

Vergeblich versuchte ich, über die Telefonauskunft an seine neue Rufnummer zu gelangen. Otto hatte keinen Eintrag im Telefonbuch gewünscht. Es war zum Verzweifeln! Irgendwo lag der Zettel mit Ottos neuer Rufnummer. Nur wo? Ich fand ihn nicht. Also mußte ich warten, bis sich Otto irgendwann melden würde. Etwas anderes blieb mir nicht übrig. Doch gerade jetzt hätte ich einen guten Rat nötig gehabt.

Diesen erhielt ich schließlich von meinem Chef, mit dem ich über das Problem sprach.

„Nicht in die Uni-Klinik", sagte er eindringlich. „Bemühen Sie sich um einen Termin im Weststadt-Krankenhaus. Dort praktizieren bekannte hervorragende Ärzte auf dem Gebiet der Augenmedizin."

Er nannte mir vorrangig einen Professor, an den ich mich wenden sollte. Also vereinbarte ich einen Eiltermin bei meinem Augenarzt und bat ihn um eine Überweisung ins Weststadt-Krankenhaus.

Von nun an ging alles sehr schnell – schneller, als es mir lieb war. Ausflüchte zu finden, wenn man unschlüssig vor einer Entscheidung stand, war das leichteste auf der Welt. Otto hatte einmal zu mir gesagt: „Du stellst dir zu viele Fragen. Wo es einfach ist, machst du es kompliziert."

Im Weststadt-Krankenhaus brauchte ich mir jedoch nicht weiter den Kopf zu zerbrechen, denn die erste Untersuchung ergab bereits, daß höchste Eile geboten war.

„Wenn wir nicht sofort etwas unternehmen, gebe ich Ihrem Auge etwa noch einen Monat Zeit – dann ist es nicht mehr zu reparieren", erklärte mir der junge Arzt sehr ernst. „Die Membran wächst täglich um zwei Mikrometer und bewegt sich auf die Stelle des schärfsten Sehens zu. Noch kann man sie durch Lasern eingrenzen und zerstören. Hat sie aber erst die Stelle des schärfsten Sehens, den sogenannten „gelben Fleck", erreicht oder sich sogar darunter geschoben, ist nichts mehr zu machen."

Die Mitteilung verschlug mir im ersten Moment die Sprache. Daß es so schlimm aussah, hatte ich trotz allem nicht angenommen. Aber in diesem Krankenhaus schien es für mich eine Chance zu geben. Irgendwie fühlte ich mich in Obhut genommen. Dieses sichere Gefühl hatte ich in der Uni-Klinik vermißt.

„Also wird die Laserbehandlung schon in den nächsten Tagen durchgeführt?" fragte ich ein wenig ängstlich.

„Heute", verbesserte er mich. „Sie bleiben gleich hier. Wir werden zuvor eine Gefäßdarstellung machen. Zu diesem Zweck wird Ihnen ein farbiges Kontrastmittel injeziert..."

Das kannte ich bereits aus der Uni-Klinik. Die dort erfolgten Untersuchungen ließ ich jedoch unerwähnt.

„Membrane sind Neubildungen von Gefäßen, die sich netzartig ausbreiten und sich, wie magnetisch angezogen, auf das Sehfeld zubewegen – nie zum Rande des Auges hin. Mitunter kommt es vor, daß sie auch bluten", hatte mir der Arzt erläutert.

Nun saß ich in einem anderen Wartezimmer. Hier hatte

ich den letzten noch freien Stuhl belegt, und ich war so angespannt, daß ich schmerzhaft die Nerven in den Fingerkuppen spürte. Zweimalige Augentropfen hatten die Pupille des rechten Auges geweitet, so daß ich die durch das Fenster eindringende Helligkeit als unangenehm empfand.

An der gegenüberliegenden Tür las ich „Angiographie und Lasertherapie". Daneben hing an der Wand ein eingerahmter Spruch. Ich mußte mich etwas vorneigen, um ihn entziffern zu können:

„Viele Wege führen zu Gott. Seine Wege führen über die Berge", stand da.

Wenn das Leben ein Weg ist, so ist es ein Weg, der immer bergauf führt, dachte ich. Deshalb war oftmals die Gefahr des Abrutschens recht groß. Doch man mußte die Fähigkeit besitzen, in jedem beliebigen Moment die Richtung zu ändern, wenn einem bewußt wurde, daß man am Abrutschen war.

Nachdem bereits 45 Minuten verstrichen waren, ohne daß auch nur ein einziger Patient aufgerufen wurde, machte sich unter den Wartenden Unmut breit. Ärgerliche Bemerkungen wurden laut, aber niemand vermochte es, die Situation zu ändern. Alle saßen in demselben Boot.

Um mich ein wenig abzulenken, versuchte ich zu lesen. Doch mit der geweiteten Pupille war es nicht möglich, und so verstaute ich das Buch schließlich wieder in der Tasche.

Die ältere Dame neben mir erzählte, daß sie ein Muttermal am Sehnerv habe, das in regelmäßigem Turnus beobachtet werden mußte, damit sich daraus nicht unerkannt Krebs entwickelte.

Solche Krankheiten konnten einen wirklich aus dem Gleichgewicht bringen, überlegte ich. Die Vorstellung, daß man sich auf einer Gratwanderung befinden könnte, deren Gefährlichkeit einem gar nicht bewußt ist, machte mir angst. Doch niemand kann sich seinem Schicksal entgegenstemmen. Man muß ihm schon begegnen.

Daß nur solche Zwischenfälle nicht überhand nehmen! dachte ich verunsichert.

„Sie haben wirklich Glück gehabt", sagte der junge Arzt. Es klang wie ein lautloses Aufatmen. Die Situation hatte mich sensibel gemacht, selbst kleinste Nuancen wahrzunehmen.

Wir saßen beide vor einem Bildschirm, auf dem der Hintergrund meines Auges zu sehen war, und er deutete auf einen dunklen Fleck, jene Stelle des schärfsten Sehens. Unschwer konnte ich erkennen, wie gefährlich nahe die Membran schon herangerückt war.

„Wir dürfen auf keinen Fall auch nur einen einzigen Tag länger warten. Noch ist es möglich, durch Lasern einen Erfolg zu erzielen, ohne das Sehfeld zu beschädigen."

Ich spürte, wie meine Hände feucht wurden, und ich wischte sie an meiner Hose ab. Eigentlich war ich nur zu einer Untersuchung hergekommen, und nun fühlte ich mich jeglicher Entscheidung enthoben. Es blieb mir keine Wahl. Das Leben ist eine Einbahnstraße. Man kann nicht mehr zurück – auch ich nicht. Diese Erfahrung machte ich in diesem Augenblick. – Also, wenn es nicht zu umgehen war...

„Wir müssen noch eine Stunde abwarten, bis die Kontrastflüssigkeit das Auge wieder verlassen hat. Erst danach können wir mit dem Lasern beginnen."

Diese eine Stunde überbrückte ich in einem Zustand, der irgendwo zwischen höchster Anspannung und krampfhaft erzwungener Ruhe lag.

„Ich habe Angst", erklärte ich dem Arzt, als es schließlich losgehen sollte.

„Ich auch", gestand er offen, „aber wir werden es schon schaffen. Ich sage Ihnen jetzt genau, was Sie machen sollen." Seine ruhige Stimme wirkte wohltuend.

„Wie lange wird es dauern?" erkundigte ich mich mit rauher Kehle, bevor ich das Kinn auf ein Gestell stützte und die Stirn fest gegen eine Strebe lehnte.

„Eine Viertelstunde werde ich sicher brauchen", schätzte er. „Ich werde die Membran mit dem Laser zunächst einkreisen und diesen Kreis dann noch einmal verstärken."

Er setzte mir ein dickes Prisma direkt auf das Auge, so daß meine Befürchtung, möglicherweise ein Zwinkern oder Zucken nicht verhindern zu können, damit ausgeschlossen wurde. Seiner Anweisung gemäß, versuchte ich, das Auge möglichst ruhig zu halten, und nachdem er mir die gewünschte Blickrichtung genannt hatte, starrte ich nach jedem „Klack", mit dem er die Laserstrahlen abschoß, sofort wieder an den oberen Rand seines rechten Ohres zurück. Ich wollte keinen Fehler begehen, damit nur ja nichts schiefging.

„Sehr gut machen Sie das", beruhigte er mich zwischendurch.

Es war kein Schmerzempfinden zu verzeichnen – nur das nicht enden wollende „Klack", mit dem jeweils ein greller Lichtstrahl verbunden war. Schweißtropfen liefen seitlich an meiner Wange herab. Ohne die Lage des Kopfes zu verändern, versuchte ich, sie vorsichtig mit einem Finger wegzuwischen.

„Das ist kein Schweiß, sondern die Gleitflüssigkeit unter dem Prisma", erklärte der Arzt. „Bald haben Sie es überstanden."

Aber bevor es soweit war, brannte das rechte Auge derart, daß ich es doch schaffte, zu zwinkern und das Prisma dadurch herauszudrücken. Der Arzt fing es auf, bevor es auf den Boden fallen konnte, säuberte es und setzte es von neuem auf mein Auge.

„Ist das problematisch?" fragte ich besorgt. Er verneinte und machte sich sogleich wieder an die Arbeit.

Mittlerweile hatte ich mein Zwinkern mit dem freien linken Auge dem Rhythmus des „Klack", das in relativ gleichbleibenden Abständen erfolgte, angepaßt. Unmittelbar danach mußte der Blick wieder ruhig sein. Das Lasern war nicht so schlimm, wie ich es befürchtet hatte. Trotzdem war ich froh, als der Arzt erklärte, daß wir es nun geschafft hätten.

„Ich habe die ganze Zeit über mehr geschwitzt als Sie – das dürfen Sie mir glauben", verkündete er, während der das Auge mit einer Flüssigkeit säuberte und trockentupfte.

Vorsichtig testete ich, ob ich mit dem rechten Auge noch etwas erkennen konnte. Da die Vorhänge zugezogen waren, drang ohnehin nur spärliches Licht herein. Dennoch nahm ich, wie durch einen grauen Schleier hindurch, undeutlich die Umgebung wahr.

„Das Auge kann noch sehen", erklärte ich erleichtert. Es war also nichts schiefgegangen.

„Es wird sich noch weiter erholen", versicherte der Arzt.

Bei den anschließenden Kontrollaufnahmen hatte ich erhebliche Schwierigkeiten, das Kinn ruhig auf das Gestell zu stützen. Die innere Anspannung war derart groß, daß der Unterkiefer klapperte und ich alle Willenskraft mobilisieren mußte, um wenigstens noch für eine kurze Zeit ruhig zu bleiben und die Aufnahmen zu ermöglichen. Das war ja noch einmal gutgegangen.

Gemeinsam mit dem Arzt sah ich mir danach auf dem Bildschirm das Ergebnis an. Er erläuterte mir, was sich durch die Behandlung verändert hatte: die Membran war eingekreist und durch die Laserstrahlen verbrannt worden, so daß sie sich nicht weiter ausbreiten konnte.

„Trotzdem ist unbedingt in zehn Tagen eine erste Kontrolluntersuchung erforderlich", sagte er gewichtig.

Er hatte für mich einen Ausdruck des Computerbildes angefertigt, das den Zustand des Auges vor und nach der Laserbehandlung zeigte.

„Glück muß man haben, wenn man Pech hat", sagte er. Er schien ebenso erleichtert zu sein wie ich. Dann ließ er mich einen Blick auf zwei Computerdarstellungen anderer Patienten werfen, bei denen sich die gefährliche Membran bereits unter das Sehfeld geschoben hatte und somit eine derartige Behandlung ausschloß.

„Danke, lieber Gott!" sagte ich vollen Herzens, als ich das Weststadt-Krankenhaus verließ und die Straßenbahnhaltestelle ansteuerte. Die Sonne schien so grell, daß ich die Augen durch eine Sonnenbrille schützen mußte.

Eine Autokolonne bewegte sich laut hupend vorbei – voran das Brautauto, ein „Mercedes lang", mit einem riesigen Strauß rosa und weißer Gerbera und Nelken auf der Kühlerhaube.

Ich blieb stehen, schaute hinterdrein und freute mich, daß mir das Augenlicht erhalten bleiben würde. Ich hatte gar nicht gewußt, in welcher Gefahr ich mich befunden hatte. Hätte ich es gewußt, wäre ich dann in der Lage gewesen, Stärke mitten im Chaos zu beweisen?

Mein Hochgefühl hielt gerade so lange an, bis ein junger Mann mit schulterlangen, strähnigen Haaren in die Straßenbahn einstieg und den freien Platz mir gegenüber einnahm. Ihm folgten zwei große braune Hunde, die sich mitten im Gang niederließen, so daß die anderen Fahrgäste mühsam über sie hinwegsteigen mußten.

Der junge Mann stellte einen halbvollen Pappbecher Cola vor sich auf den Boden und rülpste laut und provozierend.

Ach, du meine Güte! dachte ich, während ich ihn unauffällig durch die Gläser meiner Sonnenbrille musterte. Ich schätzte ihn auf etwa 22, höchstens 23 Jahre. Er trug helle, ausgeblichene Jeans und eine alte, kupferfarbene Lederjacke, dazu ein T-Shirt in einer undefinierbaren Farbe, das über der Brust offengelassen war.

Die Straßenbahn war kaum angefahren, als er aus seiner Lederjacke eine selbst gedrehte Zigarette zutagebeförderte, sie sich zwischen die Lippen klemmte und in seinen weiteren Taschen umständlich nach etwas suchte – vermutlich nach Streichhölzern. Wollte er etwa hier rauchen? Das mußte verhindert werden, bevor er die Zigarette angezündet hatte. Danach wäre es sicherlich zwecklos, ihn noch auf das Nichtraucherschild über dem Fenster hinzuweisen.

Doch mit einer solchen Reaktion wie seiner hatte ich nicht gerechnet.

„Brennt die etwa?" fuhr er mich in einem äußerst aggressiven Ton an.

„Noch nicht, aber sie wird gleich brennen", hielt ich ihm wacker entgegen.

„Das weißt du ganz genau, ja?" Seine Stimme hatte etwas Bedrohliches. Trotzdem entgegnete ich: „Ja, so ziemlich." Von so einer Type wollte ich mich nicht unterkriegen lassen.

Die Bahn hielt, und mein Gegenüber warf mit einer raschen Bewegung eine leere Zigarettenschachtel durch die offene Tür auf die Straße hinaus – vermutlich nur, um die Situation weiter auf die Spitze zu treiben und dabei auszutesten, ob mich seine Haltung zu nochmaliger Kritik veranlassen würde. Da ich jedoch nichts sagte, hielt er es für angebracht, meine Gedanken zu mutmaßen:

„Jetzt wirft er auch noch mit Sachen um sich. Den sollte man ins Arbeitslager stecken. Nicht wahr, das denkst du doch, du alte Verschrumpelte? Laberst mich hier dumm an. Kümmere dich um deine eigenen Angelegenheiten! Anscheinend ist es hier in der Straßenbahn sehr sonnig, daß du eine Sonnenbrille brauchst."

Daraufhin beging ich den Fehler, ihm zu erklären, daß ich eine Augenkrankheit hätte. Ich merkte gar nicht, daß es ihm einzig und allein darum ging, mir im Gegenzug seiner verletzten Eitelkeit all seine in ihm vorherrschenden Aggressionen entgegenzuschleudern.

„Augenkrankheit? Das glaubt dir doch sowieso keiner! Du bist vor'n Schrubber gelaufen! Dabei ist dein Gehirn vermatscht, du altes Dreckstück! Kein Wunder, wenn du überall anrennst! Geh du nur arbeiten für deinen Polizeistaat! Ich komme mit meinem Leben besser zurecht als du – das kannst du mir glauben, du altes Miststück!"

Längst hatte ich mich von ihm abgewendet und schaute scheinbar unbeteiligt aus dem Fenster, als ginge mich die ganze Streiterei nichts an. Doch er hörte nicht auf, mich zu beschimpfen. Ich zog bereits in Erwägung, eine Station früher als beabsichtigt auszusteigen, um ihn endlich los zu sein, da hatte er die gleiche Idee.

„Ich kann dich nicht mehr ertragen!" sagte er laut. „Ich steige hier aus. Und damit du es nur weißt: Ich habe nicht deinetwegen auf die Zigarette verzichtet. Das habe ich nur für die Frau getan, die dort hinten sitzt – nur für sie. Für dich hätte ich die Zigarette extra angezündet, nur damit du nicht recht hast!"

Er bedachte mich mit einem weiteren Schimpfwort, das er nochmals wiederholte, winkte seinen Hunden mit einer knappen Handbewegung, ihm zu folgen, und draußen war er.

Einen Augenblick lang hatte ich befürchtet, er könne mir

im Vorbeigehen die Cola aus seinem Becher über den Kopf oder über die Hose schütten. Aber das hatte er wenigstens nicht getan.

Meine innere Ruhe war dahin. Als schwacher Trost blieb mir die Vermutung, daß auch er über mich verärgert war. Das wurde durch seine letzten Worte deutlich. In solchen Leuten steckte so viel überschüssige Energie, daß sie bei der geringsten vermeintlichen Provokation losschlugen, obwohl sie oftmals von Natur aus feige waren. Dabei hatte ich nur verhindern wollen, daß er in der Straßenbahn zu qualmen anfing – weiter nichts.

Die anderen Fahrgäste, die den Vorfall zweifellos verfolgt hatten, saßen da und gaben sich den Anschein von Interesselosigkeit. Keiner von ihnen würdigte mich auch nur eines Blickes, niemand schüttelte den Kopf oder lächelte mir aufmunternd zu. Es war gerade so, als stünden alle geschlossen auf der Seite des jungen Mannes und warfen mir stumm vor, daß ich ihn unflätig beschimpft hätte, und nicht er mich. In einem handgreiflichen Streitfall wäre niemand aufgestanden und für mich eingetreten.

Otto hatte einmal erwähnt, daß Obdachlose für ihre Köter Sozialhilfe beantragen können, damit sie imstande sind, den Unterhalt für die Tiere zu bestreiten. Das sei auch der Grund dafür, weshalb in solchen Kreisen so viele Hunde angeschafft wurden.

Dieser Gedanke brachte mich noch mehr gegen den jungen Mann auf. Hatte er den Eindruck eines Drogenabhängigen gemacht? Betrunken war er jedenfalls nicht. Doch Leute wie er waren unfähig, etwas Gutes zu denken.

Somit war vorübergehend mein Augenproblem in den Hintergrund getreten – aber nur vorübergehend...

Kapitel 15

Wie schnell sich alles aus heiterem Himmel verändern konnte! Plötzlich erlangten Dinge Gewicht, an die man noch vor kurzer Zeit gar nicht gedacht hatte. Was war schon alles andere auf der Welt wert, wenn es darum ging, daß man möglicherweise eines Tages die Bäume und die Blumen nicht mehr würde sehen können? In dieser Konsequenz hatte sicher keine Gefahr für mich bestanden, da das linke Auge gegebenenfalls zumindest teilweise den Ausfall des rechten Auges kompensiert hätte. Dennoch dachte ich mit Besorgnis daran, wie ahnungslos ich mit dem Befund umgegangen war.

„Wäre denn das Auge erblindet, wenn der Zeitpunkt, da man noch etwas unternehmen konnte, überschritten worden wäre?" hatte ich den Arzt zu fragen gewagt.

„Das nicht, aber der graue Fleck, den Sie jetzt nur seitlich sehen, wäre dann in die Mitte der Sehfläche gerückt und hätte alles, was Sie direkt anschauen, überdeckt. Nur einen Kranz außen herum hätten Sie mit diesem Auge noch wahrnehmen können."

Tante Paula, eine der drei Schwestern meines Vaters, hatte, wie Tausende anderer Frauen, nach Kriegsende als „Trümmerfrau" arbeiten müssen. Dabei war ihr beim Steineklopfen ein Splitter ins Auge gesprungen und hatte die Netzhaut so stark verletzt, daß sie im Alter von Anfang 40 Jahren auf diesem Auge die Sehkraft einbüßte. Und trotzdem hatte sie mir unermüdlich Geschichten vorgelesen, als ich noch ein Kind war.

„Auch aus Steinen, die einem in den Weg gelegt werden, kann man etwas Schönes bauen", sagt Goethe.

Eine andere Art von Aufgeregtsein begleitete mich, als ich zehn Tage später zur ersten Kontrolluntersuchung ins

Weststadt-Krankenhaus fuhr. Bis vor kurzem, so schien es mir, hatte ich nur die Wahl zwischen „Erhängen und Erschießen" gehabt. Nun aber bestand durchaus die Möglichkeit, daß ich noch einmal davongekommen war.

„Bei etwa fünfzig Prozent der Patienten mit dem gleichen Augenproblem wächst die Membran gerade in der ersten Zeit nach dem Lasern wieder nach, oder es werden Neubildungen beobachtet", hatte mich der Arzt aufgeklärt.

Gespannt sahen wir uns auf dem Bildschirm die neuen Aufnahmen der Gefäßdarstellung an. „Bei Ihnen sieht es gut aus", meinte er, und ich hatte das Gefühl, daß er darüber nicht weniger erfreut war als ich. „Der Laserkranz ist dicht geblieben, und neue Membrane sind nicht festzustellen. Auch eine Blutung ist nicht aufgetreten."

„Dann gehöre ich zu den anderen fünfzig Prozent", sagte ich erleichtert.

Als er mir zum Abschied die Hand reichte, lächelte er freundlich. „Ich wünsche es Ihnen von ganzem Herzen", sagte er aufrichtig.

Guten Mutes und mit einem neuen Termin in der Tasche verließ ich das Krankenhaus. Das Ergebnis der nächsten Untersuchung würde dann letztendlich darüber entscheiden, ob ich am 5. September die Reise nach Ischia antreten durfte oder nicht.

„Hallo!" rief eine Kinderstimme hinter mir, und noch einmal: „Hallo!"

Als ich mich nach dem Rufer umdrehte, sah ich einen Knirps von etwa drei Jahren auf Papas Schultern thronen. Doch weit und breit war niemand in der Nähe, bei dem sich der Kleine hätte bemerkbar machen können. Nach einem weiteren „Hallo!", auf das niemand reagierte, folgte schließlich die Erklärung:

Der Knirps neigte sich zur Seite und rief noch einmal

von oben herunter: „Hallo, Ente!", während Papas Beine eine Taube überholten, die gelangweilt und scheinbar ziellos auf dem Gehweg dahinlief.

Die Situation entlockte mir ein Schmunzeln. Doch schon forderte die Straßenbahn, die an der Haltestelle gerade die Türen schloß, meine Aufmerksamkeit. Wenn ich noch mitfahren wollte, mußte ich laufen.

Als die Straßenbahn dennoch davonfuhr, ehe ich sie erreichen konnte, kam mir ein weiteres Otto-Zitat in den Sinn: „Es genügt nicht, nur schnell zu laufen. Man muß auch rechtzeitig starten."

Otto! – Wo hatte ich nur den Zettel mit seiner Telefonnummer? Es störte mich, daß er im Moment unerreichbar war. Aber gleichzeitig sagte ich mir, daß ihm eine Anna-Ruth-freie Zeit auch mal ganz guttat – gerade jetzt, wo er dabei war, seinen Lebensradius umzugestalten. Zu gegebener Zeit würde er sich schon wieder melden.

Doch das Warten zehrte Reserven an Geduld in mir auf, von denen ich gar nicht gewußt hatte, daß ich sie besaß. Ich brauchte jemanden, mit dem ich meine Sorgen teilen konnte. Und wer sonst außer Otto würde das auf sich nehmen, wenn er nicht irgendwelche Interessen damit verfolgte? Bei Otto konnte man sicher sein, daß er es nicht tat.

Oftmals hatte ich den Eindruck, daß er sich erst wohlfühlte, wenn er sich um andere Menschen kümmern und ihnen auf irgendeine Weise helfen konnte. Sein Lebenselexier war es, gebraucht zu werden. Er sagte niemals, seine Kraft reiche nur für die eigenen Belange. Je mehr er weggab, desto mehr schien er zu behalten. Wie reich wäre die Welt, gäbe es auf ihr viel mehr Menschen wie Otto!

Trotzdem fühlte ich mich zur Zeit wie auf der Durchreise. In meinem Inneren befand sich eine seltsame

Mischung aus Ruhe und Unruhe.

Seit der ersten Untersuchung in der Uni-Klinik stagnierten sämtliche Aktivitäten. Ich war außerstande, etwas Neues ins Auge zu fassen, bevor das hier nicht zufriedenstellend gelöst war. Nun gut, jetzt war es gelöst, und wenn die nächsten Untersuchungen, die ich in regelmäßigen Zeitabständen über mich würde ergehen lassen müssen, zu dem gleichen erfreulichen Ergebnis führten, konnte ich wohl davon ausgehen, daß keine Komplikationen mehr auftreten würden.

Der matte, graue Fleck, den das rechte Auge auf der Bildfläche sah, war zwar weiterhin vorhanden, doch er beunruhigte mich nicht mehr. Eine Narbe würde bleiben, aber damit konnte ich leben. Nachts, wenn ich die Augen schloß, sah ich innerhalb dieses grauen Fleckes ein Kaleidoskop bunter Farben sich drehen, und mittendrin tauchten noch immer vereinzelte Laserblitze auf. Der Arzt hatte mir erklärt, das sei kein Grund zur Besorgnis. Diese Symptome würden mit der Zeit wieder verschwinden.

Ein deutliches Erfolgszeichen war es, daß ich gerade Linien mit dem rechten Auge nun nicht mehr nach oben ausgebeult wahrnahm wie vor der Lasertherapie, und dafür dankte ich dem lieben Gott von ganzem Herzen. Er hatte mich vor etwas Schlimmem bewahrt und dadurch das Ungeheuer der Angst aus meiner Seele vertrieben. Er hatte mir meine Gesundheit wiedergegeben und Frieden und Ordnung in mir wieder hergestellt, so daß ich zuversichtlich in die nächste Zeit blicken konnte.

Kapitel 16

Otto wirkte abgekämpft, als ich ihn zum ersten Mal in seinem neuen Heim besuchte. Sein Gesicht war schmal geworden, seine Augen hatten ihren Glanz verloren, und seine Bewegungen hatten etwas Zögerndes, als überdenke er jedesmal vorher, ob sie notwendig waren, oder ob er sie eventuell sparen könnte.

Besorgt sah ich ihn an. Er lächelte und nahm mich in die Arme. „Jetzt haben wir es beide geschafft", sagte er aufatmend.

Es war der 3. September. Übermorgen ging das Flugzeug nach Neapel und von dort aus das Schnellboot nach Ischia. Der Koffer war schon fast fertig gepackt, und sowohl die Vorfreude als auch die Aufregung vor der Reise machten sich dahingehend bemerkbar, daß ich die letzten Nächte nicht mehr so mühelos schlafen konnte wie sonst. Ich lag über längere Zeiträume hinweg wach und dachte nach.

Wie vereinbart, hatten Erhard und ich in der gesamten Zwischenzeit keinerlei Kontakt zueinander aufgenommen. Eigentlich hätte ich mich gefreut, wenn er mich doch einmal kurz angerufen hätte, dachte ich. Schließlich wollten wir zwei Urlaubswochen miteinander verbringen. Aber vermutlich widmete er jetzt alle freie Zeit seiner Rosi, ohne darüber Rechenschaft ablegen zu müssen. Nein, es war gut, daß wir nicht miteinander telefoniert hatten. So war mir jeglicher Ärger erspart geblieben.

Ich hatte ihm zu seinem Geburtstag am 28. August, an dem auch Goethe Geburtstag hatte, ein Päckchen mit einem Bildband über Jugoslawien geschickt, da ich wußte, daß er dieses Land liebte. Doch auch daraufhin hatte er sich nicht gemeldet. Na gut, dann eben nicht. Die Zeit mit Erhard war wohl endgültig und unwiderruflich vorbei. Wir würden das Beste aus den zwei Wochen auf Ischia machen und uns danach wieder trennen.

„Du mußt dich mit der Strömung treiben lassen und nicht versuchen, den Fluß zu beschleunigen", sagte Otto während des Kaffeetrinkens. „Geh' dem nach, was du als richtig empfindest. Du kannst dich nicht mehr an der Person festhalten, die du einmal warst. Auch du bist weitergegangen – genau wie die Zeit."

Er hustete langanhaltend und drückte seine erst zur Hälfte gerauchte Zigarette im Aschenbecher aus. Wie schlecht er aussah! Selbst das Husten strengte ihn an. Der Wohnungswechsel hatte einen Großteil seiner Kräfte verbraucht.

„Du mußt dich wieder erholen", hörte ich mich zu Otto sagen. „Das war alles ein bißchen viel für dich."

Er lächelte zustimmend, und dieses müde Lächeln erfüllte mich mit weiterer Besorgnis. Otto war krank, aber er verlor kein Wort darüber, und ich fragte auch nicht.

„Du solltest wirklich mal zum Arzt gehen, damit du wieder „auf die Beine" kommst", riet ich ihm statt dessen.

„Ja", war alles, was er entgegnete.

Er hatte mit mir einen Rundgang durch das Haus gemacht und mir die Räume, die bereits bewohnbar hergerichtet waren, gezeigt. Hatte mich der allererste, flüchtige Außeneindruck des alten, verwinkelten Fachwerkhauses enttäuscht, so war ich beim zweiten Hinsehen, besonders von dem Inneren des Hauses, geradezu fasziniert, und das mußte ich Otto immer wieder von neuem bestätigen. In diesen Räumen würde ich mich auch wohlfühlen.

Es gab einen Kamin für kalte Wintertage, und ein riesiger, alter Schrank mit klobigen Schnitzereien und Drechselarbeiten bildete beim Betreten des Wohnzimmers den Blickfang. Otto hatte einen Punktstrahler auf ihn gerichtet, um ihn zu beleuchten. Eine offene Holztreppe führte in das obere Stockwerk hinauf, wo ein wandfüllendes Gemälde, eine Jagdszene, aufgehängt war.

Trotz aller Begeisterung für dieses Haus drängte sich mir erneut die Frage auf, was Otto dazu bewogen haben mochte, seine Eigentumswohnung mitten in der Stadt aufzugeben und sich hier so weit draußen – aber immer noch dazugehörig, wie er betonte – niederzulassen. Doch ich behielt diese Gedanken für mich. Sicher hatte Otto seine guten Gründe dafür gehabt.

Ich würde in dieser ländlichen Gegend auf die Dauer weder leben wollen noch können, dachte ich. Mir erschien schon Kronsberg recht klein, obwohl es eine Stadt war. Insoweit hatte Otto Mut bewiesen, sich umgebungsmäßig derart zu verändern, fand ich.

Er schien meine Gedanken zu ahnen, denn er sagte plötzlich: „Bemühe dich, das zu haben, was du liebst, sonst mußt du das lieben, was du hast."

Ich wollte seine Kräfte heute nicht länger strapazieren. Ein kurzer Besuch genügte. Wenn er sich etwas erholt hatte, würde ich wiederkommen – nach meiner Rückkehr von Ischia.

Wir standen im Flur und verabschiedeten uns, und er nahm mich lange in den Arm und hielt mich fest. Dabei fiel mein Blick auf einen Spruch in einem kleinen Bilderrahmen, der an der Wand hing: „Erinnere dich zu allen Zeiten an die Nichtigkeit des Lebens, denn es fährt schnell dahin, als flögen wir davon." Später sollte ich an diesen Augenblick zurückdenken.

Ich hatte Otto nicht gesagt, daß ich mich auf dem Rückweg noch für eine Weile in das kleine alternative Café „Petite" setzen wolle, um ein bißchen zur Ruhe zu kommen, bevor ich nach Hause fuhr. Ottos gesundheitliche Verfassung hatte mich erschreckt. Konnte es sein, daß er sich beim Umzug nur übernommen hatte, oder steckte noch etwas anderes dahinter, das ernstere Gründe in sich barg?

Unterwegs überlegte ich, ob ich nicht doch lieber direkt nach Hause fahren sollte. Bis zur Kreuzung, an der ich mich entscheiden mußte, geradeaus zu fahren oder rechts abzubiegen, hatte ich noch Zeit, und wenn ich unmittelbar davor stand, würde ich wohl oder übel eine Wahl treffen müssen. Ich war selbst gespannt, wie sie ausfallen würde, und so fuhr ich zunächst erst einmal los.

Ich entschied mich für das Café „Petite" und für zwei Stücke Kuchen, jedoch ohne Kaffee. Den hatte ich bereits bei Otto getrunken – wie immer viel zu stark. Es war notwendig gewesen, das halbe Milchkännchen zum Verdünnen der kohlrabenschwarzen Tinte in die Tasse zu gießen.

Irgend etwas beunruhigte mich, das ich nicht in Worte kleiden konnte. Es war ein Gefühl von Unrast in mir, das ich in Verbindung mit einem leichten Schmerz bis in die Fingerspitzen verfolgen konnte, wie ich es schon einmal erlebt hatte. Was hatte das zu bedeuten?

An einem der runden Nachbartische löste sich eine Gesellschaft junger Leute auf. Gleichzeitig wurde ein anderer Tisch von vier jungen Frauen eingenommen, in denen ich Studentinnen vermutete. Eine von ihnen ähnelte vom Typ her ein wenig einer Freundin von mir.

Während ich den Kuchen aß, warf ich hin und wieder einen Blick zu ihnen hinüber. Bis auf eine war jede von ihnen mit einer Strickarbeit beschäftigt. Ich sah, daß es

Handschuhe werden sollten.

Aus dem Gespräch entnahm ich, daß diejenige, welche meiner Freundin ähnlich sah, vermutlich Philosophiestudentin war, denn sie erklärte stolz, Philosophie sei „die Königin der Wissenschaften" und beinhalte ebenso Pädagogik und Psychologie. Bereits Pestalozzi und auch die Philosophen Kant und Plato seien Pädagogen gewesen.

Merkwürdig, dachte ich. Sooft ich hierher kam, traf ich doch nie dieselben Leute. Es waren immer wieder andere.

Seit der Trennung von Erhard hatte ich es mir zur Gewohnheit gemacht, in regelmäßigem Turnus „konditern" zu gehen. Jede Aktivität ist besser, als zu Hause zu sitzen und zu grübeln. Nur in letzter Zeit, als die Sorge um mein Auge vorherrschte, waren die Besuche im Café „Petite" unterblieben.

Sämtlichen Stimmungen hatte ich hier freien Lauf lassen können. Ich war traurig gewesen, weil ich mich allein zurückgelassen fühlte, denn ich vermißte Erhard in seinen wechselnden Erscheinungsformen trotz allem. Ich war stolz, weil ich fähig war, von ihm wegzugehen, ärgerlich, weil ich ihn verlassen hatte, amüsiert ob dieser Verärgerung und froh über meine neu gewonnene Freiheit.

Doch was war heute mit mir los? Irgend etwas stimmte nicht, und ich hatte das untrügliche Gefühl, daß es mit Otto im Zusammenhang stand. Ich wollte ihn nachher noch einmal anrufen, wenn ich wieder zu Hause war.

„Wenn eine Mutter während der Schwangerschaft ruhig ist, dann wird auch das Kind ruhig", hörte ich eine junge Frau an einem der anderen Nachbartische sagen.

Ich schaute zu ihr hinüber. Sie war hübsch mit ihren dunklen Haaren, die sie zu einem kurzen Pferdeschwanz hochgebunden hatte, und noch sehr jung. Als sie aufstand, sah ich, daß sie eine Umstandsbluse trug.

Auch für mich wurde es Zeit zum Gehen. Um 19.00 Uhr – in einer Viertelstunde – schloß das Café ohnehin.

Als ich der Besitzerin meinen Kuchenteller an den Tresen zurückbrachte, wie es hier üblich war, wurde ich beim Bezahlen Zeugin eines Gespräches zwischen ihr und einer Frau mittleren Alters, die mit einer alten Dame und einem Herrn, der den Eindruck eines Pastors machte, aber sicher keiner war, an einem der Tische gesessen hatte. Es fiel mir auf, daß die alte Dame während der ganzen Zeit mit einem bewegungslosen Gesichtsausdruck geradeaus zum Fenster hinausgeschaut hatte. Wie ich nun erfuhr, war sie bereits über 80 Jahre alt, besaß die schwedische Staatsbürgerschaft und sollte trotz ihres hohen Alters abgeschoben werden. Man wollte ihr keine weitere Aufenthaltsgenehmigung mehr erteilen. Blieb denn da tatsächlich die Menschlichkeit auf der Strecke? Aber so war das nun einmal. Was würde aus ihr werden, wenn sie niemanden mehr hatte, der sich um sie kümmerte?

Auf der Heimfahrt brachte ein aufsässiger Autofahrer hinter mir meine ohnehin angespannten Nerven noch mehr in Aufregung, als dies schon der Fall war. Nicht nur, daß er das Bestreben zu haben schien, mit seinem Wagen in meinen Kofferraum hineinkriechen zu wollen – als die Ampel auf Rot schaltete, berührte er fast meine hintere Stoßstange. Um ein wenig Abstand zu schaffen, ließ ich mein Auto etwa zehn Zentimeter an den vorderen Wagen heranrollen, woraufhin der dreiste Fahrer hinter mir mindestens fünf Zentimeter nachzog. Es war nicht zu fassen!

Eine übergroße goldgelbe Mondsichel hing tief unten am Himmel – zum Greifen nahe. Nur noch ein paar

Meter – dann würde ich an ihr vorbeigefahren sein.

Zu Hause suchte ich nach Ottos Telefonnummer, die er mir bei seinem letzten Anruf erneut genannt hatte. Doch ich fand sie wieder nicht. Wo ich auch suchte - sie blieb verschwunden. Es war wie verhext, aber nicht zu ändern. Ich konnte Otto heute abend nicht mehr anrufen.

Kapitel 17

Freitagabend. Der letzte Arbeitstag war geschafft, der Koffer fertig gepackt - nur den Wecker und die Waschutensilien würde ich morgen früh noch einpacken – und ich spürte ein herrliches Gefühl von Freiheit in mir aufkommen. Es war, als könnte ich tiefer durchatmen als an anderen Tagen, und dieses Erleben ließ mich das Fahrrad aus der Garage holen und in die Felder fahren.

Der Himmel überzog sich mit schweren, dunkelgrauen Wolken, doch das kümmerte mich nicht. Aus irgendeinem Grund war ich davon überzeugt, daß nicht ein Tropfen auf die Erde fallen würde.

Glücklich! – Ich war glücklich, und ich trat stärker in die Pedale und genoß das Gefühl des Losgelöstseins von allen Zwängen und Beschränkungen.

Mein Weg führte an einer Vogelscheuche vorbei, die ich schon von weitem beobachtet hatte. Die Stoffetzen bewegten sich, Leben vortäuschend, im Wind. Nun stand ich davor und schaute mir das tote Ding an, das, aus der Ferne betrachtet, so lebendig erschienen war.

Ich schmunzelte bei dem Gedanken, daß viele Dinge, aus der Distanz oder oberflächlich besehen, Leben nur vortäuschen. War es nicht auch mit unserer Beziehung so gewesen? Es war keine Beziehung, die lebte und in der jeder der Beteiligten Leben entfalten konnte. Aber gerade in der letzten Zeit war der Wunsch nach Leben alles, was mein Dasein ausmachte. Nur kann man Lebensqualität nicht „in Gläser einwecken", um sie haltbar zu machen.

Eine Weile fuhr ich weiter. Doch plötzlich bremste ich und setzte einen Fuß auf die Erde. Wie würden die zwei Wochen mit Erhard auf Ischia verlaufen? Würde es bei der Trennung bleiben, die wir bereits vollzogen hatten, oder würden wir wieder zueinander finden?

Ein Trecker kam mit lautem Getöse herangefahren, brach einfach in die Stille ein, die mich erfüllt hatte. Mit seinem Lärm riß er mich aus meinen Gedanken heraus. Doch ich spürte trotz des Lärms Freude in mir. Die Freude auf Ischia – sie war nicht verlorengegangen. Alles weitere würde sich finden.

Wieder zu Hause, ging ich in die Küche, um mir einen Kaffee zu kochen. Ich war müde, aber ich konnte mich nicht entschließen, ins Bett zu gehen. So blätterte ich ohne rechtes Interesse in einer Zeitung.

Vierlinge waren geboren: Tim, Mirko, Jan und Niklas. Ein Foto zeigte die strahlende junge Mutter mit den vier Säuglingen im Arm. „Glück kann man nicht kaufen, aber haben" war der Artikel überschrieben. Ob sie in ein paar Monaten auch noch so strahlen würde? fragte ich mich. Sicher würde dann ein beachtlicher Teil ihres Nervenvorrates aufgezehrt sein.

Mechanisch blätterte ich weiter. Titelzeilen wie „Frauen sind Männersache" oder „Ein Herz voll Hoffnung – ein Kopf voller Träume" fielen mir ins Auge, nur war ich zu müde, um den dazugehörigen Text zu lesen.

Auf der letzten Seite überflog ich die Witze. Die meisten waren es gar nicht wert, daß man ihnen Aufmerksamkeit schenkte – bis auf einen: „Merkwürdig, Sie heißen Groß und sind klein", sagt ein Kollege zum anderen. „Was ist daran merkwürdig?" entgegnet dieser schlagfertig. „Sie heißen doch auch Weber und sind ein Spinner."

Den werde ich Erhard morgen im Flugzeug erzählen, dachte ich. Da klingelte das Telefon. Erschrocken zögerte ich, den Hörer abzunehmen. Hoffentlich war das nicht Erhard. Sollte ich es einfach klingeln lassen? Nein, das wäre nicht vernünftig. Vielleicht hatte sich die Abflugzeit verschoben, und er wollte mir Bescheid geben. Aber es war nicht Erhard.

„Ich habe schon ein paarmal angerufen – so am frühen Abend. Da war aber niemand da", hörte ich meine Berliner Freundin Renate sagen.

„Das kommt schon mal vor", erwiderte ich müde und überlegte, wo ich denn gewesen war. Ach ja, mein Fahrradausflug.

„Eben", sagte Renate. „Das habe ich mir auch gedacht. Wie spät ist es eigentlich?"

Ich schaute auf mein leeres Handgelenk. Die Armbanduhr lag auf dem Tisch.

„Ziemlich nach Mitternacht", antwortete ich vage. „Eigentlich sollte ich längst im Bett liegen. Morgen fliege ich nach Neapel."

„Och", sagte Renate enttäuscht. „Ich wollte mich gerade für das nächste Wochenende bei dir einladen. Es ist mal wieder an der Zeit, daß ich zu meinen Eltern fahre, und da sollte mein Weg bei dir in Kronsberg vorbeiführen."

„Schade", erklärte ich, nun meinerseits enttäuscht. Über Renates Besuch hätte ich mich gefreut. Wir hatten uns lange nicht mehr gesehen.

Unsere Freundschaft begann auf kuriose Weise vor fast 20 Jahren. Damals sammelte ich Autogrammkarten von Schauspielern und Schlagerstars und schrieb deshalb an einige Fanclubs, die solche Karten verschickten. Renate betreute einen Fanclub der Schlagersängerin Daniela, und so schrieb ich auch an sie, um eine Autogrammkarte zu bekommen. Doch sie war die einzige, die mir nicht antwortete.

Nachdem ich einige Zeit vergeblich gewartet hatte, machte ich meinem Ärger über ihre Ignoranz dahingehend Luft, daß ich ihr in einem neuerlichen Brief vorhielt, wenn sie schon die Aufgabe eines Fanclubs übernommen hätte, sollte sie wenigstens auch ihren

Verpflichtungen nachkommen. Daß sie es nicht einmal nötig habe zu antworten, sei eine Ungehörigkeit.

Diesmal vergingen nur zwei Tage – dann lag ein Brief von ihr in meinem Postkasten.

Sie könne meine Verärgerung verstehen, schrieb sie mir. Die Schuld läge jedoch nicht bei ihr. Vielmehr habe ihr die Sängerin Daniela trotz mehrfacher Bitten seit längerer Zeit keinen weiteren Kartenvorrat mehr zukommen lassen, so daß sich die Autogrammwünsche der Fans häuften und Renate keine andere Möglichkeit sah, als sämtliche Post in einen großen Umschlag zu stecken und diesen der nachlässigen Sängerin zu schicken. Bei dieser Sendung habe sich vermutlich auch mein Brief befunden. Ich solle es ihr deshalb nachsehen, daß sie nicht geantwortet habe. Falls ich jedoch Lust hätte, ihr zu schreiben, würde sie sich über Post von mir sehr freuen.

Daran dachte ich, als ich später im Bett lag. Wieviele Briefe waren seitdem hin- und hergegangen? Ich hatte sie alle in einen Ordner geheftet und aufbewahrt. Irgendwann würde ich sie Renate zeigen, wenn wir uns mal wieder besuchten, was längst überfällig war. Schade, daß es an mir lag, daß der Termin für ein Treffen diesmal nicht klappte. Aber er war von ihr wirklich etwas kurzfristig gewählt.

Ich war kaum eingeschlafen, da klingelte es an meiner Haustür Sturm. Ich stand auf und erkundigte mich, wer da sei.

„Polizei!" rief eine Männerstimme. Verwundert öffnete ich die Tür. Im selben Moment schubsten mich zwei Männer zur Seite und drangen in meine Wohnung ein.

„Sie sind doch nicht von der Polizei", sagte ich verschlafen.

„Du merkst auch alles", spottete einer der beiden Männer und sah sich hastig in der Wohnung um.

„Wir suchen den Erhard. Wo ist er? Du hältst ihn hier versteckt."

„Quatsch!" rief ich verärgert. „Ich habe Erhard seit Wochen nicht mehr gesehen. Was wollen Sie denn von ihm?"

Ich erhielt keine Antwort, hörte nur ein lautes Lachen, das aus meinem Schlafzimmer kam, als einer der beiden die Schranktüren aufriß und meine Kleider auseinanderzerrte.

Genauso hektisch, wie die Männer aufgetaucht waren, verließen sie die Wohnung wieder. Ich wollte ihnen folgen, doch ich hatte das Gefühl, als hingen an meinen Füßen Bleigewichte. So schaffte ich es nur bis zum Fenster und sah, wie die beiden eilig zu ihrem Auto liefen.

Mit zusammengekniffenen Augen versuchte ich, das Nummernschild zu entziffern und las: „2:54". - Was war denn das für ein eigenartiges Nummernschild? Es fehlten die Buchstaben, die Aufschluß darüber gaben, aus welcher Stadt der Wagen kam.

Plötzlich verschwand die Vier hinter der Fünf, und eine zweite Fünf trat an ihre Stelle. Es dauerte eine Weile, bis ich begriff, daß alles ein Traum war und ich angstvoll auf meinen Wecker starrte, der eben 2.55 Uhr anzeigte.

„Meine Güte!" flüsterte ich, noch ganz benommen, und atmete tief und erleichtert. Was für eine Aufregung mitten in der Nacht!

Ich stand auf und knipste das Licht an, um ganz wach zu werden. Wie in meinem Traum, trat ich ans Fenster und schaute auf die Straße hinaus, dorthin, wo das Auto mit dem merkwürdigen Kennzeichen gestanden hatte. Natürlich war der Platz leer.

Ein einsamer Hunde-Gassi-Führer zog langsam am Gartenzaun vorbei. Sicher hatte auch er nicht schlafen können, weshalb er sich zu einem nächtlichen Spaziergang mit seinem Hund entschlossen hatte.

Ich legte mich wieder ins Bett und starrte mit offenen Augen in die Dunkelheit. Der Mond stand fast ganz rund am Himmel. Sein Licht zwängte sich durch die Ritzen des Rolladens und bildete Lochmusterreihen auf den Türen meines Kleiderschrankes, den die beiden Männer vorhin durchwühlt hatten.

Der Gedanke rief im nachhinein ein Schmunzeln hervor. Jetzt, da der Schreck überstanden war, konnte ich über den aufregenden Traum sogar lachen. Dennoch war ich bemüht, nicht wieder einzuschlafen. Solche Träume zu erleben, belastete die Nerven mehr als mal eine Nacht gar nicht zu schlafen.

Unvermittelt und ohne Zusammenhang tauchte plötzlich eine Begebenheit aus meiner Kinderzeit in meiner Erinnerung auf, und ich fragte mich, wie es möglich war, daß mir von allen Dingen, die ich erlebt hatte, nach so vielen Jahren Abstand ausgerechnet diese Episode in den Sinn kam:

Ich war sieben Jahre alt und besaß eine Puppe mit blonden Haaren, die Heidi hieß. Ich liebte meine Heidi sehr. Doch eines Tages mußte ich für eine Weile auf die Puppe verzichten, denn ihre Arme hatten sich vom Rumpf gelöst, und meine Mutter versprach, sie zum Puppendoktor zur Reparatur zu bringen.

Ich hoffte nur, daß es nicht allzu lange dauern würde, und voller Ungeduld wartete ich auf den Tag, da meine Mutter auf dem Rückweg nach dem Einkaufen die Heidi abholen würde. Vorsichtshalber ermahnte ich sie noch einmal, auf keinen Fall den Weg zum Puppendoktor zu vergessen.

Freudig stürmte ich zur Tür, als es endlich klingelte. Das konnte nur meine Mutter mit der Heidi sein! Doch wo war ihre Einkaufstasche, die sie gewöhnlich – vollgepackt – nach Hause schleppte?

„Jemand hat mir unterwegs die Tasche gestohlen", erklärte meine Mutter, worauf ich sie entsetzt anschaute.

„Mit der Heidi?" fragte ich ungläubig.

„Mit der Heidi", bestätigte sie ernsthaft.

Nach dieser Mitteilung drehte ich mich um und weinte herzzerreißend. Das, woran ich mit meiner ganzen Liebe hing, war gestohlen worden – einfach nicht mehr da. Meine Enttäuschung nahm ein solches Ausmaß an, daß ich kaum noch hörte, wie meine Mutter nach einer Weile sagte, ich solle aufhören zu weinen. Die Tasche sei nicht gestohlen worden. Vielmehr habe sie sie im Keller abgestellt, weil sie ihr zu schwer war, um sie bis in die dritte Etage hinaufzutragen.

Hatte meine Mutter erwartet, daß damit alles wieder gutgemacht sei, so hatte sie sich getäuscht. Durch den vermeintlichen Verlust der Puppe hatte ich den größten Schmerz erfahren, der mir derzeit zugefügt werden konnte – und war es auch nur für eine kleine Weile. Fortan liebte ich die Heidi nicht mehr. Sie hatte ihren Stellenwert bei mir verloren. Mit einer derartigen Reaktion hatte meine Mutter nicht gerechnet.

Und noch etwas war passiert: Die bisherige Erfahrung, sich auf Mutters Aussagen immer und unter allen Umständen verlassen zu können, stimmte nicht mehr.

Erst viele Jahre später fragte ich meine Mutter, weshalb sie mich damals derart belogen habe.

„Ich wollte dir ein einziges Mal zeigen, wie es ist, wenn Kinder ständig die Unwahrheit sagen und sich die Mütter damit auseinandersetzen müssen", war ihre Antwort.

Doch den Schmerz über den Verlust der Puppe empfand ich noch heute, wenn ich daran dachte.

Als dann der Wecker klingelte, stellte ich fest, daß ich doch noch eingeschlafen war.

Kapitel 18

Der Zug nach Frankfurt fuhr um 6.55 Uhr. Daß er um diese Zeit schon so voll sein würde, hatte ich nicht erwartet. Ich zog den Koffer durch drei Wagen, zwängte mich zwischen laut johlenden Fußballfans hindurch, die ihre Mannschaft zu einem Auswärtsspiel begleiteten, ehe ich eine freie Sitzbank fand. Auf der einen Seite saß eine junge Frau und schaute unbeteiligt aus dem Fenster. Ihr gegenüber hing an der Fensterseite eine Jacke. Einen Augenblick lang blieb ich stehen und wartete, daß die junge Frau die Jacke auf ihre Seite herüberholen würde, doch sie machte derlei keine Anstalten.

Ganz schön dickfellig! dachte ich ein wenig verärgert und fragte sie provozierend, ob ich meine Jacke auf ihrer Seite aufhängen dürfe.

„Bitte sehr", sagte sie einsilbig, ließ aber die Jacke dort hängen, wo sie hing, und schaute weiterhin zum Fenster hinaus.

Das durfte doch nicht wahr sein! Offensichtlich hatte sie die Aussage meiner unterschwelligen Bemerkung nicht verstanden. Dann mußte ich wohl deutlicher werden.

„Wäre es nicht besser, wenn wir tauschen würden?" fragte ich und meinte den Platz für die Jacken.

„Ich tausche nicht", entgegnete sie bestimmt – weiter nichts.

Mit dieser Antwort konnte ich nun gar nichts anfangen. Noch immer stand ich im Gang und starrte die Frau verständnislos an, als hinter mir ein älterer Herr auftauchte, an meiner Schulter vorbei nach der Jacke griff und freundlich erklärte, er sei nur auf der Toilette gewesen, aber ich dürfe mich ruhig hinsetzen. Er wolle sich einen anderen Platz suchen.

Meine anschließende Bemühung, das Mißverständnis klarzulegen, blieb ohne Reaktion. Die junge Frau tat, als sei ich nicht vorhanden.

In Göttingen fing es an zu regnen, und in Frankfurt regnete es noch immer. Die S-Bahn brachte mich zum Flughafen, und es dauerte eine Weile, bis ich mich in dem riesigen Komplex einigermaßen orientieren konnte. Die fahrerlose „Sky line", die die Passagiere zu den neuen Terminals D und E beförderte, von wo aus die Charterflüge starteten, hatte es bei meinem letzten Flug ab Frankfurt vor ein paar Jahren noch nicht gegeben.

Mehrmals schob ich den Gepäckkarren in eine falsche Richtung und mußte wieder umkehren. Ich war so damit beschäftigt, den richtigen Weg zu finden, daß mir keine Zeit blieb, mir im einzelnen das Wiedersehen mit Erhard auszumalen.

Ich entdeckte ihn schon von weitem. Er stand in der Schlange an der Gepäckabfertigung der Aero Lloyd Fluggesellschaft und hielt offenbar nach mir Ausschau, denn er winkte mir zu.

„Du warst beim Friseur", sagte er statt einer Begrüßung und fuhr mir mit der Hand unter die neu gestylten Wuschellocken, die nur noch eine Länge hatten, daß sie knapp über das Kinn hinausragten.

„So ist es", entgegnete ich und drehte mich stolz mit erhobenem Kopf einmal um mich selbst. „Gefällt dir die Frisur?"

„Na ja", meinte er, „wenn ich ehrlich sein soll: Du weißt ja, daß ich lange und glatte Haare lieber mag."

„Ja, das weiß ich", lächelte ich. „Aber da wir nicht mehr „liiert" sind, konnte ich diese Entscheidung ganz selbständig treffen, ohne ein schlechtes Gewissen haben zu müssen."

Er sah mich von der Seite an und ließ offen, ob er

erkannt hatte, daß ich mit dieser Bemerkung von vornherein auf Distanz bestehen wollte. Wir würden zusammen nach Ischia fliegen, im selben Hotel und sogar im selben Zimmer wohnen, und wenn die Stimmung gut war, würden wir auch gemeinsam etwas unternehmen – mehr jedoch nicht.

„Hast du vorgestern in den Nachrichten von dem Absturz der Swiss-Air-Maschine gehört?" fragte er. Wir hatten unsere Koffer aufgegeben und nur noch unser Handgepäck behalten, das wir nun auf einem einzigen Gepäckkarren durch die Gegend schoben. Bis zum Abflug um 13.10 Uhr blieb noch viel Zeit.

„Ja, ich habe es gehört. In der Nähe von Neufundland ist sie ins Meer gestürzt. Aber du brauchst keine Angst zu haben. Unsere Maschine wird gut ankommen."

„Hoffentlich", sagte er leise.

In der Ladenzeile blieben wir vor einem exklusiven Krawattengeschäft stehen, und ich warf mehr als einen Blick auf die farbenfrohen Muster in leuchtendem Gelb, Rot oder Blau, bis mir bewußt wurde, daß es im Moment niemanden gab, für den ich eine Krawatte aussuchen konnte.

Ob Erhard wohl meine Gedanken erriet? Unauffällig forschte ich in seinem Gesichtsausdruck. Nein, vermutlich nicht. Er hatte es nie besonders gut verstanden, Ungesagtes zu deuten.

„Danke für das Geburtstagsgeschenk", fiel ihm plötzlich ein, nachdem wir schon eine Weile schweigend nebeneinander hergelaufen waren. Das Aufrechterhalten eines Gespräches gestaltete sich zugegebenermaßen mühsamer als erwartet. Deshalb sagte ich scherzhaft in der Hoffnung auf ein Lächeln: „Ein Buch ist ein Geschenk, das nicht dick macht und nicht verwelkt." Doch seine Miene blieb unverändert.

Gern hätte ich gewußt, ob er jetzt fest mit der Rosi zusammen war. Aber um nichts in der Welt würde ich ihn danach fragen. Vielleicht ergab sich die Antwort im Laufe des Urlaubs von selbst, ohne daß ich die Frage stellen mußte.

Kaum hatte ich diesen Gedanken zu Ende entwickelt, als unsere Maschine zum Abflug nach Neapel aufgerufen wurde. Der Bohnenkaffee, den ich im Speisewagen getrunken hatte, machte mir zu schaffen, doch dafür war jetzt keine Zeit mehr.

Ich hatte das unbestimmte Gefühl, daß sich Erhard in der Rolle als Reisebegleiter seiner „Verflossenen" nicht so recht wohlfühlte. Hätte ihn jemand gefragt, ob er lieber wieder umkehren wolle, hätte er vermutlich den für ihn bequemeren Weg gewählt. Zum Glück fragte ihn niemand.

In dem Pulk der Fluggäste, die sich durch den schmalen Gang zum Einstieg der Maschine vorwärtsbewegten, fiel mir ein junger Mann mit hellgelb gefärbten Haaren auf, die in knapper Streichholzlänge um seinen Kopf standen. Die Frisur sah aus wie das Gefieder eines Kiwis. Da er seinen Platz in derselben Sitzreihe wie wir bekam, konnte ich beobachten, daß er eine Viertelliter-Flasche Wein nach der anderen leertrank. War er Alkoholiker, oder hatte er Angst? Dabei war es ein so schöner Flug mit ganz klarer Sicht. Deutlich waren tief unter uns die Berge, Straßen und Ortschaften zu erkennen.

Am Flughafen Capodicino in Neapel empfing uns feuchte Schwüle, als wir aus dem Flugzeug auf das Rollfeld hinunterkletterten und in den bereitstehenden Bus stiegen, der uns zum Flughafengebäude brachte. Die Maschine war pünktlich um 14.55 Uhr gelandet. Ein anderer Bus fuhr uns zum Hafen. Dort mußten wir warten, bis um 17.00 Uhr das Schnellboot nach Ischia ablegte.

Sicher wäre es unpassend gewesen zu fragen, ob sich Erhard auf die Urlaubstage auf der Insel freue, obwohl ich es gern getan hätte, denn je mehr wir uns dem Ziel näherten, desto stärker machte sich bei mir eine unruhevolle Erwartungshaltung bemerkbar. Doch ich fürchtete insgeheim die Antwort, die ich möglicherweise erhalten könnte, und ich wollte die Stimmung dadurch nicht trüben.

Die Überfahrt nahm nahezu 45 Minuten in Anspruch, und sie hätte nicht eine Minute länger dauern dürfen.

„Ist dir schlecht?" fragte Erhard und sah mich besorgt an. „Du bist ganz blaß."

Ich atmete tief durch, als wir in Ischia Porto an Land gingen. „Ich bin eben nicht besonders seefest", gestand ich etwas kläglich.

Wortlos faßte er meine Hand, und obwohl ich den verabredeten Abstand zwischen uns unbedingt wahren wollte, war ich in diesem Moment für die Zuwendung dankbar.

An die ischitanischen Verkehrsverhältnisse mußte ich mich erst gewöhnen. Der Busfahrer, der den kleinen Bus die sanft ansteigende, kurvenreiche Straße über Casamicciola nach Lacco Ameno und weiter nach Forio lenkte, hatte den Auftrag, die neu angekommenen Urlauber zu ihren Hotels zu bringen. Doch die Art und Weise, in der er den Bus gegen den Gegenverkehr kämpfen ließ und millimetergenau auf engstem Raum zwischen parkenden Fahrzeugen hindurchmanövrierte, ließ mir mehrmals den Atem stocken.

Unser Hotel war von der Straße her nicht zu sehen. Es lag hinter einer weißen Mauer, die durch ein hohes, schmiedeisernes Tor mit goldenen Spitzen unterbrochen wurde, inmitten gepflegter Gartenanlagen. Zwei Pinien ragten hinter der Mauer empor, und vor der Mauer standen zwei Robinien, die dem kleinen Vorplatz ein wenig Schatten spendeten.

Trotz zwölf Stunden Unterwegsseins war ich kein bißchen müde. Die Sonne schien, es war auch jetzt am Abend noch sommerlich warm, und ich war glücklich.

Kurze Zeit später saßen wir auf einer überdachten Terrasse am hoteleigenen Swimmingpool. Erhard hatte für uns an der Bar zwei Gläser gut gekühlten Weißwein bestellt, und wir stießen auf den Auftakt unseres Urlaubs an. Leise Musik kam aus dem Lautsprecher. Sammy Davis junior sang seinen „September song":

„Es ist eine lange Zeit
von Mai bis Dezember,
doch die Tage sind kurz,
wenn du kommst im September.
Diese goldenen Tage
will ich verbringen mit dir..."

Dazwischen spielte gefühlvoll ein Saxophon. Es lag etwas Unerklärliches in der Atmosphäre. Erhard spürte es auch, denn er lächelte mich an.

„Was wird eigentlich aus uns?" fragte er nach einer Weile unverblümt und stellte das leere Glas, das er noch immer in der Hand hielt, auf den kleinen Tisch vor uns.

Die Frage überraschte mich ein wenig. „Ich dachte, das wäre längst geklärt", entgegnete ich nüchtern. „Man kann Menschen nicht grundlegend ändern, nicht einmal sich selbst. Das führt zu nichts – ebensowenig wie in der Vergangenheit nach den „dunklen Punkten" zu suchen: Meine Oma hat mir viel zu wenig Eis gekauft. Deshalb bin ich so geworden, wie ich bin."

Es wirkte provozierend, aber ich wollte im Urlaub das

alte Thema nicht ausweiten. Demonstrativ stellte ich mein leeres Glas neben seines.

„Some things never change – manche Dinge ändern sich nie", sagte er. Als ich jedoch nichts darauf erwiderte, ließ er es dabei bewenden.

„Let's face the music and dance", sang Sammy Davis junior und danach „Just in time". Bei diesem Stück imitierte er gekonnt die Stimmen von Louis Armstrong und Jerry Lewis.

Nach einem sehr reichhaltigen warmen Abendessen setzten wir uns wieder auf die Terrasse. Es war ein so schöner Abend – viel zu schade, um schon schlafen zu gehen. Darüber hinaus mußte zuvor noch etwas geklärt werden.

Erhard erhob sich, spazierte zum Rand des Swimmingpools und schaute versunken auf das Wasser.

„Sind Fische drin?" fragte ich scherzhaft, um die Situation wieder etwas aufzulockern.

Hinter mir lachte jemand, und als ich mich umdrehte, sah ich eine junge Frau in einem weißen Kleid in einem der Korbsessel sitzen. So kamen wir miteinander ins Gespräch. Sie erzählte, daß sie in Köln zu Hause sei und ihren Urlaub auf der Insel heute abend beende. Morgen in aller Frühe würde sie wieder zurückkreisen.

Ischia sei eine wunderschöne Insel, sagte sie, und wir sollten es auf keinen Fall versäumen, nach Sant'Angelo zu fahren und auch nach Fontana, von wo aus ein Fußweg auf den Epomeo führe.

„Das ist der Berg, den Sie hier auf der linken Seite sehen können, wenn es morgen früh wieder hell wird."

Erhard stand noch immer am Pool und kam erst heran, als er gewahr wurde, daß die junge Frau aufreizend die Beine übereinandergeschlagen hatte und ihr hoch geschlitztes Kleid fast den ganzen Oberschenkel freigab.

Daß er daraufhin kaum mehr einen Blick für irgend etwas anderes hatte, verstimmte mich insgeheim, obwohl es mir eigentlich gleichgültig sein sollte, denn in dieser Hinsicht kannte ich ihn doch längst.

Was mich aber vorrangig ärgerte, war die Tatsache, daß sich die junge Frau in seinen Blicken sonnte. Es schien ihr offensichtlich Spaß zu machen. Mir weniger, und deshalb erklärte ich bald, daß ich nach der langen Reise ziemlich müde sei und mich zurückziehen wolle. Ich wünsche ihr eine gute Heimfahrt.

Unerwartet stand Erhard kommentarlos auf und kam mit. Ob er irgendein Wortgefecht erwartete? Ich nahm mir jedenfalls vor, das Thema nicht mehr zu berühren, und er schien sehr erleichtert zu sein.

Bevor wir endgültig das Licht löschten, sagte ich zu ihm: „Laß uns eine Vereinbarung treffen", und als er mich daraufhin fragend anschaute, erläuterte ich: „Du bleibst in deinem Bett und ich in meinem, okay?"

Er antwortete nicht.

Kapitel 19

Das „Palio Carmina" war ein zauberhaftes kleines Hotel. Es lag an der Via Castellaccio, besaß zwei Stockwerke, grüne Lamellen-Fensterläden, die sich kontrastreich von den weiß gekalkten Mauern abhoben, und war über sechs breite steinerne Stufen zu erreichen. Die Eingangstür stand den ganzen Tag über offen, und man gelangte, wenn man die Halle betrat, unmittelbar an den Empfangstresen. Dort saßen abwechselnd zwei hübsche Italienerinnen. Es gab einen „Hund des Hauses", eine Chow-Chow-Hündin, die Una hieß und entweder in der kühlen Eingangshalle oder im Schatten unter einer der Palmen im Vorgarten herumlag und hechelte. Sie sah aus wie ein Teddy, und jeder der Gäste liebte Una.

Von unserem Zimmer aus hatten wir einen Blick auf den Swimmingpool und zur linken Seite auf die überdachte Terrasse mit ihren Korbsesseln, in denen dicke, weiße Kissen lagen. Davor standen niedrige, viereckige Rauchglastische mit Korbrahmen. Im Hintergrund erhob sich majestätisch und zum Greifen nahe der Berg Epomeo. Wandte man den Blick nach rechts, sah man einen alten, viereckigen Turm, der der Szenerie ein echt italienisches Ambiente verlieh – besonders abends, wenn er angestrahlt wurde und in einem warmen Orange leuchtete.

Im Zimmer selbst gab es lediglich zwei Farben: weiß und blaugrün. Weiß waren nur die Wände und die Gardine, alles andere blaugrün: das Bett mit der halbkreisförmigen Rückwand, die beiden Nachtschränkchen, die Schirme der Nachttischlampen, die auf messingnen Drehgestellen steckten, die Rahmen der beiden großen Wandspiegel, selbst die Türen zum angrenzenden Bad und auf den Flur hinaus samt Zargen. Auch die Tagesdecken, die über die Betten gebreitet waren, der Vorhang des hohen, offenen Kleiderschrankes und die Sitzflächen der beiden Holzstühle waren aus einem einheitlich blaugrün gemusterten Stoff. Das Bad besaß große blaugrüne Fliesen, und auch im Dekor des Duschvorhanges war Blaugrün vorherrschend.

Blaugrün wirkte auch das Meer, als wir am Sonntagvormittag unseren ersten Rundgang durch Forio unternahmen und letztendlich am Hafen landeten. Wir waren auf der Hauptgeschäftsstraße, dem Corso Umberto, entlanggebummelt, vorbei an der Basilika Santa Maria di Loreto mit ihrem bunten Mosaik an der Außenfassade. Das Portal stand weit offen, und Meßgesang drang auf die Straße heraus.

Die Sonne meinte es recht gut mit uns – so gut, daß wir auf unserem Weg für einen Augenblick in die Barockkirche San Francesco an der Piazza Municipo flüchteten und uns dankbar in der letzten Reihe niederließen. Noch gestern waren es in Deutschland 13 Grad gewesen, und heute mußten wir uns übergangslos auf italienische 37 Grad umstellen.

Meine Spiegelreflexkamera, die ich um den Hals trug und mit der ich von der Insel meiner Träume so viele Fotos wie möglich schießen wollte, wies uns zweifelsfrei als Touristen aus.

Auf einem Landvorsprung, schon fast ins Meer gebaut, thronte hoch oben die schneeweiße Wallfahrtskirche der Seefahrer Madonna del Soccorso. Eine Freitreppe mit flachen Stufen, an deren gemauerter Brüstung bunte Kacheln Darstellungen biblischer Szenen zeigten, führte zum Eingang hinauf, der auf der dem Meer abgewandten Seite lag.

„Hast du keinen Fotoapparat mitgenommen?" fragte ich

Erhard.

„Nein, wozu?"

Als ich ihn erstaunt anschaute, setzte er hinzu, er besitze gar keinen. Es hätte auch nicht zu ihm gepaßt. Er wollte nichts festhalten, Erinnerungen schon gar nicht.

Wir saßen im Schatten auf einem steinernen Wandvorsprung, der außen um die Kirche herumführte, und blickten auf das leicht bewegte Meer hinunter, das teils blaugrün, teils tiefblau in der Sonne lag. Wolkenlos spannte sich der Himmel über uns.

Wie schön war es hier! Mein Herz wurde auf einmal ganz weit und offen. Schließlich galt das Herz – und kein anderer Körperteil – als Zentrum des Menschen. Man sagte ja auch: „Ich liebe dich von ganzem Herzen" und nicht etwa: „Ich liebe dich von ganzem Knie."

Diese Überlegung veranlaßte mich zum Lachen. Erhard schien mein plötzlicher Heiterkeitsausbruch nicht ganz geheuer. „Lachst du über mich?" fragte er leicht verunsichert.

Freimütig erzählte ich ihm meinen Gedanken, worauf er kopfschüttelnd erklärte: „Du kommst auf Ideen!" Aber immerhin lachte er auch.

„Hast du für heute genug Kirchen besichtigt?" erkundigte er sich dann.

Um ihn ein wenig herauszufordern, sagte ich gut gelaunt: „In Forio gibt es zwanzig Kirchen, und erst drei davon haben wir gesehen. Demnach bleiben noch siebzehn."

„Oje", stöhnte er, schlug mit einer gespielten Geste die Hände vors Gesicht und stand auf.

„Die hast du doch wohl hoffentlich nicht alle auf einmal auf dem Programm stehen? Mir ist es nämlich zu heiß. Was hältst du davon, wenn wir unseren Rundgang zunächst einmal abbrechen und die Mittagsstunden im

Hotel überbrücken?"

Ohne eine Antwort abzuwarten, streckte er mir seine Hand entgegen und zog mich hoch.

„Gut", lenkte ich ein, „aber sobald es am Nachmittag etwas kühler geworden ist, ziehen wir wieder los. Ich möchte nicht die schönen Urlaubsstunden im Hotel verbringen, nur weil es draußen heiß ist. Dazu sind sie zu schade. Ich möchte die Insel kennenlernen."

Unruhe hatte mich gepackt. Daß Erhard nicht gern die Füße bewegte, war mir bekannt. Aber dann würde ich eben allein gehen.

Im Restautrant des „Palio Carmina" probierten wir „Bruschetta", eine italienische Köstlichkeit. Sie bestand aus einer Scheibe hellem Bauernbrot, auf dem Grill geröstet und üppig mit Tomatenstücken, gehacktem Knoblauch und frischen Basilikumblättchen belegt. Es schmeckte vorzüglich, zumal die italienischen Tomaten mit denen, die man in Deutschland angeboten bekam, in keiner Weise zu vergleichen waren.

Den Rest der Flasche Wein, die wir dazu bestellt hatten, tranken wir in den Korbsesseln am Pool auf der Terrasse. Wir waren nicht die einzigen Gäste um diese Mittagsstunde. Auch die anderen Plätze wurden nach und nach besetzt.

„Ischia scheint ein von deutschen Urlaubern bevorzugtes Reiseziel zu sein", meinte Erhard. „In unserem Hotel gibt es fast nur Leute aus Germania, und auf der Straße hört man im Vorbeigehen ebenfalls überwiegend deutsche Stimmen. Sprachschwierigkeiten werden wir vermutlich nicht bekommen."

Auf einmal lachten wir beide wie auf Kommando. Die Flasche ischitanischer Wein war ausgetrunken, und die anderen Gäste an den Nebentischen, vorwiegend ältere Leute, die nur wortlos dasaßen, sich kaum etwas zu sagen hatten, konnten neidisch werden auf das Paar, das sich offensichtlich so gut verstand.

„Der Wein bereichert den Urlaub um beachtliche Momente", sagte ich, und wieder lachten wir, ohne daß es einen eigentlichen Grund dazu gab. Wir waren einfach nur fröhlich. Es ging uns gut, und die Tage in dieser zauberhaften Umgebung würden schön werden. Ich wußte es bestimmt.

Kapitel 20

Der Bus nach Sant'Angelo war hoffnungslos überfüllt, so daß der Fahrer nur noch Leute aussteigen ließ und wir auf den nächsten Bus warten mußten, der aber nicht weniger voll war. Mühsam zwängten wir uns dennoch hinein. Irgendwie würde es schon gehen. Unterwegs würden sicher noch einige Fahrgäste aussteigen.

Diese Vermutung erwies sich jedoch als unrichtig. Wie wir, hatten sich sämtliche Mitfahrer entschlossen, den Montag in Sant'Angelo zu verbringen. Neben mir stand eine junge Frau, die eine Badetasche in leuchtenden Farben wie das Segel eines Surfers über der Schulter trug. Bei jedem Bremsmanöver, das der Busfahrer vollziehen mußte – und das waren bei den waghalsigen Überholversuchen der anderen Fahrzeuge auf den engen, kurvenreichen Straßen nicht wenige – wurde die Tasche an meine Wange gedrückt. Ich war froh, als wir endlich am Ziel waren und auf einem Parkplatz außerhalb Sant'Angelo von den nachdrängenden Leuten, meist deutschen Urlaubern, zum Aussteigen veranlaßt wurden. In Sant'Angelo gibt es keinen Autoverkehr.

„Junge, Junge!" war Erhards Kommentar zu der soeben beendeten Busfahrt. „Kein Wunder, daß es auf der Insel fast kein Auto ohne irgendwelche Schrammen oder Beulen gibt. Ein solcher Fahrstil ist wirklich unglaublich!"

„Ebenso wie die Tatsache, daß sämtliche Motorradfahrer ohne Helm fahren", ergänzte ich. „Sogar mit kleinen Kindern vor sich auf dem Schoß. Das finde ich unverantwortlich."

Doch unversehens wurden wir von den Mißständen abgelenkt, als wir von weitem den begrünten Felsen der kleinen Halbinsel La Roia sich aus dem Meer erheben sahen. Eine schmale Landzunge verbindet diese Halbinsel mit Sant'Angelo. Erwartungsvoll folgten wir der Prozession von Leuten, die sich vom Parkplatz auf den Ort zubewegte.

Restaurants mit Blick auf das Meer, ein Obst- und Gemüseladen, ein Keramikladen und mehrere Boutiquen säumten unseren Weg. Eine Malerin mit urdeutschem Namen hatte hier ihr Atelier. Ihre Bilder - Ölmalereien und Aquarelle von Sant'Angelo – waren sowohl im Eingangsbereich vor der Tür als auch im Innenraum ausgestellt.

Erhard war schon weitergegangen, aus der heißen Sonne in den Schatten geflüchtet.

Die Piazza hatte ich mir größer vorgestellt. Sie bestand aus einem Geviert, zwei Seiten mit je zwei Häusern. Die anderen Seiten waren zur Mole und zum Meer hin offen. Die Tischreihen vor der „Bar Ridente" mit ihren blau-weiß gestreiften und vorm „Pescatore" mit hellblau gemusterten Tischdecken füllten den Platz aus.

Wir gingen über die Mole auf den begrünten Felsen der Halbinsel La Roia zu, zu dessen „Füßen" sich der Yachthafen, weitere Restaurants und eine Surfschule befanden. Schwarze und rote Surfanzüge hingen zum Trocknen auf der Leine. Überall lagen leblos anmutende Hunde auf dem Pflaster herum. Andere liefen mit Maulkörben an uns vorbei, selbst ein kleiner Hund mit einem langen schwarzen Fell.

Der Blick zurück: strahlend weiße Häuser, die sich im Sonnenschein am Berghang erhoben, mit großen, überwiegend halbrunden Fensternischen, das Hotel „La Palma" und weiter hinauf die kleine Kirche San Michele.

Ohne zu murren, stapfte Erhard geduldig neben mir her, zwischen den weißen Häusern hindurch, die schmalen, gewundenen Gäßchen hinauf, die oftmals in Sackgassen endeten, so daß wir umkehren mußten.

Ein alter Mann mit einer Schirmmütze, die seinen Kopf vor der Sonne schützen sollte, fegte vor dem Eingangstor seines Hauses. Als er uns herankommen sah, hielt er in seiner Arbeit inne, sagte freundlich „buon giorno" und ließ uns passieren. Erst dann fegte er weiter.

Wir stiegen einen schmalen Weg hinauf, der sich, an Weinreben vorbei, die noch nicht geerntet waren, entlang des Berges bis hinüber auf die Marontiseite wand. Eine Bank aus Zement, in die dicht an dicht bunte Fliesenbruchstücke eingelassen waren, stand an einer Wegbiegung. Doch nirgends gab es Schatten. Verstohlen versah ich Erhard mit einem besorgten Seitenblick. Ich kannte ihn gut genug, um zu wissen, daß ihm derartige Strapazen irgendwann zuviel sein würden.

„Was suchst du eigentlich hier oben?" wollte er nach einer Weile wissen. Ich hatte die Frage erwartet.

„Nichts Besonderes", entgegnete ich leichthin. „Den Ausblick auf die Bucht und auf den Marontistrand auf der rückwärtigen Seite von Sant'Angelo. Vielleicht können wir einen Blick in die kleine Kirche San Michele werfen."

Doch wir fanden sie verschlossen. So gingen wir durch das grüne, geschwungene Gittertor, das sich auf einem Vorplatz dem Kircheneingang gegenüber befand. Es führte auf einen kleinen Friedhof, der zu Sant'Angelo und Succhivo gehört.

Auf den weißen Grabsteinen waren Fotos der Verstorbenen zu sehen. Vorn am Eingang entdeckte ich ein Grab mit einer schwarzen Marmorplatte, auf der ein aufgeschlagenes Buch aus weißem Marmor lag. Darauf befand sich das Bild einer jungen, hübschen Frau. Ich verglich das Geburts- und Sterbedatum miteinander. Sie war nur 32 Jahre alt geworden.

Erhard bewies seinen guten Willen und kam noch ein Stück in Richtung „Therme Aphrodite" mit, aber dann streikte er. Es war wirklich zu heiß. Wir setzten uns einen Augenblick auf einen Mauervorsprung, der so leidlich im Schatten lag, und schauten hinunter auf das Meer. Pastellfarben schimmernd war in der Ferne die Insel Capri zu sehen.

Hufeklappern ließ uns aufhorchen. Zwei braune Pferde kamen hintereinander den schmalen Weg herauf. Auf dem ersten saß – im „Damensitz" – ein älterer Italiener mit angegrautem Haar. Er trug ein weißes Unterhemd mit halblangen Ärmeln und eine dunkelblaue Leinenhose, dazu schwarze Stiefel. Eine braune Decke auf dem Pferderücken ersetzte ihm den Sattel. Das zweite Pferd, das er an einer Leine hinterherzog, war mit Koffern beladen. „Gepäcktransport Hotel Therme Aphrodite" war auf einem Pappschild zu lesen, das seitlich an den Hinterbacken des Pferdes befestigt war.

Erhard drängte zum Rückweg. Er wollte nicht mehr weitergehen. Sein guter Wille war reichlich strapaziert.

„Schau mal, dort wachsen Auberginen." Ich wies mit dem ausgestreckten Arm auf einen halbhohen Strauch, der inmitten eines recht ungepflegten Gartens stand. Doch Erhard hatte im Augenblick nur ein einziges Bestreben: ein Schattenplatz für eine Siesta.

Wir fanden ihn auf der Piazza beim „Pescatore" unter den großen weißen Sonnenschirmen. An einem der kleinen Tische direkt vor dem Eingang hatten wir uns niedergelassen. Eine hübsche Italienerin stellte zwei Gläser mit dunkelbraunem Inhalt vor uns hin: Carpano, ein Drink, den man mit Zitrone und Eis genießt. Er hatte einen ähnlichen Geschmack wie Fernet Branca, und er war genau das richtige für uns. Die Außentemperatur war anschließend erträglicher, und wir fühlten uns rundherum wohl.

Vor dem Eingang des „Pescatore" befand sich eine Plattform in einer zartblau gestrichenen Nische. Musik drang auf die Piazza heraus. „Time to say good bye" sang der blinde Andrea Bocelli.

Erhard und ich wechselten einen stummen Blick. Es lag nahe, daß wir in diesem Moment beide den gleichen Gedanken hegten. Aber keiner von uns sprach ihn aus.

Große Terrakottakübel mit blühendem rosafarbenen Oleander begrenzten seitlich die Tischreihen des „Pescatore". Links vor der Farmacia standen drei große Pinien hintereinander, und in verwitterten Holzfässern wuchsen vor der „Tavernetta" drei Palmen. Geradeaus ging der Blick hinüber zur Mole und zu den bunten Fischerbooten, die im Wasser schaukelten.

„Sant'Angelo ist der „Ort der Engel". So steht es im Reiseführer", sagte ich schwärmerisch und hob das Glas mit dem Carpano an den Mund.

An einem der Tische vor uns saß eine junge Frau in einer ärmellosen schwarz-grünen Lederweste, die sie statt einer Bluse trug. Ihr hellblondes Haar war unordentlich hochgesteckt oder aber vom Wind zerzaust. Eben bekam sie eine Seezunge serviert, die einer der Kellner fachgerecht zerlegt und auf einem Teller für sie angerichtet hatte.

Ich gab vor, auf die Toilette zu müssen. Tatsächlich aber wollte ich das Lokal von innen besichtigen. Es roch nach frisch gebackenem Kuchen, als ich nach hinten auf die Bar zuging. Gegenüber befand sich in einer Glasvitrine mit schmiedeeisernem Gestell ein gut gefülltes Kuchenbuffet.

Vor der Bar standen drei runde Holztische mit Korbstühlen, und an der Wand darüber sah ich alte gerahmte Fotos der Insel Ischia. An der gegenüberliegenden Wand hingen Ölbilder und Aquarelle von Ischia, dazwischen an schmiedeeisernen Gestellen vier Korblampen.

Es gefiel mir hier außerordentlich gut, doch um Erhard nicht ungeduldig werden zu lassen, durfte ich ihn nicht allzu lange allein draußen sitzen lassen. Schließlich waren wir zusammen hier, und trotz allem war es unser gemeinsamer Urlaub.

„Wie heißen die Dinger?" fragte er, als es ans Bezahlen ging.

„Carpano", erklärte ich und bedauerte es insgeheim, daß unsere Siesta schon beendet sein sollte. Doch Erhard hatte keine Ruhe mehr. Er wollte nach Forio zurück, und alles Hinauszögern der Rückfahrt konnte nur noch eine Angelegenheit von Minuten bedeuten.

Draußen vor der „Tavernetta" spielte jemand auf einem Klavier, und unter dem Vorwand, Fotos machen zu wollen, gewann ich weitere wertvolle Minuten in Sant'Angelo. Ich konnte Erhard sogar dazu bewegen, einen Blick in die „Tavernetta" hineinzuwerfen, die an Decken und Wänden überreichlich mit bunten Keramikkrügen und -masken dekoriert war.

„Nun komm aber endlich", bat er dann. „Ich mag nicht mehr."

Es war 17.30 Uhr, als wir auf dem zentralen Parkplatz vor Sant'Angelo in den Bus nach Forio stiegen. Erhard sah „geschafft" aus, aber ich war dankbar für jede Minute des Tages, die wir in dieser zauberhaften Umgebung hatten verbringen dürfen.

An diesem Abend fand an Stelle des gewöhnlichen Abendessens in unserem Hotel ein „Gala-Dinner" statt. Den Auftakt bildete eine Scheibe Honigmelone mit hauchdünnem Schinken, danach folgten Spaghetti mit Tomatensoße und Schmetterlingsnudeln mit feiner Sahnesoße. Weiter ging es mit Gemüse, Geflügel und

Kalbfleisch.

Der Nachtisch wurde anschließend draußen auf der Terrasse am Pool serviert: insgesamt drei Sahnetorten. Auf jeder stand – mit Sahne gespritzt, ein Wort: „Hotel – Palio – Carmina". Doch sie versprachen mehr, als sie hielten, denn sie waren mit sehr viel Alkohol getränkt und rochen stark nach Rasierwasser.

Bis Mitternacht folgte Livemusik: ein Sänger, der abwechselnd Keyboard, Elektrogitarre und Trompete spielte und bei einzelnen Stücken von einer stimmgewaltigen Sängerin unterstützt wurde.

Erhard zögerte nicht lange, mich zum Tanzen aufzufordern und den ganzen Abend nicht wieder loszulassen. Es war schön, in seinen Armen über die Tanzfläche zu schweben, war sie auch noch so eng. Nach wie vor war er ein guter Tänzer. Doch alle Vernunft in mir warnte mich ausdrücklich: „Laß dich nicht auf Dummheiten ein, Anna-Ruth!"

Der italienische Kellner, der den Wein servierte, hatte mich mit einem bewundernden Lächeln bedacht und erklärt, von unserem Tisch hole er üblicherweise am Abend die erste Dame zum Tanz. Komplimente gab es hier anscheinend gratis. Sie gehörten dazu, doch man durfte sie nicht ernstnehmen.

Es war kurz vor 23.00 Uhr, als wir schließlich gingen, während der Musiker – eigens für die deutschen Gäste – auf der Trompete „So ein Tag, so wunderschön wie heute" spielte.

„Ich träume von Sant'Angelo", sagte ich glücklich, als wir im Bett lagen – jeder in seinem.

„Ich träume von dir", sagte Erhard.

Kapitel 21

„Es war schön gestern abend", sagte ich zu Erhard. Wir hatten fast keinen Tanz ausgelassen und Wein von den Reben der Insel getrunken, und ich hatte den Eindruck gewonnen, daß auch Erhard glücklich war. Doch nun machte er beim Frühstück mit einer einzigen Bemerkung alles wieder zunichte.

Am Buffet war eine farbige Französin mit einem superkurzen Rock und sehr langen, schlanken Beinen aufgetaucht, und ohne mir etwas dabei zu denken, sagte ich: „Schau mal: Es gibt nicht nur Militär-Tarnhosen, sondern auch Tarnröcke."

Das war gerade das richtige Stichwort für Erhard, worauf er verkündete: „Meine Güte, das ist ja eine absolute Nahkampfwaffe!"

Augenblicklich stieg Zorn in mir hoch. Eine derartige Bemerkung hatte ich nicht bezweckt, und böse hielt ich ihm entgegen: „Frag' sie doch, ob sie mit dir schlafen würde. Vielleicht sagt sie ja."

Er sah mich verständnislos an. „Du nimmst auch alles persönlich, selbst den Wetterbericht", sagte er gespielt beleidigt, und ich blickte demonstrativ an ihm vorbei.

„Was soll ich denn sonst davon halten, wenn du so etwas von dir gibst?" fragte ich ihn.

Die Verstimmung hielt noch einige Zeit an, auch als wir längst, von allen Seiten eingekeilt, im Bus standen, der uns nach Ischia Porto brachte. Irgendwo war die Unbekümmertheit auf der Strecke geblieben.

Dreirädrige Mikrotaxis ratterten an uns vorbei, und als wir schließlich ausstiegen und uns zu Fuß weiterbewegten, boten uns mehrmals Taxifahrer ihre Dienste an.

Die Via Alessandro, eine schmale Gasse, die sich zwischen Privatgrundstücken und Gärten, die zu kleinen Pensionen gehörten, hindurchschlängelte, führte nicht, wie wir irrtümlich annahmen, auf die Landzunge am Ende der linken Hafenmole.

„Schade", sagte ich enttäuscht. Ich wäre gern bis zur Spitze vorgegangen. Aber auf diesem Wege gelangten wir nicht dorthin. Möglicherweise war der richtige Weg privat und nur für Mitglieder des Yachtclubs zugänglich.

Erhard vermittelte alles andere als einen unternehmungslustigen Eindruck. Vermutlich war es ihm inzwischen schon wieder zu heiß. Doch schließlich wollte ich im Urlaub kein kühles Schmuddelwetter haben. Vielmehr war ich dankbar für jeden Sonnenstrahl, der Herz und Gemüt erwärmte. Regen hatte mich ohnehin bis auf den Flughafen von Frankfurt begleitet.

Die Straße ist ein Teil der rechten Mole von Ischia Porto. Segelyachten und Motorboote hatten hier festgemacht. Ihre schmalen, federnden Gangways führten auf das von den Jahren blankpolierte Kopfsteinpflaster. Die meisten der Boote, Einmaster, Zweimaster, waren in strahlendem Weiß und sehr teuer. Ich sah Motorboote mit blitzendem Messinggestänge und Kabinen für mehrere Gäste - daneben Luxusyachten mit den Namen „Venus", „Freccia del Golfo" und „Balu I".

An der Straße lag ein Lokal am anderen. Restaurants mit kleinen überdachten Vorplätzen, Lokale, die Spezialitäten anpriesen: Fisch, Steaks, Pizza oder die gutbürgerliche italienische Küche.

Mit großen Schritten stelzten wir über das Kopfsteinpflaster, eifrig darauf bedacht, möglichst in keines des zahllosen Wasserlöcher zu treten. Vor jedem Restaurant schoben die Gaststättenbesitzer mit Reisigbesen das Wasser, das über die Ufersteine gedrungen war, wieder zurück. Eine vergebliche Bemühung, denn als im

Hafenbecken ein Dampfer drehte, verursachte er eine derartige Wasserbewegung, daß die ganze Straße erneut von dem über den Uferrand schwappenden Wasser überspült wurde und ich mich gerade noch rechtzeitig durch einen schnellen Sprung in den Eingang einer Bootshandlung vor nassen Füßen retten konnte.

Ich sah mich nach Erhard um. Auch er war rasch vor dem Wasser weggesprungen und hielt aus einem der Restaurants heraus nach mir Ausschau.

„Weißt du was? – Ich lade dich zum Essen ein", schlug er gutgelaunt vor, als ich ihn erreichte. „Wo möchtest du speisen?"

Sein Gesichtsausdruck ließ den Eindruck entstehen, als sei es ihm sehr wichtig, daß ich sein Angebot annahm. Um die Entscheidung zu einer Zusage oder Ablehnung in seinem Sinne zu beeinflussen, setzte er hinterher, um in der prallen Mittagssonne herumzulaufen, sei es ihm zu heiß. Also blieb mir mal wieder gar keine andere Wahl.

Ich entschied mich für das Restaurant „Gabbiano". Es gab eigentlich keinen Grund für diese Bevorzugung. Ein Lokal war so gut wie das andere. Sie besaßen alle die gleichen dunkelbraunen Rohrstühle mit heller, geflochtener Sitzfläche. Nur die Farben der Tischdecken unterschieden sich: türkis, rosa oder beige. Doch der Restaurantbesitzer des „Gabbiano", ein kleiner, dickbauchiger Mann mit etwas längerem, eisgrauem Haar, einem weißen Hemd und blaugrauen Hosen, die ihm bis zum Knie reichten, bemühte sich mit überschwenglichen Worten um neue Gäste.

„Bella Signora!" rief er mir zu und vollführte eine einladende Geste in Richtung des Inneren seines Lokales.

Erhard sah mich forschend an. „Wollen wir hierbleiben?" fragte er, und als ich kurzentschlossen nickte, traten wir unter dem gelben Schild mit der braunen Schrift ein.

Eine hellgrüne, hochgeraffte Gardine war zu beiden Seiten vor den Fenstern angebracht. Auf den Tischen standen umgedrehte Weingläser und warteten darauf, erneut umgedreht und gefüllt zu werden. Aus jedem der Lokale drang eine andere Musik heraus.

Wir aßen als Vorspeise „Insalata di mare" – einen Meeresfrüchtesalat, und danach „Parmigiana di melanzane" – überbackene Auberginen, und tranken dazu einen würzigen ischitanischen Weißwein. Absichtlich dehnten wir das Essen erheblich aus, um die heiße Mittagszeit zu überbrücken.

„Weißt du, daß der heutige Hafen bis 1853 ein geschlossener Kratersee war, der zu Ischia Porto gehörte?" wandte ich mich an Erhard.

Ehe er verneinte, hob er das Glas mit dem goldgelben Wein und prostete mir zu. Ich tat es ihm gleich. Dann erzählte ich weiter: „Den Entschluß, das Becken zum Meer hin zu öffnen, faßte der König von Neapel, Ferdinand II. von Bourbon, weil ihn der Geruch des stehenden Wassers störte. Die ausschlaggebenden Gründe für diese Entscheidung dürften allerdings andere gewesen sein. Sowohl für den Ausbau des Bädertourismus als auch für die Ausfuhr der einheimischen Landwirtschaftserzeugnisse wie Wein und Gemüse benötigte die Insel dringend einen Hafen, in dem auch größere Schiffe anlegen konnten."

„Aha", sagte Erhard und lächelte mich an. Irgendwie hatte ich das vage Gefühl, daß er meine Erklärungen lustig fand, obwohl ich mich ernsthaft darum bemühte, ihm ein wenig Geschichte näherzubringen. Doch ihn schien der Anlegevorgang der großen weißen Autofähre „Angelina Lauro" offensichtlich mehr zu interessieren. Kurz darauf folgte die „Quirino", die ebenfalls meine

Ausführungen unterbrach.

Mit einem Mal zogen am Himmel dunkle Wolken herauf, hinter denen die Sonne verschwand. Der Wind hielt den Atem an – nur für einen Augenblick, dann rauschte der Regen herab und räumte die Menschen weg.

„Jetzt müssen wir wohl oder übel noch ein wenig hierbleiben", sagte ich mit dem Gedanken, Erhard von meiner Augenoperation zu erzählen. Davon wußte er noch gar nichts. Doch ich dachte, daß er es erfahren sollte.

Als ich mitten in meinem Bericht war, legte ein Gewitter los, und Erhard bestellte für jeden von uns ein neues Glas Wein. Mitunter kann er auch fürsorglich sein, dachte ich gerührt.

„Stell dir vor: Bei der letzten Untersuchung vor meinem Urlaub erklärte mir der Arzt, er habe speziell meinen Fall beim Facharztekongreß in Göttingen veröffentlicht. Anhand von Computerfotos meines kranken Auges hielt er ein Referat, was zur Folge hatte, daß man ihm nun aus ganz Deutschland Patienten zuleitet, die das gleiche Problem haben, wie ich es hatte."

Erhard legte anteilnehmend seine Hand auf meine. „Somit hat deine Erkrankung wenigstens einen Sinn gehabt", kommentierte er meine Ausführungen.

Als wir mit dem Bus nach Forio zurückfuhren, war es bereits früher Nachmittag. Der Regen hatte aufgehört, und die Sonne stand wieder am Himmel. Gern wäre ich noch durch die Hauptgeschäftsstraße von Ischia Porto, die nach der berühmten italienischen Renaissance-Dichterin Vittoria Colonna benannt ist, geschlendert, doch Erhard wollte zum Hotel zurück. Ihm genügten die Aktivitäten für heute.

Als ich mich darüber beklagte, daß der Tag noch gar nicht hinreichend genutzt war, eröffnete er mir, daß er heimlich für morgen eine Fahrt nach Neapel auf den Vesuv und nach Pompeji gebucht habe. Er wolle mir damit eine Freude bereiten, aber ich solle doch – bitte sehr und um Himmels willen – damit aufhören, ihn ständig anzutreiben. Das würde ihn nur ärgerlich machen.

„Ist schon gut", lenkte ich ein.

Er ignorierte es. Gleich darauf kam er mit einer Bitte heraus: „Würde es dir sehr schwerfallen, dich noch einmal eine Weile zu mir ins Bett zu legen?"

Mein Gesichtsausdruck konnte von ihm nicht anders als ablehnend gedeutet werden. Doch er ließ nicht locker. „Bitte", sagte er flehendlich. „Ich verspreche dir, daß ich dir nicht zu nahe treten werde. Ich möchte nur noch einmal bei dir liegen, deine Nähe spüren, mehr nicht. Bitte..."

Ich atmete tief und überlegte, was ich tun sollte. Wenn eine Beziehung zwischen zwei Menschen beendet ist, dann sollte sie auch beendet sein, dachte ich konsequent. Dann liegt man nicht mehr miteinander im Bett. Irgendwie drängte sich mir das Gefühl auf, daß sowohl seine Einladung zum Essen als auch die heimliche Buchung der Fahrt für morgen etwas damit zu tun hatte, mich in seine Schuld zu bringen. Das war mir unangenehm.

Ich zupfte mein T-Shirt zurecht, und mit einem unmißverständlichen Blick, der besagte, daß er sich unter allen Umständen an seine Zusicherung zu halten habe, legte ich mich schließlich doch neben ihn, wandte ihm aber den Rücken zu. So lagen wir ruhig beieinander. Er hatte beide Arme um mich gelegt, und ich dachte, daß er unweigerlich spüren mußte, wie verkrampft ich war. Als ich jedoch merkte, daß er unsere Abmachung nicht überschritt, entspannte sich mein Körper allmählich.

Was mir jedoch aus diesem Geschehen heraus klar wurde, war die Tatsache, daß es für Erhard gleichgültig war, welche Frau er im Arm hielt, wenn es nur eine ansehnliche Frau mit einer guten Figur war. Er suchte Nähe und nahm sich, was er bekommen konnte, und sei es noch so wenig. Dieses Bewußtsein ließ mich mein „Zugeständnis" beenden. Ich hatte „den kleinen Finger gereicht". Die ganze Hand würde ich nicht geben – nicht in unserer Situation. Als ich versuchte, Erhard diese Tatsache auseinanderzusetzen, machte er ein Gesicht wie ein kleiner Junge, der weder ein Zuhause noch eine Mutter, ja nicht einmal einen Hund hatte, der ihn liebte.

„Das ist mir zu ungenau", erklärte er betroffen.

„Was ist daran ungenau?" fragte ich zurück. „Kennst du Erich Fried?"

Als er verneinte, sagte ich: „Von ihm stammt der Ausspruch: „Wenn die Ungenauigkeit der Sprache der Genauigkeit der Erkenntnis genau entspricht, ist es genau richtig, ungenau zu sein"."

Kapitel 22

Es fiel mir nicht leicht, um 5.00 Uhr aufzustehen. Das war absolut nicht meine Zeit, um den Tag zu beginnen. Doch heute morgen ließ es sich nicht vermeiden. Um 6.00 Uhr standen wir bereits an der Haltestelle, die dem Hotel direkt gegenüberlag, und warteten auf den Bus, der uns hier abholen sollte.

„Fermata" heißen die Haltestellen in Italien – weißes Schild mit roter Schrift. Diesen Begriff kannte ich aus der Musik, wo er ebenfalls ein Haltezeichen bedeutete.

Durch die Zweige der Robinien auf der anderen Straßenseite schimmerten matt die ersten Sonnenstrahlen hindurch. Ich sah, daß von der weißen Mauer mit den geschwungenen Bögen, die das Hotelgrundstück nach vorn zur Straße hin abgrenzte, der Putz abblätterte. Mit Sicherheit war diese Mauer erheblich älter als die dahinter befindliche gepflegte Hotelanlage, überlegte ich gerade, als ein fast vollbesetzter Reisebus vor uns hielt und die Tür für uns öffnete. Wir waren die letzten der Teilnehmer an der Fahrt nach Neapel, die von den einzelnen Hotels abgeholt wurden.

Wir fuhren nach Casamicciola zum Hafen, wo wir mitsamt dem Bus auf einer Autofähre an Bord gingen, die uns nach Pozzuoli hinüberbringen sollte.

„Warum nicht nach Neapel?" fragte ich Erhard. Der zuckte die Schultern und zog die Augenbrauen hoch, um damit seine Unwissenheit auszudrücken. „Es wird schon alles so richtig sein", meinte er leichthin.

Langsam stieg die Sonne am Himmel herauf. Wir saßen oben an Deck, ließen uns den Fahrtwind durch die Haare wehen und verfolgten, wie sich die Entfernung zu Ischia immer mehr vergrößerte. Grün bewaldet ragte der Epomeo aus der Mitte der Insel empor, und ich freute mich schon darauf, am Abend wieder zurückkehren zu dürfen. Ich hatte die Insel liebgewonnen.

Ganz nahe zog die Fähre an der Nachbarinsel Procida, der einstigen Gefängnisinsel, vorbei. Deutlich waren das Hafenstädtchen Corricella und die hochgelegene Oberstadt Terra Murata, was soviel wie „gemauerte Erde" bedeutet, auszumachen. In einiger Entfernung konnte man die Umrisse von Capri erkennen.

„Da möchte ich auch gern hin", sagte ich zu Erhard, wobei mir im nachhinein auffiel, daß aus meiner Aussage nicht eindeutig hervorging, welche der beiden Inseln ich meinte. Doch Erhard hatte ohnehin nicht zugehört. Er war damit beschäftigt, unsere Reiseleiterin, die zwei Bankreihen vor uns saß, anzustaunen.

„Das ist kein Rasseweib, sondern ein Masseweib", äußerte er mit einem Blick auf ihre kräftige Figur mit dem riesigen Busen.

Auch ich schaute zu ihr hinüber. Sie war in der Tat etwas stabil gebaut. Keinem Ganoven würde es vermutlich in den Sinn kommen, sie zu überfallen. Jeder traute ihr wohl zu, daß sie sich zu wehren verstand.

„In der Nähe dieser Frau zu sein, kann für einen Mann auch Vorzüge haben", erklärte ich amüsiert. „Im Winter liegst du warm, im Sommer hast du Schatten."

Erhard bedachte mich mit einem Seitenblick, der Bände sprach. Doch schließlich wußte ich genau, daß er nur auf schlanke Frauen ein Auge warf. Diese hier war eher als „Unikum" für ihn interessant. Zu irgendwelchen geheimen Wünschen würde sie kaum Anlaß bieten.

Doch Karin Wegener aus Duisburg erwies sich als sehr nett und absolut geeignet für den Job als Reiseleiterin. Sie lebte seit nunmehr fünf Jahren in Italien. Davor hatte sie mehrere Jahre in den USA und in Australien gearbeitet. Ihr Zuhause sei unterwegs, hatte sie erklärt.

Es war noch früher Morgen, als wir in Pozzuoli die Fähre verließen und sich unser Bus in Richtung Neapel bewegte. Von Ferne sah man Capri und die Sorrentinische Halbinsel.

Karin Wegener erzählte von der Institution eines Jugendgefängnisses auf der Halbinsel Nisida, das mit einer Realschule, einem Gymnasium und verschiedenen handwerklichen Betrieben ausgestattet ist und vom Staat gefördert wird. Der dortige Aufenthalt stellt nicht allein eine Bestrafung kriminell gewordener Jugendlicher dar, sondern man ist vielmehr darum bemüht, den jungen Leuten eine Ausbildung zu gewähren, die die Grundlage für ein Leben in geordneten Verhältnissen sein kann. Seit einigen Jahren gibt es auch in Palermo und Turin gleichartige Einrichtungen.

In der Bucht von Bagnoli hatte man unlängst die Stahlwerke geschlossen und damit tausende Arbeitslose geschaffen. Dafür waren an dieser Stelle einundzwanzig neue Hotelanlagen geplant. Das Modell zu dieser Gesamtanlage konnte im Rathaus von Neapel besichtigt werden.

Wir passierten Agnano, einen Vorort von Neapel, der sich durch seine Trabrennbahn einen Namen gemacht hat. Diese Trabrennbahn ist in einen erloschenen Krater hineingebaut worden. Der federnde Boden spornte die Pferde zu Höchstleistungen an. Aus diesem Grunde werden die Siege jedoch international nicht anerkannt.

„Neapel wird von vier Hügelketten umrahmt", ließ Karin Wegener weiter hören. „Es sind die Stadtteile Capodimonte, Camaldoli, Vomero und Posillipo. Die beiden letzten zählen zu den schönsten und teuersten Wohngebieten Neapels. Die Neapolitaner sagen: „Siehst du viele Blumen, aber keine Wäsche, zahlst du hohe

Miete." Ebenso reizvoll ist der Vorort Marechiaro, in dem viele Künstler, Maler und Komponisten wohnen."

Wir fuhren über die Via Caracciolo, die Prachtstraße am Yachthafen, und erhaschten einen Blick auf die vielbesungene Landzunge Santa Lucia mit dem teuersten Hotel Neapels, dem „Vesuvio". Hier hatte seinerzeit Caruso in der ersten Etage sein Privatquartier.

Als Filipe, der Busfahrer, bei Rot eine Ampel überfuhr und daraufhin ein Raunen durch den Bus zog, erklärte Karin Wegener: „In Neapel wird grundsätzlich bei allen Ampelfarben gefahren. Eine rote Ampel bedeutet lediglich, daß möglicherweise Fahrzeuge von rechts kommen könnten. Ist dies jedoch nicht der Fall, dann halte den Verkehr nicht auf und fahr' weiter. In dieser Stadt ist es üblich, alle Verkehrsregeln zu vergessen, aber unbedingt notwendig, dabei auf alle „Idioten" zu achten."

In Deutschland kostet das den Führerschein, dachte ich entsetzt.

Nur im Vorbeifahren hatten wir das Kloster San Martino und den langgestreckten gelben Bau der Burg San Elmo, beide aus dem 14. Jahrhundert stammend, gesehen.

Die Frage nach einem Parkplatz in Neapel beantwortete Karin Wegener auf ihre eigene humorige Weise. Den Tip hatte ihr ein Taxifahrer gegeben: „Suchst du Parkplatz, fahr' auf Bürgersteig. Ist dir Bordstein zu hoch, gib mir 3000 Lire, und ich zeige dir, wie man das macht."

Nachdem er die Scheine in seine Hosentasche gesteckt hatte, holte er aus dem Kofferraum seines eigenen Wagens eine Holzbohle, mit deren Hilfe sich die hohe Bordsteinkante mühelos überwinden ließ. Am Abend hieß es dann jedoch: „Willst du wieder 'runter, gib mir 5000 Lire..."

Bei 600.000 Arbeitslosen sind die Neapolitaner im Erfinden von irgendwelchen Jobs äußerst phantasiereich.

Das ist nur verständlich, wenn man überleben will.

Der Blick auf den Vesuv weckte unmittelbare Abenteuerlust in mir. Nie zuvor hatte ich so nahe einen Vulkan vor Augen gehabt. Zwölf Kilometer südöstlich der Stadtgrenze ragte er mit 1.172 Metern in die Höhe.

Filipe fuhr den Bus bis Torre del Greco, einem Vorort von Neapel, der bisher einundzwanzigmal vom Vesuv zerstört worden war. Von dort aus wand sich eine schmale Straße in Serpentinen etwa 1000 Höhenmeter hinauf auf den Vulkan.

„Und den restlichen Weg?" fragte Erhard völlig überflüssigerweise.

„Zu Fuß", antwortete ich und grinste ihn dabei schelmisch an. „Du hast doch zwei gesunde Beine, und 200 Meter Höhenunterschied in 780 Metern Sepentinenstrecke zurückzulegen, müßtest eigentlich auch du schaffen."

Zu Beginn des Aufstieges drückte ein Italiener jedem der Touristen einen Wanderstab in die Hand, und los ging es: avanti, avanti!

Erhard wollte sich nicht mit einer „zusätzlichen Klamotte belasten", wie er es ausdrückte, und nahm den ihm gebotenen Wanderstab nicht entgegen. Doch ich empfand es als durchaus angenehm, eine Stütze zu haben.

Der schwarze Lavastrom vom letzten Ausbruch im März 1944, der die Siedlungen San Sebastiano al Vesuvio und Massa di Somma zerstörte, war noch zu sehen.

Karin Wegener hatte uns erklärt, daß seit der verheerenden Katastrophe am 24. August des Jahres 79 nach Christus, bei der Pompeji, Herkulaneum und Stabia dem Erdboden gleichgemacht wurden, der Vesuv insgesamt neunundvierzigmal ausgebrochen ist. Zwischen den einzelnen Ausbrüchen lagen ungefähr gleichlange Pausen von 42 bis 46 Jahren.

Nicht nur der Blick hinab in den seit dem letzten Ausbruch geschlossenen 250 Meter tiefen Krater des Vulkans, sondern auch die Aussicht von oben auf die Riesenstadt Neapel und das gesamte Umland waren erhebende Momente. Daran würde man sicher noch lange denken.

Der benachbarte Monte Somma, der erst durch den Lavaausbruch im Jahre 79 nach Christus entstand, indem die Kuppel des Vulkans aus der Mitte weggesprengt wurde, hat einen Kraterrand-Umfang von etwa 11 Kilometern, der Vesuv dagegen nur etwa 1.500 Meter.

Mein Film war voll, und ich mußte ihn gegen einen neuen auswechseln. Gleichzeitig mahnte mich Erhard zur Eile, denn um 11.00 Uhr sollte der Bus weiterfahren, und wir hatten noch den gesamten Abstieg vor uns. Also weiter: avanti, avanti!

Nach Pompeji fuhr Filipe ein Stück über die Autobahn, wobei uns der Vesuv während der ganzen Fahrt im Blickfeld erhalten blieb.

Früher hatte es einen Sessellift gegeben, der bis zum Kraterrand hinauffuhr. Bei der Einweihung im Jahre 1952 sang Benjamino Gigli das eigens zu diesem Anlaß komponierte Lied „Funiculi Funicular" (Funiculare ist die Drahtseilbahn). 1991 wurde sie wegen Altersschwäche abgebaut.

Als wir um 12.00 Uhr aus dem angenehm klimatisierten Bus stiegen, breitete sich erbarmungslos die Mittagshitze um uns herum aus und lähmte allgemein den Forschungsdrang und die weitere Besichtigungswilligkeit.

Karin Wegener genehmigte uns eine halbe Stunde Siesta im Restaurant „M.E.C", das auch als Treffpunkt vereinbart war, sollte jemand aus der Reisegruppe „abhanden kommen". Auf die schnelle aßen wir Pizza mit frischen

Tomaten und Käse. Danach half alles nichts: Wir mußten, so gut es eben ging, die Besichtigungstour in
Pompeji überstehen – egal, wie heiß es war. Schließlich
hatten wir sie gebucht.

Eine junge Studentin, die sich als Fabiana vorstellte und
sehr gut deutsch sprach, übernahm die Führung durch die
Ausgrabungsstätte. Ich wunderte mich darüber, daß sie
trotz der Hitze ein bodenlanges, schwarzes Kleid trug.

Wir begannen mit dem Apollotempel, der aus dem dritten Jahrhundert vor Christus stammt, dann folgte das
Forum, ein rechteckiger, gepflasterter Platz, der das
Zentrum des politischen und religiösen Lebens der Stadt
darstellte. Über die Via dell'Abbondanza, die ihren
Namen einem Brunnen mit einem großen Relief ver-
dankt, gelangten wir zum Gebäude der Priesterin
Eumachia. Ihre Statue, die man bei den Ausgrabungen
gefunden hat, wird im Museum in Neapel aufbewahrt.

Ich setzte die Kamera in Aktion, suchte aber nach Möglichkeit Schattenplätze auf, wodurch mir manche von
Fabianas Erklärungen entgingen, weil ich zu weit von ihr
entfernt stand. Doch auf diese Weise war wenigstens die
Temperatur einigermaßen erträglich. Die Erklärungen
würde ich sicher später in Büchern nachlesen können.

Erhard trottete apathisch mit der Gruppe mit, ohne sich
weiter um mich zu kümmern. Vermutlich verwandte er
seine ganze Kraft darauf, selbst aufrecht zu bleiben. Es
war mörderisch heiß, und die dicken Mauern, zwischen
denen wir uns bewegten, reflektierten die Hitze noch
erheblich.

„Der Jupitertempel aus dem 2. Jahrhundert vor Christus
war der dreifachen Gottheit Juno, Minerva und Jupiter
geweiht", erklärte Fabiana. Sie gab sich alle Mühe, der
Gruppe ein wenig Geschichte mit den dazugehörenden
Daten zu vermitteln. Doch weder das Haus des Fauns mit

der kleinen Bronzestatue eines tanzenden Fauns noch der Caligulabogen, bei dem die Straße der Fontana endet, konnten uns zu uneingeschränkter Aufmerksamkeit veranlassen.

Erst in den Thermen des Forums, die an der Straßenkreuzung der Via del Foro mit der Via di Nola lagen, atmeten wir wieder auf, weil sie überdacht und im Inneren angenehm kühl waren.

„Die Thermen wurden im Jahre 1823 ausgegraben", hörte ich Fabiana erläutern.

Außerhalb der Thermen ging der Kampf gegen die Hitze weiter. Sehnlichst erhoffte ich ein Ende der Führung, doch Fabiana zog ihr Programm eisern durch und lotste uns zum Haus der Vettier, das wenigstens ebenfalls überdacht war. Hier hatten einst reiche Weinbauern und wohlhabende Kaufleute gelebt. Die Landwirte vertrieben alle Erzeugnisse selbst und waren aufgrund ihres Reichtums in der Politik mitbestimmend.

Am Eingang fiel ein recht gut erhaltenes, obszönes Wandgemälde auf. Es zeigte die Figur des Priapus, der seinen überdimensionalen Phallus auf einer Waagschale mit Geld aufwiegen ließ. Dieses Bild hatte seinen Platz absichtlich in der Eingangshalle bekommen. Das Phallussymbol sollte die bösen Blicke der Neider auf den Reichtum der Vettier fernhalten.

Die Leute hatten sich auf die einzelnen Räume verteilt und betrachteten mehr oder weniger interessiert die zahlreichen Wandmalereien. Es waren Kampfszenen von Hähnen, Gruppen von mythologischen Liebespaaren, Abbildungen von Meeresmotiven oder ein Gemälde des Herkules, der die Schlangen erwürgt. Ein anderes Bild zeigte Apollo als Sieger über Python.

Erhard kam heran, stellte sich neben mich und griff nach meiner Hand. Er war ebenso ermattet wie ich, vielleicht sogar noch mehr.

„Sie haben es geschafft", verkündete Fabiana und bedachte uns mit einem mitleidigen Lächeln. „Ich hoffe, daß unser Rundgang trotz der Hitze für Sie interessant war."

„O ja, sehr", beeilten wir uns, ihr zu versichern.

Sie quittierte unsere Höflichkeit mit einem erneuten Lächeln. Diesmal legte sie zum Abschied ihren ganzen Charme mit hinein. Sicher war auch sie froh darüber, die Strapazen, die dieser Job für sie mit sich brachte, für heute überstanden zu haben.

Und das alles in dem langen, schwarzen Kleid, bedauerte ich sie insgeheim.

Der nächste Satz, den sie sprach, wurde von niemandem in der Reisegruppe überhört. Sie sagte: „Ich begleite Sie jetzt zum Ausgang."

Galt der anschließende Applaus dieser Mitteilung oder ihrer fachkundigen Führung? Vielleicht traf beides zu, dachte ich.

Erhard hielt noch immer meine Hand fest, als wir zum Bus gingen. Es war beinahe so wie in alten Tagen, nur mit dem Unterschied, daß wir kein Paar mehr waren. Ich konnte nicht sagen, daß mich das beruhigte – ganz im Gegenteil. Irgend etwas war nicht so, wie es hätte sein sollen. Unmerklich begann die klare Linie zwischen uns zu verwischen. Als mir das bewußt wurde, holte ich meine Hand rasch zurück.

Filipe fuhr uns mit dem Bus wieder nach Pozzuoli. Karin Wegener hatte uns versichert, daß wir die Fähre nach Ischia um 16.30 Uhr bequem erreichen würden.

Auch jetzt auf der Rückfahrt durch Neapel machte sie auf Sehenswürdigkeiten aufmerksam: das Camaldolenzenkloster unterhalb des Vesuvs, den Palazzo Carlo primo (den Palast Karls I.). Mit seinen 598 Metern ohne

Unterbrechung galt er als das längste Gebäude Europas. Heute war dieser Palast das Armenhaus Neapels. Minderbemittelte konnten sich dort täglich warme Mahlzeiten abholen. Auf diese Weise wurde die Kriminalität in der Stadt geringgehalten.

Eine weiße Kirche mit einer grünen Kuppel tauchte auf: Santa Maria di bon Concilia, eine der 296 Kirchen Neapels.

Wir fuhren an der Rückseite des Vomero entlang. Hatte uns die Vorderseite einen zauberhaften Blick auf das Meer gewährleistet, so sahen wir jetzt nichts als Hochhäuser, die auf Betonstelzen standen. Dies sei eine erdbebensichere Bauweise, bei der etwaige Erdbebenwellen verteilt und gebrochen würden, erklärte Karin Wegener. Immerhin hatte die Stadt Neapel im Laufe der Jahrhunderte bisher vier Erdbeben erlebt.

Das Meer hatte eine tiefblaue Farbe wie Tinte. Wir saßen oben an Deck der Fähre und beobachteten, wie unsere grüne Insel näher und näher rückte und größer und deutlicher wurde. Der vorgelagerte Felsen mit dem Castello Aragonese kam in Sicht. Der Gipfel des Epomeo leuchtete in der Abendsonne. Alles war schon so vertraut geworden, daß ich das Gefühl hatte, nach Hause zu kommen.

Anlegen in dem kleinen runden Hafen von Ischia Porto. Da war wieder die Uferstraße mit ihren Restaurants. Bei „Gabbiano" hatten wir gestern gesessen und gespeist. Schon knüpfte sich eine Erinnerung daran.

Filipe verteilte seine Reisegäste wieder auf die jeweiligen Hotels. Waren wir heute morgen als letzte hinzugekommen, so stiegen wir nun als letztes Paar aus. Es war 18.15 Uhr.

Una, die Chow-Chow-Hündin, lag müde auf ihrem Lieblingsplatz unter ihrer „Stammpalme" und hob nicht einmal den Kopf, als wir sie beim Namen riefen. Nur ihre Augen bewegten sich und blickten uns an.

„Ich möchte bis zum Abendessen nochmal allein ins Städtchen gehen", sagte ich zu Erhard, worauf er mich erstaunt ansah.

„Warum willst du denn allein gehen?" fragte er verständnislos.

Schon wieder sollte ich eine Begründung für etwas liefern, was nur gefühlsmäßig zu erklären war. Es gab keinen eigentlichen Grund dafür. Ich wollte eben allein sein – einfach so, wollte in Ruhe in den beiden Buchhandlungen, in denen es auch deutsche Bücher gab, stöbern, ohne daß mich jemand zum Weitergehen drängte, vor der Boutique an der Piazza den Ständer mit den bunten Seidentüchern drehen und überall dort stehenbleiben, wo ich etwas Interessantes entdeckt hatte. Und genau das tat ich auch.

Zum Abendessen aßen wir Schwertfisch und dicke, süße Weintrauben als Nachtisch. Erhard hatte eine Flasche Wein bestellt, aus dem man die ganze Sonne der Insel herausschmeckte. Später saßen wir wieder auf der Terrasse am Pool, jeder ein Weinglas in der Hand, und Erhard prostete mir mit einem vielsagenden Blick zu. Von der Bar war Musik zu hören: irgendein moderner Poptitel mit Saxophon und rhythmischem Schlagzeug.

„Was feiern wir eigentlich?" fragte ich und bemühte mich, seinem Blick standzuhalten.

„Ischia", sagte er fröhlich. „Wir feiern Ischia."

Ihm schien die Insel ebenfalls zu gefallen. Dabei tauchte in meiner Erinnerung der Moment auf, als ich vor Wochen den Wunsch geäußert hatte, hier den Urlaub zu verbringen. Auch dafür hatte er eine Erklärung gefordert.

Mit den Augen von Verliebten war Ischia gewiß noch reizvoller und lieblicher, dachte ich, und ein leiser Hauch von Melancholie beschlich mich, denn leider war ich nicht verliebt.

Kapitel 23

Keine besonderen Vorkommnisse? Wer behauptete das? – In der Region um Potenza hatte es ein Erdbeben gegeben, und Potenza lag etwa 150 Kilometer östlich von Neapel. Die Menschen waren in Panik aus den Häusern auf die Straße gestürzt, mehrere waren verletzt.

Die Meldung wurde in den Abendnachrichten gesendet, die wir leider nicht eingeschaltet hatten. So erfuhren wir davon erst am nächsten Morgen beim Frühstück.

150 Kilometer von Neapel – das war keine große Entfernung. Obwohl wir gestern in Neapel waren, hatten wir von einem Erdbeben nicht das Geringste bemerkt. Dennoch wurde das Erdbeben zum hauptsächlichen Thema am Frühstückstisch.

Herr und Frau Wolf, die in der Nähe von Stuttgart wohnten und mit denen wir im Restaurant unseren Tisch teilten, waren sehr angenehme Gesprächspartner. Zwar gingen wir tagsüber getrennte Wege, doch wir freuten uns jedesmal auf die gemeinsamen Mahlzeiten. Beim Frühstück wurde der Tagesplan erörtert und beim Abendessen darüber berichtet, wie der Tag verlaufen war und was man unternommen und erlebt hatte.

Frau Wolf war eine hübsche Frau mit einem bezaubernden Lächeln. Sie sah aus wie Schneewittchen, hatte lange, schwarze Locken, und das weiße Kleid, das sie an diesem Morgen trug, unterstrich ihre schlanke Figur und brachte ihre Sonnenbräune voll zur Geltung. Mich wunderte es daher, daß Erhard in bezug auf sie seine sonst üblichen Bemerkungen unterließ. Hatte das etwa mit Achtung vor dieser Frau zu tun, oder fand er derlei Äußerungen unangebracht, weil sie einen Ehemann hatte?

Wir fuhren mit dem Bus nach Lacco Ameno, dem elegantesten Badeort der Insel. Hier traf sich bereits im 19. Jahrhundert die „feine Gesellschaft" zur Kur, und auch heute noch ist in diesem Ort alles etwas vornehmer als in den anderen. Im Jahre 1863 erhielt er den Beinamen „ameno", was so viel wie „lieblich" bedeutet.

Auf der Via Roma, die sich am Meer entlang durch den Ort windet, erstand ich in einem Schuhgeschäft ein paar offene weiße Schuhe, zu denen mich Erhard überredet hatte, und in einem kleinen Laden ein paar Schritte weiter ein weißes T-Shirt mit einem dezenten Ischia-Aufdruck. Irgend etwas wollte ich mitnehmen, das mir die Urlaubstage auf der Insel lebendig erhalten sollte.

Nur wenige Meter vom Ufer entfernt ragt das Wahrzeichen des Städtchens aus dem Meer: ein Tuffsteinfelsen, der sich vermutlich bei einem der Vulkanausbrüche vom Epomeo gelöst hat und ins Meer gestürzt ist. Aufgrund seiner eigenwilligen Form wird er „il fungo" – der Pilz – genannt. Um seine Entstehung rankt sich eine romantische Legende: Ein Liebespaar floh vor den Eltern, die diese Beziehung nicht duldeten, in einem Boot über das Meer und ertrank. An der Stelle, wo das Boot im Meer versank, stieg der Felsen aus dem Wasser.

Wieder war der Film voll, und ich mußte einen neuen einlegen. Gern hätte ich mir das Luxushotel „Regina-Isabella" angesehen und einige Aufnahmen geschossen. Doch Erhard hatte zu weiteren Fotoaktionen keine Geduld mehr, zumindest nicht, wenn Umwege damit verbunden waren.

„Es kann doch nicht der Sinn des Urlaubs sein, daß du jeden Stein fotografierst", sagte er vorwurfsvoll. Ihn langweilte das, obwohl ich wirklich darauf achtete, es nicht zu übertreiben.

Auf der Schattenseite der Straße war es erträglicher als

in der prallen Sonne, und so schlugen wir die Richtung nach Casamicciola ein. Die beiden Orte liegen in unmittelbarer Nachbarschaft zueinander, so daß man bequem von dem einen zum anderen zu Fuß gehen konnte.

An der Bushaltestelle saß auf einer Bank eine junge Katze und schaute mich mit ihren schönen Augen an. Als ich stehenblieb und mich zu ihr hinunterbeugte, ließ sie ein klägliches „mau" hören, und als ich mich neben ihr auf der Bank niederließ, sprang sie auf meinen Schoß und drückte sich fast aufdringlich an mich. Die Vorderpfötchen traten abwechselnd gegen meine Brust, ohne dabei die Krallen einzuziehen, so daß ich um meine Bluse fürchtete. Das kleine Köpfchen strich an meinem Kinn entlang.

Ich liebte diese „kuscheligen Schmuser", und diesen hier hätte ich am liebsten mitgenommen. Aber das ging natürlich nicht, und deshalb löste ich nach einer Weile ausgiebiger Streicheleinheiten vorsichtig die Samtpfötchen von meiner Bluse und setzte den kleinen Kerl auf die Bank zurück. Dort blieb er artig sitzen. Nur sein trauriger Blick folgte mir, als ich langsam weiterging. Ich mußte den Vorsprung, den Erhard inzwischen gewonnen hatte, wieder aufholen.

Warum war er nicht einfach mit mir stehengeblieben, dachte ich und gab mir gleichzeitig im stillen selbst die Antwort: weil es vermutlich in seinen Augen für nur zwei Wochen nicht lohnte, eine neue Toleranz zu entdecken, die unsere unterschiedlichen Lebensstile erforderlich gemacht hätte. Für ihn war es ein weitaus geringerer Aufwand, mich zu einem Eis einzuladen.

Casamicciola kann unter allen Gemeinden der Insel auf die längste Tradition als Luft- und Badekurort zurückblicken. Es besitzt die meisten Heilquellen.

Auch die Töpferkunst hat eine lange Tradition auf

Ischia. An der Küstenstraße östlich von Casamicciola liegt die 400 Jahre alte Keramikfabrik Fratelli Menella. Doch wir waren zu einer ungünstigen Zeit hier, denn zwischen 13.00 und 15.00 Uhr wurde überall Mittagspause gemacht, und es war soeben 13.00 Uhr.

„Wir könnten uns die alte Villa in der Via Castanito ansehen", schlug ich vor. „Der norwegische Dichter Henrik Ibsen hat dort im Jahre 1867 an seinem Theaterstück „Peer Gynt" gearbeitet."

Aber dazu hatte Erhard weder Lust noch Interesse. Also schoß ich rasch ein paar Fotos in den idyllischen Seitengassen, wo vor jedem der Häuser Blumenkästen, -kübel und -töpfe mit üppig blühenden Pflanzen standen. Dann gingen wir durch die Via Maestro Antonio Fratialli langsam zur Bushaltestelle. Erhard wollte ins Hotel zurück und auch Mittagspause halten.

Die Terrasse am Pool gehörte uns um diese Zeit allein. Die meisten der Gäste waren „ausgeflogen". Nur auf einem der Balkone im Obergeschoß lehnte ein Mann mit freiem Oberkörper an der Brüstung und schaute zu uns herunter. Unser Erscheinen war vermutlich im Augenblick das einzige zu verzeichnende Ereignis. Ansonsten wirkte die Anlage wie ausgestorben. Niemand schwamm im Pool, niemand lag auf den Liegestühlen. Das hotelinterne Badeleben stellte sich erst am Spätnachmittag wieder ein.

Ich hatte mein Buch aufgeschlagen und versuchte, den Roman, den ich im Flugzeug begonnen hatte, weiterzulesen. Es war die Geschichte einer Tennisspielerin auf den vordersten Plätzen der Weltrangliste, die sich zu Geheimdiensttätigkeiten hatte überreden lassen, ohne zu ahnen, in welche Gefahr sie diese Aufgabe stürzen würde.

Erhard saß reglos da, die Augen geschlossen und die

Beine weit von sich gestreckt, so daß sein Rücken eine gerade Linie bot. Er las nie irgendwelche Bücher – auch im Urlaub nicht.

Nach einer Weile kam Unruhe in ihm auf. Ich registrierte es aus den Augenwinkeln heraus. Irgend etwas beschäftigte ihn. Ich hätte ihn fragen können, doch ich beschloß zu warten, ob und wann er von selbst damit herausrücken würde. Wenn er sich nicht traute, war das nicht mein Problem. Ich hoffte nur, daß es nicht darum ging, mich wieder zu ihm ins Bett zu legen. Diesmal würde ich entschieden nein sagen.

Es dauerte eine geraume Zeit, bis er genügend Mut angesammelt hatte, um mich zu fragen, ob ich ein paar Sachen für ihn waschen könne. Spontan lag die Gegenfrage auf meinen Lippen, wer denn zu Hause seine Sachen wasche. Doch ich behielt diese Bemerkung für mich, klappte mein Buch zu und ging mit einem heimlichen Grinsen voraus ins Zimmer.

Den Nachmittag verbrachten wir faulenzend am San Francescostrand, der zu der Gemeinde Forio gehört. Dolce far niente – süßes Nichtstun! Es war herrlich, im Meer zu schwimmen, anschließend im warmen Sand zu liegen und dem italienischen Nachwuchs beim Burgenbauen und Streiten zuzusehen. Erst als die Sonne Anstalten machte, ins Meer zu tauchen, traten wir den Rückweg an.

Auf dem Bürgersteig, der die stark befahrene Straße vom Strand trennt, lag ein alter Mann am Boden. Leute standen ratlos um ihn herum. Italienisches Stimmengewirr drang an mein Ohr. Was war hier geschehen? Hatte ihn ein Auto angefahren?

Seit ich auf der Insel war und das ischitanische Verkehrsverhalten beobachtete, drängte sich mir der Gedanke auf, daß es ein Wunder war, daß nicht mehr passierte. Nur Reaktionsschnelle garantierte den Fußgängern eine Überlebenschance. Die Bürgersteige waren teilweise so schmal, daß es unvermeidbar war, auf der Fahrbahn zu laufen. Man sprang zur Seite, drückte sich an Hauswände und verfolgte mit angehaltenem Atem die Ausweichmanöver der Autofahrer. Ampeln gab es ohnehin keine. Wie aber kamen ältere Leute zurecht, die nicht mehr so wendig waren wie die jüngere Generation?

Während ich noch überlegte, ob man die Polizei über den Vorfall informieren sollte, damit rechtzeitig ein „dottore" verständigt werden konnte, sah ich im Weitergehen mehrere Polizisten mit Handys am Ohr.

„Sie wissen es bereits", meinte Erhard erleichtert.

Ärgerlich stellten wir bei der Heimkehr fest, daß das Waschbecken im Bad verstopft war und auch das Bidet nicht mehr ablief. Hatte ich diesen Mißstand etwa durch das Waschen am Nachmittag verursacht?

Zum Abendessen gab es eine Lauchcremesuppe und „anguilla dorata" – gebackenen Aal. Als wir anschließend zu einem Abendspaziergang in den Ort aufbrachen, griff Erhard wie selbstverständlich nach meiner Hand, und wie ein altes Liebespaar schlenderten wir vor, hinter, neben und zwischen anderen Abendspaziergängern verschiedener Nationalitäten, jedoch überwiegend deutschen Urlaubern, unter einem sternenklaren Himmel dahin. Im Schein der Straßenlaternen sahen wir Flughunde durch die Luft flitzen.

Der Mond hing hinter den Olivenbäumen und tauchte ihre filigranen Blätter in silbernes Licht. Schwarz und stumm standen die Zypressen vor dem Abendhimmel – mal als Solitäre, mal als Prozession. Ischitanisches Szenario – sicher hundertmal gesehen und noch immer zum Träumen schön. War dies die Insel, wo die Visionen blühen?

Neben der Kirche Santa Maria di Loreto blieb ich vor dem Schaufenster eines Schuhgeschäftes stehen und stellte verwundert fest, daß auch Erhard stehenblieb und mit mir gemeinsam das Schuhangebot begutachtete. Damenschuhe schienen zu den Artikeln zu gehören, die seine Aufmerksamkeit wachriefen.

„Es war ein schöner Tag heute", sagte er, als wir später die letzten freien Stühle auf der Hotelterrasse besetzten und unseren besonderen Rotwein bestellten, der nicht auf der Karte stand.

Er sah mich mit jenem seltsamen Lächeln an, mit dem er mich in den vergangenen Tagen schon mehrmals bedacht hatte und das er früher, als wir noch ein Paar waren, selten gezeigt hatte. Ich lächelte zurück.

„Was denkst du jetzt?" wollte er wissen und rückte ein wenig näher heran.

„Ich sammle Augenblicke", entgegnete ich geheimnisvoll. Gleichzeitig fragte ich mich, ob er wohl mit dieser Antwort etwas anfangen konnte.

Kapitel 24

Ich lag da, starrte Löcher in die Luft und konnte mal wieder nicht schlafen. Ich war so lebenshungrig, so ungeduldig und so voller Besorgnis, ich könnte vielleicht nicht alles, was mir vorschwebte, in meinem Leben unterbringen. Ich wollte nichts versäumen, nichts verpassen und an nichts, was das Leben ausmachte, ungeachtet vorbeigehen. Doch es genügte nicht, nur alles auf das Wollen und Nichtwollen zu reduzieren. Das war zu einfach.

Erhard schlief fest. Ich vernahm sein gleichmäßiges Atmen. Und ich lag wach und schaute in unregelmäßigen Zeitabständen auf den Wecker: 1.35 Uhr – 2.00 Uhr – 2.15 Uhr. Danach mußte ich wohl doch eingeschlafen sein, denn als ich den Wecker das nächste Mal in die Hand nahm, zeigte er 5.10 Uhr.

Wenn ich eines Tages stehenbleibe und auf mein Leben zurückschaue, möchte ich eine Spur entdecken können, dachte ich und war plötzlich hellwach. Gab es eine Perspektive für mich ganz persönlich? Noch befand ich mich auf der Suche nach einem Platz in dieser Welt. Ich hatte das Gefühl, daß rings um mich herum Bewegung stattfand – nur ich stand still. Bisher hatte sich mein Leben in überschaubaren Bahnen abgespielt. Über viele Dinge, die ich gelernt hatte, würde ich nie ein Zeugnis, geschweige denn ein Diplom vorzeigen können. So war ich Experte geworden im Auffinden von Freude nach Enttäuschung und Mut nach leidvollen Erfahrungen. Doch das allein genügte nicht. Da mußte irgendwo noch mehr sein.

Es fiel mir immer schwerer, meine Gedanken zu sammeln, und als der Morgen heraufzog, schlief ich endlich ein.

Ich träumte, daß Erhard mein Haus in Kronsberg verkaufen wollte, um das Schloß Esbeck zu kaufen. Meinen Einwand, daß ich in dem „kleinen Nest" sicher psychische Probleme bekommen würde, schlug er mit dem Argument nieder, dann solle ich eben einen Kursus zur Steigerung des Selbstbewußtseins und des Lebensgefühls besuchen.

Um das Geld für den Erwerb aufbringen zu können, war es erforderlich, daß mein Auto verkauft wurde. Ein Auto war auch nicht mehr notwendig, da sich unmittelbar vor dem Eingang des Schlosses eine Bushaltestelle befand.

Es erschienen viele Interessenten zur Besichtigung. Ich hatte mir ein Bier bestellt, obwohl ich kein Bier mochte, und wußte nun nicht, was ich damit anfangen sollte.

Wir kauften das Schloß, doch kaum hatten wir es bezogen, als ein Wasserschaden das Gebäude verwüstete. Um dem Wasser zum Ablaufen zu verhelfen, leerte ich im Kühlschrank die Wasserauffangschale und versuchte, mit spitzen Fingern den Stöpsel zu ziehen. Ich fürchtete, meine Armbanduhr könnte dabei naß werden...

Unvermittelt schreckte ich hoch, weil ich das Gefühl hatte, daß mich jemand ansah, und so war es auch. Erhard saß, komplett angezogen, auf meiner Bettkante.

„Wie spät ist es denn?" fragte ich leicht unsicher und merkte, daß ich durch die plötzliche Hektik, die mich befiel, Herzklopfen bekam.

„Halb neun", antwortete er und sah mich weiter an. „Du hast im Schlaf gestöhnt. Was hast du denn geträumt?"

Während ich in meiner Erinnerung suchte, um den Traum zu rekonstruieren, verschwand er gänzlich in der Versenkung, und als Erhard die Vorhänge aufzog und das Sonnenlicht hereinflutete, war nichts mehr von dem Traum vorhanden.

„Ich weiß es nicht mehr", sagte ich deshalb und schwang mit einem Satz beide Beine gleichzeitig aus dem Bett. Mir war nur noch in Erinnerung geblieben, daß es kein freundlicher Traum war.

Nach dem Frühstück beeilten wir uns, den Bus nach Serrara Fontana zu erreichen. Vermutlich war erst kurz zuvor einer in diese Richtung abgefahren, denn wir warteten 25 Minuten auf den nächsten.

Erhard schien sich zu langweilen. Er betrachtete mich eine Zeitlang belustigt von der Seite. Dann erklärte er unverblümt, daß ihn meine Frisur an einen ungarischen Hirtenhund erinnere.

„Du bist wirklich sehr galant", entgegnete ich ruhig, ohne mir im geringsten meine Verblüffung über seine Taktlosigkeit anmerken zu lassen. „Ich kann dir aber versichern, daß ich mich als ungarischer Hirtenhund sehr wohlfühle. Die langen Haare haben nicht zu mir gepaßt. Deshalb habe ich sie abschneiden lassen."

„Die langen Haare haben sehr gut zu dir gepaßt", widersprach er, ungeachtet der Leute, die mit uns an der Bushaltestelle warteten und von denen die meisten sicherlich deutsche Urlauber waren.

An dieser Einstellung entzündete sich ein Streitgespräch, das sich im Kreis drehte, bis ich schließlich ärgerlich feststellte, es sei ganz allein meine Angelegenheit. Wenn er sich mit mir schäme, könnten wir ja ab morgen getrennte Wege gehen.

Er schwieg einen Atemzug lang, dann grinste er mich an. „In Ordnung, aber erst ab morgen."

Aha, das war eine seiner üblichen Provokationen, um mich aus der Reserve zu locken – nicht so ganz ernstzunehmen. Als ich vor ihm in den Bus einstieg, kniff er mich in die Seite, um die Situation wieder etwas zu entkrampfen.

Daß in diesem prall vollgestopften Bus tatsächlich ein Kontrolleur auftaucht, der beflissen seinen Dienst versieht, hätte ich nicht für möglich gehalten. Er war unterwegs zugestiegen, zwängte sich durch die Menge hindurch und ließ sich von jedem den Fahrschein zeigen, wobei er sein besonderes Augenmerk auf die eingestempelte Uhrzeit richtete. Sie durfte eine Stunde nicht überschritten haben, sonst kostete es den Fahrgast 15.000 Lire Strafe.

Langsam kletterte der Bus zwischen Weinbergen hinauf. Knie- bis hüfthohe Mauern bildeten die seitliche Begrenzung der schmalen Straße. Dahinter blühten in üppigem Weiß oder Rosa die Oleanderbüsche. Kaktusfeigen verlockten zum Pflücken. Doch wehe dem, der es versucht! Ihre unsichtbaren Stacheln sind tückisch.

Immer höher stieg der Bus hinauf. Tief unter uns lagen die grünen Hügel in der Sonne, und weitverstreut leuchteten weiße Häuser. Es erweckte den Eindruck, als weideten Tierherden. Darüber hinaus bot sich ein atemberaubender Blick auf die Küste und das Fischerstädtchen Sant'Angelo mit der Halbinsel La Roia.

„Laß uns hier aussteigen", schlug ich vor und drückte schnell auf einen Knopf, der dem Busfahrer unseren Haltewunsch signalisierte. Wir waren in Serrara.

Die kleine Kirche Santa Maria del Carmine, vor deren Eingang sich die Haltestelle befand, warb mit ihrer weit offenstehenden Tür um Eintritt, und wir nahmen das Angebot an. Sie besaß sowohl von außen als auch von innen einen hellgelben Anstrich und eine Kuppel in der Mitte. Auch über dem Altarraum wölbte sich eine Kuppel. Zwei große Amphoren standen zwischen Messingleuchtern, in denen hohe Kerzen steckten, auf dem Altartisch. Doch beim näheren Betrachten stellten wir fest, daß oben auf den „Kerzen" elektrische Glühbirnen thronten.

An der Farmacia vorbei, gingen wir zu Fuß die Strecke wieder zurück, die wir mit dem Bus heraufgekommen waren. Haushohe Bougainvilleas boten einen farbkräftigen Blickfang. Immer wieder blieb ich stehen, um mit der Kamera neue Motive einzufangen: terrassenartig ansteigende Berghänge mit ihren tiefen Schluchten, die sich, von den zentralen Vulkanmassiven ausgehend, ihren Weg zur Küste gegraben hatten, alte Tuffsteinhäuser, die heute von den Inselbewohnern meist als Weinkeller oder Gerätelager genutzt werden.

In Ciglio, einem der drei Hügeldörfer der Gemeinde Serrara Fontana, saß auf einer Mauer an der Straße ein ischitanischer Opa und verfolgte interessiert unser Näherkommen. Es kostete mich ein gedankliches Hin und Her, ehe ich mich dazu entschloß, ihn zu fragen, ob ich ihn fotografieren dürfe. Da ich vermutete, daß er in seinem Leben noch nicht weit herumgekommen war und daher wohl kein Deutsch verstünde, wandte ich die Zeichensprache an, deutete zuerst auf meine umgehängte Kamera, dann auf ihn und schaute ihn fragend und zugleich bittend an.

Er verstand meinen Wunsch, und aus seinen Gesten las ich die Antwort heraus, daß er sich gern für ein Foto zur Verfügung stellen wolle, doch nur, wenn ich ihm einen Abzug schicken würde.

Na klar – das wird gemacht! Freudig kramte ich in meinem Beutel und hielt ihm einen Block und einen Schreibstift hin, damit er seine Adresse notieren sollte. Doch er deutete auf mich: Ich sollte selbst schreiben. Er nannte mir seinen Namen, aus dem sich auf Anhieb nicht erkennen ließ, welches der Vorname und welches der Familienname war. Aber das war wohl auch nicht wichtig. Via Ciglio, Serrara Fontana.

Als ich ihm das Geschriebene zur Ansicht vorzeigte, nickte er zustimmend, ohne jedoch einen Blick darauf zu werfen. Ich vermutete daher, daß er weder lesen noch schreiben konnte.

Nun wollte ich die Fotoaktion starten, doch er hob entschieden abwehrend die Hände, so daß ich verschreckt die Kamera wieder sinken ließ und ihn verständnislos anschaute.

Er erhob sich mühsam von seinem Platz, zog mit beiden Händen die Hose hoch, schloß mit einem Ruck den Reißverschluß, knöpfte die beiden unteren Knöpfe seines Hemdes, die über der Rundung des Bauches aufgesprungen waren, zu und ließ die beiden Krücken, die neben ihm schräg an der Mauer lehnten, hinter seinem Rücken verschwinden. Dann stellte er sich so aufrecht, wie es ihm möglich war, in Positur und nickte mir auffordernd zu. Jetzt durfte ich fotografieren. Er war bereit. Daß inzwischen der unterste Knopf an seinem Hemd erneut aufgesprungen war, merkte er nicht.

„Was hältst du von einer Stunde Mittagspause?" fragte Erhard matt.

Unterhalb von Ciglio, direkt hinter der Kurve, lag das Ristorante „L'Arca" – der Bogen. Aus der Ferne wirkte es wie eine Ruine, da es auf einem Felsen aufsaß und die Mauern aus den gleichen Steinen errichtet waren. Doch im Inneren überraschte es den Besucher mit einer beinahe festlich anmutenden Gaststube mit zartrosa Tischdecken.

Wir entschieden uns für die Terrasse, von der aus man auf der einen Seite einen weitschweifenden Blick hinunter auf die Orte Panza und Citarra und auf der anderen Seite den Berghang hinauf genießen konnte. Eisenstühle mit verschnörkelten Lehnen und runden, grünen Kissen waren um die Tische herum angeordnet, die mit grünen, braunen, gelben und blauen Mosaikfliesen belegt waren und gleichfalls aus Schmiedeeisen bestanden.

Obwohl eine Pizzeria, gab es im Augenblick keine Pizza, doch die „Bruschetta", jenes Bauernbrot mit Tomaten, Knoblauch und Basilikum, schmeckte ebenso gut. Dazu bestellten wir eine Karaffe kräftigen Landwein und acqua minerale naturale.

Hier auf der Terrasse war es windig. Das papierne Platzdeckchen, das Ricardo, der Wirt, vor mich auf den Tisch gelegt hatte, ohne es mit einem der Gläser zu beschweren, verschwand blitzschnell über die Brüstung und den Abhang hinunter, noch ehe das Essen serviert war. Mit einer vielsagenden Geste demonstrierte ich, was passiert war, und er brachte mir daraufhin ein neues.

Mein Blick wurde von zwei kleinen Grotten festgehalten, die den Abschluß der Terrasse bildeten und die phantasievoll mit Kakteen bepflanzt waren. Es gab eine hölzerne Decke. Die Hauswand, an der an eisernen Haltern drei grüne Glaslampen befestigt waren, bestand aus grob behauenen Quadersteinen. Erhard machte mich auf die hochgerafften Rollos aus Klarsichtfolie aufmerksam, die man vermutlich an Regentagen an den Seiten herabließ.

Italienische Musik begleitete uns während des Essens. Eine kleine Eidechse saß neben unserem Tisch auf einem Felsstück außerhalb der Terrasse in der Sonne. Hellgrün und beige waren ihre Farben mit einem schwarzgezeichneten Muster. Wir beobachteten sie eine Weile und vermieden dabei jegliche Bewegung, um sie nicht zu verschrecken, bis sie unsere Observation als Störung empfand und sich davonschlich.

Tief unten zogen zwei kleine Boote aneinander vorbei und hinterließen weiße Streifen im Wasser. Ein weißer Schmetterling flog im Sturzflug abwärts. Ehe man ihn

165

recht wahrnahm, war er schon wieder aus dem Blickfeld entschwunden.

An den Weinstöcken rundherum hingen grüne und blaue Trauben. Die Weinlese hatte noch nicht begonnen. Auf Ischia konnten sich die Weinbauern mit der Ernte Zeit lassen. Jeder Sonnentag bedeutete für die Früchte mehr Süße. Eiswein gab es hier sicher nie.

Ein Musiktitel, der soeben aus dem Lautsprecher drang, ließ mich aufhorchen: „Tu cosa fai stasera", sang eine italienische Männerstimme. Ich kannte das Lied - in Deutschland hieß es:

„Am Ende bleiben Tränen,
die man aus Liebe weint.
Ein unerfülltes Sehnen
hüllt dich in Traurigkeit ein..."

Ich spürte eine leichte Gänsehaut und bemühte mich, Erhard nicht anzusehen. Stumm schaute ich vor mich auf die grünen Fliesen unseres Tisches.

Es war ein schönes Lied, doch im Augenblick löste es in mir eine sentimentale Stimmung aus, weil ich ungewollt im stillen jede Zeile mit dem deutschen Text unterlegte, der mir gut im Gedächtnis war: „...nun stehst du vor den Scherben einer glücklichen Zeit", hieß es da. Um zu verhindern, daß Erhard wahrnahm, was in mir vorging, drängte ich zum Beenden der Mittagspause. Auch wir schauten auf die Scherben unserer Beziehung, die nicht mehr bestand und die ich auch nicht mehr weiter aufrechterhalten wollte. Doch hier auf der Insel erlebten wir seit langer Zeit zum ersten Mal wieder ein harmonisches Miteinander. Dieser Zwiespalt belastete mich mehr, als ich es eingestehen wollte. Eine Beziehung hakt man nie so einfach ab, wie es manchmal, oberflächlich betrachtet, den Anschein gibt. Aber warum hatte es früher nicht so sein können?

Auf der gegenüberliegenden Straßenseite des Ristorante „L'Arca" warteten wir im Schatten hoher Büsche auf das Vorbeikommen eines Busses, den wir durch Winken zum Halten bewegen wollten, denn eine offizielle Haltestelle gab es hier in der Nähe nicht.

Wir standen vor einem grünen Holztor, das den Einblick in das dahinterliegende Grundstück verwehrte. Stimmen sowie das Klappern mit Löffeln und Schüsseln waren zu hören. Vermutlich aßen auch hier die Bewohner gerade zu Mittag. Auf dem Türschild las ich den Namen „Fabrizio Crescenzo".

Zuerst hielt ein dreirädriges Microtaxi und bot uns eine Fahrt auf den Epomeo an, obwohl diese Leistung gar nicht vollbracht werden konnte, weil nur schmale und steile Fußwege auf den Berg hinaufführten, die allenfalls für Transporte per Esel geeignet waren.

Mit dem Bus, der uns bereitwillig auf freier Strecke aufnahm, fuhren wir bis zur Nitrodiquelle in Barano, deren Heilwasser besonders bei Hauterkrankungen und Frauenleiden empfohlen wird. Doch konnte man dort nicht baden, sondern nur duschen, und wir wollten sie uns auch nur ansehen.

Der nächste Bus brachte uns zur Piazzale Maronti und hielt unmittelbar vor den steinernen Stufen, die zum schönsten Strand der Insel hinunterführten. Zum Greifen nahe lag das blaue Meer vor uns – wir aber hatten keine Badesachen eingepackt.

„Also müssen wir noch einmal herkommen", stellte Erhard fest. Der Tonfall seiner Bemerkung ließ die Überlegung offen, ob er eine nochmalige Fahrt zum Marontistrand als Belastung empfand oder ob er sich darauf freute, hier zu baden. Aus der Erfahrung heraus wußte ich, daß ihm jeder unnötige Weg zuviel war.

Über Vateliero, Terone und Molara, kleine, abseits gelegene Orte, in die kaum Touristen gelangten, fuhren wir zurück nach Forio. Wenigstens ersatzweise wollten wir den hoteleigenen Swimmingpool und das Mineralbad nutzen, bevor es Abendessen gab: „Farfalloni al salmone" – Nudeln mit Lachs. Ob sich Erhard wohl zu einem anschließenden Abendspaziergang bewegen ließ?

Es war erstaunlich: Ohne lange Diskussionen über das Für und Wider sagte er sofort zu. Hand in Hand schlenderten wir den Corso Umberto entlang. Der Weg war uns mittlerweile so vertraut, daß kein anderer mehr in Frage kam.

An der Piazza erstand ich in einer der Boutiquen ein zartgelbes Seidentuch. Danach entdeckten wir, daß vor der „Bar Maria" ein Tisch frei wurde, und ohne langes Überlegen ließen wir uns hier nieder. Heute wollten wir den Abend nicht auf der Hotelterrasse beschließen.

Wir hatten soeben den ersten Schluck Wein getrunken, als wir das Ehepaar Wolf mit einem jungen Mann an den Tischen vorbeispazieren sahen. Als sie uns bemerkten, winkten sie uns zu und kamen heran.

„Unser Sohn ist zur Zeit mit dem Motorrad in Italien unterwegs und hat es sich nicht nehmen lassen, für einen Tag von Neapel herüberzukommen, um uns zu besuchen", erklärte Frau Wolf. Man merkte es ihr deutlich an, daß sie stolz auf den Sohn war.

So harmonisch der Tag auch verlaufen war – den „ungarischen Hirtenhund" hatte ich noch nicht vergessen.

Vor dem Schlafengehen betrachtete ich mich im Badezimmerspiegel. Der ständige Ischiawind hatte meine Wuschellocken weitgehend geglättet und durcheinandergewirbelt. Aber wie ein ungarischer Hirtenhund sah

168

ich wirklich nicht aus. Diesen Vergleich fand ich sehr unpassend. Was mußte man sich alles bieten lassen!?

Kapitel 25

Auch in dieser Nacht hatte ich einen interessanten Traum. Ich erzählte ihn am nächsten Morgen beim Frühstück:

„Ich saß in einem Restaurant, dessen einziger Raum einer riesigen Weihnachtspyramide glich, und mittendrin waren die Tische angeordnet. Überall Kerzen, die aus platten Figuren, ähnlich wie Kinderlutscher, bestanden. Ich versuchte, sie zum Brennen zu bringen, doch nach einer Weile neigten sie sich kopfüber nach unten und verlöschten.

Um neue Figurenkerzen anzuzünden, mußte ich immer wieder mit dem Arm über den Teller meines rechten Nachbarn reichen, der diesen Mißstand jedoch geduldig ertrug, ohne sich zu beklagen. Trotzdem entschuldigte ich mich bei ihm.

Plötzlich entdeckte ich Otto an einem der Tische im hinteren Teil der „Pyramidenlandschaft" des Restaurants, und damit endete der Traum."

Ich war mir nicht sicher, ob Erhard mit der Person Otto etwas anzufangen wußte. Deshalb vertiefte ich das Thema nicht weiter. Vermutlich würde es nur zu Mißverständnissen führen.

Grau war der Himmel, als wir in Ischia Porto in den Bus nach Ischia Ponte umstiegen, und als uns dieser vor dem Castello Aragonese ausschüttete, zogen dicke Regenwolken herauf. Noch war ich der Meinung, der Wind würde sie vertreiben. Doch als wir über den Brückendamm gegangen waren, der die kleine vorgelagerte Insel mit der Hauptinsel verbindet, und am Eingang der Burganlage das Eintrittsgeld bezahlt hatten, fielen schon die ersten Tropfen. Der Himmel verfinsterte sich zusehends. Daß uns die Burganlage hinreichend Schutz bieten würde, erwies sich als ein Trugschluß, denn sie bestand teilweise aus Ruinen und aus einzelnen Gebäuden, die sich nicht unmittelbar aneinanderreihten.

Rasch flüchteten wir unter die Kuppel der Barockkirche, deren Inneres weiß getüncht war und eine Gemäldeausstellung beherbergte. Doch kein einziges der gezeigten „Kunstwerke" fand meine Zustimmung. Die Phantasie ließ mich eine Konstellation von Knochen und Blut erkennen, was mich nicht im geringsten ansprach.

„Als diese Kirche noch bestimmungsgemäß genutzt wurde, heiratete hier die adlige Dichterin Vittoria Colonna im Jahre 1509 den spanischen Statthalter und Burgherrn Ferrante d'Avalos", erklärte ich Erhard. Doch der verfolgte nur mit Besorgnis den Regen, der inzwischen satt von oben herunterfiel und uns am Hinaustreten und an weiteren Besichtigungen hinderte.

„Wir haben keinerlei Regenschutz – nicht einmal Jakken", stellte er mit Besorgnis fest.

Ich ahnte, was diese Aussage zu bedeuten hatte. „Soll das etwa heißen, daß du ins Hotel zurück willst?" erkundigte ich mich und bedachte ihn mit einem Blick, der unmißverständlich ausdrückte: Stell' dich nicht so an!

Er überging meine Frage, indem er mir die Antwort schuldig blieb, und so warteten wir in einem kleinen Vorführraum, wo gerade ein Videofilm über die einzelnen Orte der Insel gezeigt wurde, auf eine Regenpause.

Hier erfuhren wir unter anderem die Geschichte der Felseninsel und des Castello Aragonese, das im frühen Mittelalter den Einheimischen Schutz vor den Sarazenen bot, die wiederholt auf Ischia einfielen. Nach und nach war eine kleine Stadt entstanden, in der bis zu 5.000 Personen lebten und die für ein paar Jahrzehnte Ischias politisches, kulturelles und religiöses Zentrum darstellte. Hier hatten der Bischof und der Fürst ihren Sitz.

Um 1750, als die Gefahr durch die Piraten beendet war, suchte sich die Bevölkerung bequemere Wohnsitze in den verschiedenen Gemeinden von Ischia. Im Jahre 1809 belagerten die Engländer den Felsen, der im Besitz der Franzosen stand. Das Castello wurde bis zur völligen Zerstörung beschossen. 1823 schickte der König von Neapel die letzten 30 Bewohner fort und machte aus dem Castello einen Ort für Strafgefangene. 1851 wurde es zu einem politischen Gefängnis.

Erhard zog ein unmutiges Gesicht, als wir den „Nonnenfriedhof" unterhalb des Klarissinnenklosters, der aus mehreren steinernen Totenräumen besteht, besichtigten. Als anschauliches Zeugnis einer besonderen Totenbestattung sah man in Stein gehauene Sitzbänke, auf die die verstorbenen Klosterfrauen gesetzt und der Verwesung überlassen wurden. Das Fleisch löste sich langsam auf. Die Überreste fielen durch ein Loch in der Mitte des Steinsitzes und wurden in Gefäßen unter dem Sitz aufgefangen.

Jeden Tag trafen sich die Nonnen an diesem Ort, um im Gebet über die Vergänglichkeit des irdischen Lebens zu meditieren. Da sie viele Stunden des Tages in einer solch' ungesunden Umgebung verbringen mußten, bekamen sie oft schwere Krankheiten.

„Das Kloster wurde im Jahre 1575 von der Äbtissin Beatrice Quadra gegründet und beherbergte etwa 40 Nonnen des Ordens der Klarissen, die von dem abgelegenen Einsiedlerort San Nicola auf dem Berge Epomeo kamen. Dort hatten sie ihre erste Niederlassung gefunden", las ich Erhard aus dem Reiseführer vor. „Die Nonnen, die fast alle die erstgeborenen Töchter adliger Familien waren, wurden schon im Kindesalter dazu bestimmt, in Klausur zu leben, um die Familienerbschaft dem erstgeborenen Sohn zu überlassen. Im Jahre 1810 wurde durch den neapolitanischen Marschall Murat, der von 1808 bis 1815 als König von Neapel regierte, die Auflösung des Klosters verfügt, nachdem die meisten anderen Gebäude auf der Felseninsel bereits aufgegeben worden waren."

„Willst du mir Kultur aufzwingen?" fragte Erhard. Ich konnte nicht genau heraushören, ob es ernst oder spaßig gemeint war. Deshalb überlegte ich mir eine Antwort, die beiden Möglichkeiten gerecht wurde: „Kultur nicht unbedingt, aber Geschichte."

„Wo liegt da der gravierende Unterschied?" hakte er ein. „Zuhören muß ich beim einen wie beim anderen."

Das Thema erschien mir nicht lohnenswert, um es im einzelnen weiter „auseinanderzupflücken", und so ließ ich es im Sande verlaufen. Es gab Wichtigeres.

Der Regen hatte eine Pause eingelegt, und wir gingen auf dem groben mittelalterlichen Pflaster an Oliven-bäumen, Lorbeerbäumen, Feigenbäumen und Weinstöcken vorbei, die hinter halbhohen Mauern stan-den, warfen einen Blick in die sechseckige Kirche San Pietro a Pantaniello und in das Gefängnis und erreichten soeben die kleine Kirche Santa Maria delle Grazie, die an einem Hang steil über dem Meer liegt, als uns der näch-ste Regenguß überraschte.

Die Wände der Kirche waren mit großen, farbenfrohen Bildern behangen. Die italienische Künstlerin Clemen-tina Petroni hatte sie mit einer speziellen Spachteltechnik gefertigt. Aus der Entfernung wirkten sie wie mit kleinen Mosaiksteinchen besetzt.

Lange betrachtete ich im einzelnen die abstrakten Kunstwerke. Auf einem waren Blumen in einer Vase zu sehen, davor eine Schlange und der Hintergrund orangerot. Das nächste Bild zeigte drei Leute, die über dem Kopf ein Boot transportierten, in dem sich zwei andere Leute gegenübersaßen. Auf einem anderen Bild glaubte ich, ein Picknick zu erkennen und auf dem Bild daneben Musikanten vor einem leuchtend orangefarbenen Hintergrund.

Erhard stand vor einem Bild mit grünem Hintergrund, auf dem zwei Leute dargestellt waren, die in einem Kessel etwas kochten.

„Sehr schön", kommentierte er dieses Werk, das die Künstlerin „Bivaccio" betitelt hatte. „Auch das hier gefällt mir." Er deutete auf die gegenüberliegende Wand, wo ein Bild tanzende Menschen zeigte.

Vor lauter Begeisterung über die Ausstellung hatten wir gar nicht wahrgenommen, daß es kurzzeitig aufgehört hatte zu regnen. Als wir nun weitergehen wollten, regnete es von neuem, so daß wir es vorzogen, in dem benachbarten Restaurant eine Pause einzulegen und auf besseres Wetter zu warten. Doch der trübe Rundblick machte alle Hoffnung zunichte. Südwärts reichte der Blick über den gewöhnlich sonnigen Strand von Carta Romana bis zum Bergdorf Campagnano. Aber so schnell, wie es uns genehm wäre, würde eine Wetteränderung sicher nicht eintreten. Schade.

Wir setzten uns auf die Terrasse, die zur Hälfte mit einem Bambusdach überdeckt war. Vier gemauerte Pfeiler aus grob behauenen Steinen trugen dieses Dach. Das Mobiliar bestand aus dunkelgrünen, eisernen Stühlen mit dicken gelb-weiß gestreiften Kissen. Hier probierte ich den ersten Cappuccino meines Lebens.

Es regnete weiter. Auf dem nicht überdachten Teil der Terrasse bildeten sich Pfützen, und mit der Zeit tropfte es auch durch die Lücken im Bambusdach auf unseren Tisch. Es war kühl geworden. Ich fröstelte in der dünnen weißen Bluse.

Kurzentschlossen nahmen wir unsere Cappuccionotassen und setzten uns im Inneren des Restaurants an einen der langen, dunklen Holztische, die eine eigentümliche Klosteratmosphäre hervorriefen. Durch die großen Bogenfenster blieb uns der Blick nach draußen erhalten. Zur Zeit war er jedoch mehr als entmutigend.

Die jungen Mädchen, die hier bedienten, trugen weiße Häubchen auf dem Kopf. Eilig holten sie die Stuhlkissen von der Terrasse herein und stapelten sie in der Ecke neben dem rußgeschwärzten Kamin aufeinander.

An den Wänden rundherum hingen gerahmte Bilder von Ischia und Portraits von Fischern mit Mütze sowie einige sehr farbenfrohe Bilder der Künstlerin Clementina Petroni. Eines davon stellte elf buntgekleidete Männer dar, die ein Boot trugen, das drei Vogelköpfe und einen nach unten geringelten Schwanz besaß. In dem Boot befand sich eine Stadt mit bunten Häusern und einem blauen Kirchturm.

Vielleicht sollte ich einmal versuchen, meine verworrenen Träume auf diese Weise wiederzugeben, überlegte ich beim Anblick dieses Bildes.

Als wir zum Aufbruch rüsten wollten, kam der nächste Regenguß hernieder, so daß wir notgedrungen unsere Plätze behielten und noch zwei Gläser Rotwein bestellten: „Monte pulciano d'Abruzzo". Doch allmählich konnten wir nicht mehr sitzen. Die Holzstühle mit den hohen, geraden Lehnen und dem Geflecht aus dicken Schnüren waren auf längere Zeit nicht allzu bequem.

Es war mittlerweile 14.30 Uhr. Unter anderen Bedingungen hätte die Besichtigung der Felseninsel sicher nicht so viel Zeit in Anspruch genommen.

Draußen prasselte es beharrlich weiter. Die Terasse war bereits nicht mehr begehbar. Der Himmel wurde abwechselnd dunkel und wieder hell. Ischia versteckte sich hinter einem Nebelvorhang, um für kurze Augenblicke wieder aufzutauchen und dann von neuem zu verschwinden.

„Siehst du: Es hört schon auf, --- langsamer zu regnen. Jetzt regnet es schneller", versuchte ich einen Scherz, um Erhard etwas aufzuheitern, was jedoch nicht notwendig war. Ihm gefiel es, daß er in aller Ruhe hier sitzen konnte, ohne sich bewegen zu müssen, ein gutes Glas Wein vor ihm auf dem Tisch stand und niemand von ihm verlangte, daß er sich für Kultur oder Geschichte interessieren sollte.

Die nächste Wolkengeneration zog herauf. Draußen auf der Terrasse standen in großen Tontöpfen fremdartige Pflanzen mit dunkelroten Blüten, die von dicken Regentropfen „betrommelt" wurden. Es sah nicht so aus, als würde es bald aufhören. Das anfangs leere Restaurant hatte sich zusehends gefüllt. Alle Tische waren besetzt worden.

Erhards versonnener Gesichtsausdruck zeigte an, daß ihn irgend etwas beschäftigte. Nach einer Weile verriet er es mir:

„Weißt du, welchen Trauspruch Brita und ich damals für unsere Hochzeit in der Kirche ausgewählt hatten? – „Wer liebt, gibt niemals jemanden auf. In jeder Lage vertraut und hofft er auf ihn." Dieser Spruch steht im ersten Korintherbrief des Apostels Paulus.

Ich sah ihn erstaunt an. Seit der Konfirmation seines Sohnes war kein Wort mehr über seine erste Frau gefallen. Die zweite hatte er ohnehin nie erwähnt.

„Wie kommst du denn jetzt darauf?" fragte ich ein wenig unwirsch.

Erhard zuckte die Achseln. „Ich weiß es selbst nicht", antwortete er verdrossen. „Plötzlich tauchten diese beiden Sätze in meinem Kopf auf."

Irgendwie tat er mir leid. Was immer auch zu der endgültigen Trennung zwischen Brita und ihm geführt haben mochte - ich war ziemlich sicher, daß er sie bis heute vermißte und darunter litt, daß er sie hatte gehen lassen. Doch dieser Schritt ließ sich nun nicht mehr rückgängig machen und die Zeit, die dazwischen lag, nicht auslöschen. Er würde weiterhin in jeder Frau Brita suchen – und niemals finden, denn sie war für ihn einmalig und würde es immer bleiben.

Um 15.00 Uhr kam unerwarteterweise die Sonne hervor, und ehe sie es sich vielleicht schnell wieder anders überlegte, starteten wir einen „fliegenden Aufbruch".

Wir behielten das Castello noch einige Zeit im Blick, während wir in Ischia Ponte die Via Pontano zum Wasser hinuntergingen. Neben der Straße zog sich eine schulterhohe Mauer entlang, über die hinweg wir auf Weinstöcke schauten. Die Straße endete an einem kleinen Platz, nicht größer als eine Hotelterrasse, die zum Meer hin durch aufgeschichtete schwarze Lavabrocken abgesperrt war. Zur rechten Seite hingen auf einem Geländer Taue mit Schwimmern aus Kork.

Zwar schien jetzt die Sonne, doch machte der Himmel nicht gerade einen vertrauenerweckenden Eindruck. Erhard drängte zur Rückfahrt. Kaum saßen wir im Bus, als der nächste Wolkenbruch die Berechtigung seiner Besorgnis bestätigte.

Auf Ischia schienen sich Regenfälle jeweils zu einer Katastrophe auszuweiten. Sachte fallenden Landregen, wie wir ihn in Deutschland erlebten, gab es selten. Wenn es hier regnete, ergossen sich gleich ganze Sturzbäche. Mit Sorgenfalten auf der Stirn beobachteten wir, wie das Wasser an den Fensterscheiben des Busses herunterrann. Bis nach Ischia Porto war es nicht weit, und dort mußten wir den Bus wechseln. Aber entgegen aller Befürchtungen erreichten wir Forio trockenen Fußes.

Der Videoladenbesitzer ließ scheppernd den Rolladen herunter, als wir an ihm vorbeieilten. Schon wieder fielen Tropfen.

Es regnete den ganzen restlichen Nachmittag und auch am Abend ununterbrochen weiter. Zum ersten Mal, seit wir auf der Insel weilten, blieb die Hotelterrasse dunkel. Die Bar am Pool war geschlossen. Die Gäste hatten sich nach dem Abendessen – es gab „Vitello tonnato" – Kalbfleisch mit Thunfischsoße – an den Tischen in den beiden ineinander übergehenden Aufenthaltsräumen verteilt. Auch hier gab es eine Bar und Musik.

Wir saßen an einem kleinen Tisch in der Ecke am Fenster, tranken den gleichen köstlichen Rotwein wie an den Abenden zuvor, und Erhard stellte zutreffend fest, daß es am letzten Samstag, als wir auf der Insel ankamen, erheblich wärmer war. Ging der Sommer etwa ganz unvorbereitet nun in den Herbst über?

Kapitel 26

Deutlich sichtbar spannte sich ein Regenbogen über dem Epomeo am Himmel, als ich am Sonntagmorgen die Vorhänge zur Seite zog. Die Sonne war zurückgekehrt, und es schien, als unterbreite der Sommer ein Friedensangebot.

„Der Urgrund alles Schönen besteht in einem gewissen Zusammenhang der Gegensätze", hat Thomas von Aquin gesagt. Gegensätze waren hier reichlich vorhanden, und wenn man Phantasie besitzt, liebt man das Außergewöhnliche ebenso wie das sogenannte Normale.

Der Regen von gestern hatte eine extreme Luftbewegung hervorgerufen, die das Meer aufwühlte und haushohe Wellen aufwarf. Wir waren die Straße am San Francescostrand entlanggegangen, hatten uns langsam dem kleinen Hafen genähert und standen nun unterhalb der weißen Wallfahrtskirche Madonna del Soccorso. Fasziniert beobachteten wir das grandiose Schauspiel, das sich uns darbot und von einem strahlend blauen Himmel mit rasch vorüberziehenden weißen Wolken überspannt wurde. Das Meer war beeindruckend in all seiner Wildheit und der gewaltigen Kraft. Mit der Kamera fing ich immer wieder neue Impressionen ein.

Erhard schlug einen Frühschoppen im Ristorante „Umberto" vor, das unmittelbar am Meer lag. Durch die großen Fenster würde ich den Ausblick genießen können, ohne ständig Wassertropfen vom Objektiv der Kamera entfernen zu müssen, meinte er.

Einverstanden. Gern hätte ich draußen auf der Terrasse hoch über dem Meer Platz genommen, um dem Erleben näher zu sein. Doch das war in Anbetracht des Sturmes nicht ratsam. Niemand saß draußen.

Das Lokal bewies Atmosphäre, die in der Hauptsache durch Requisiten bestimmt wurde, die dekorativ im Eingangsbereich ausgestellt waren: Auf einer alten Singer-Nähmaschine standen einige Flaschen in unüblichen Formen, daneben am Boden eine Terrakotta-Weinkruke und ein großer grüner Weinballon, der mit Flaschenkorken gefüllt war. Dahinter ragte der vordere Teil eines gelb-blau gestrichenen Bootes aus der Wand.

Zwischen zwei Fenstern sah man in einem Regal, das über einem weißen Schränkchen mit Flaschen und Gläsern angebracht war, ein Schiffsmodell, auf dem der Name „Trinita" zu lesen war. Um einen Pfeiler herum und auch an den weißgekalkten Wänden rankten üppige Grünpflanzen. Die Tische besaßen gelbe Tischdecken und waren von eisernen, weißen Stühlen mit hellblauen Kissen umstanden. Es bedurfte mehr als eines Blickes, um den Raum in allen Einzelheiten zu erfassen.

Während wir uns an einem der Tische am Fenster niederließen und ich die Kamera in der Tasche verstaute, fiel mir auf, daß ich Erhard bisher auf kein einziges meiner Fotos gebannt hatte. Unbeabsichtigt hatte ich es vermieden, ihn auch nur in einer Ecke aufs Bild zu bekommen. Sollte das so bleiben? Aber wozu Erinnerungsfotos aufbewahren? Nein, das war es nicht, was ich wollte.

Eine leere weiße Plastiktüte schwebte, vom Wind getrieben, graziös wie eine Ballerina über die Straße, als wir unseren Frühschoppen beendet hatten und durch die engen Gassen von Forio auf den seltsamen, alten Rundturm zustrebten, der ein Museum beherbergte.

In einem einzigen runden Raum waren Gipsbüsten ausgestellt, die vor dem Hintergrund der weinroten Wände eine erhabene Feierlichkeit vermittelten. Dieser Eindruck wurde durch die einzelnen Punktstrahler, die auf die weißen Köpfe gerichtet waren, noch unterstützt.

Von der angebauten steinernen Terrasse aus hatte man einen umfassenden Blick auf den Hafen und den San Francescostrand, wo das aufgewühlte Meer sein Unwesen trieb.

Die schwere Holztür mit dem Glaseinsatz klemmte. Auch Erhard schaffte es nicht, sie zu öffnen, so daß der Museumsverwalter zu Hilfe kam, um mir draußen einige Fotos zu ermöglichen. Als ich ihm anschließend ein paar Münzen auf den Tresen legte, schüttelte er entschieden den Kopf, sammelte sie wieder ein und drückte sie mir in die Hand. Der Eintritt sei frei, entnahm ich seinen Gesten. Trinkgeld? – No, Signorina. Er hob abwehrend die Hände und lächelte freundlich. Na gut, dann eben nicht.

Wie weit war es zu Fuß zu den viel gerühmten Poseidongärten am Citarastrand, der größten Thermalanlage Ischias?

„Willst du da unbedingt hin?" fragte Erhard unlustig, zog eine Schnute und blieb zunächst erst einmal stehen, bis es geklärt war, ob er wirklich mitlaufen mußte oder ob ich vielleicht auch allein gehen würde.

Die Entscheidung wurde uns unversehens abgenommen. Vom Meer zog im Nu eine große, dunkle Wolke herüber, die sich unvermittelt in einem Wolkenbruch entlud. Wir konnten gerade noch rechtzeitig in eine offenstehende Garage flüchten, um nicht bis auf die Haut naß zu werden. Es war die einzige erreichbare Unterstellmöglichkeit.

Immer mehr Leute kamen hinzu. Eine Katze, die an einer Mauer in der Sonne gelegen hatte, sprang erschrocken auf und lief eiligst davon. Das Regenwasser schoß in Sturzbächen den abschüssigen Weg vor der Garage hinunter und sammelte sich am unseren Ende, wo binnen zehn Minuten ein Teich entstand. An die Poseidongärten war nun nicht mehr zu denken.

Auf der Straße, die am Meer entlangführt, stand das Wasser von einem Bordstein bis zum anderen. Ungeachtet dessen, daß die Fußgänger auf dem ohnehin schmalen Bürgersteig nirgendwohin ausweichen konnten, fuhren die Autos rücksichtslos durch das Wasser. Ein zinnoberroter Wagen mit einem Heckspoiler sorgte dafür, daß wir von einer massiven Dusche getroffen wurden, da es uns nicht möglich war, den Abstand zwischen uns und dem Auto zu vergrößern.

Scheinheilig, als sei nichts vorgefallen, kehrte danach die Sonne zurück und übernahm das Sachentrocknen. Nur die Schuhe blieben naß.

Am Nachmittag fuhren wir mit dem Bus zum Park „La Mortella" oberhalb der San Francescobucht. Der Komponist Sir William Walton, aus dessen Feder die Krönungshymne „Orb and Sceptre" (1953) für die britische Königin Elisabeth II. stammt, hat diesen zauberhaften botanischen Garten anlegen lassen. Seit seinem Tod im Jahre 1983 führt seine Witwe Susana das Werk ihres Ehemannes fort, indem sie den Park pflegt und hütet.

In der Nähe des Eingangs faszinierte uns ein sonderbarer Baum mit einem sehr hohen und ausgesprochen geraden Stamm, der über und über mit dicken Stacheln besetzt war. „Chorisia Speciosa" stand auf einer kleinen Tafel, die neben ihm in der Erde steckte.

„Da klettert mit Sicherheit kein Eichhörnchen hinauf", sagte ich zu Erhard.

Zu beiden Seiten der schmalen Wege, die durch den Park führten, wuchsen einzigartige Pflanzen, die ich noch nie zuvor zu Gesicht bekommen hatte. Einige glichen formmäßig Schilden von Kriegern, andere besaßen

Blüten, die sich am Boden in die Blätter duckten, als hätte jemand zerknüllte Papiertaschentücher fortgeworfen. Erst bei näherer Betrachtung erkannte man ihre exotische Anmut.

In der Mitte des Parks gab es einen Seerosenteich, dessen Wasserfontäne erbarmungslos auf eine großblättrige Pflanze herniederdonnerte. Am Rande des Teiches stand ein Exemplar einer namenlosen Baumart, deren paprikaähnliche Früchte innerhalb der braunen, wie Schiffchen geformten Blätter wuchsen.

In dem kleinen Orchideenhaus herrschte eine subtropische, feuchtschwüle Atmosphäre, bei der im Nu das Objektiv meiner Kamera beschlug, als ich ein dunkelrotes Prachtstück fotografieren wollte. Es war handtellergroß und wirkte, als sei es aus dem Bezugsstoff eines alten Plüschsofas aus Urgroßmutters Zeiten gefertigt.

Ob ich wohl Erhard für das Konzert würde begeistern können, das um 17.00 Uhr im Museum des Parks gegeben wurde? Es war noch hinreichend Zeit bis zum Beginn, aber der Vortragsraum verfügte nur über ein begrenztes Angebot an Stühlen, und frühes Erscheinen sichert bekanntlich gute Plätze.

Für ein Konzert hatten wir beide mit Sicherheit nicht die passende Kleidung – ich in meiner bunten Sommerhose und Erhard mit knielangen Jeans – aber die anderen Gäste trugen weitgehend auch nur legere Sachen, so daß wir nicht unbedingt auffielen.

Das Programm beinhaltete Musikstücke von Schubert, Brahms und Hindemith. Letzterer lag mit seinen Kompositionen nicht gerade im Bereich meiner Vorlieben, doch da sein Werk am Schluß des Konzertes dargeboten wurde, würde es unter Umständen möglich sein, sich vorzeitig hinauszuschleichen, überlegte ich.

Erhard verstand es nicht, weshalb ich mich für die Musik von Hindemith nicht erwärmen konnte. Er wollte wieder einmal eine Erklärung dafür haben, die er dann jedoch nicht gelten ließ. „Gegen eine vorgefaßte Meinung ist schwer anzukämpfen", betonte er wichtig.

Eine auffallend interessante ältere Lady trat in Erscheinung und eröffnete das Konzert. Sie war groß und schlank und trug einen gut geschnittenen schwarzen Hosenanzug, dem man ansah, daß er aus einer vornehmen Boutique stammte. Die dunklen Haare hatte sie im Nacken zu einem Knoten geschlungen, was ihrem von der Sonne tief gebräunten Gesicht eine längliche Form verlieh.

Ich sah ihre dichten, künstlichen Wimpern, verfiel aber im Augenblick nicht auf den Gedanken, daß es sich um die Witwe des verstorbenen britischen Komponisten, den Gründer es Parks „La Mortella", handeln könnte.

Die drei jungen Musiker, ein Pianist, ein Violinist und eine Querflötistin, waren Studenten der Musikakademie, die ihre Fertigkeit gekonnt unter Beweis stellten.

In der Stuhlreihe vor mir saß ein Mann, dessen Haare wie Steinwolle wirkten. Ich ertappte mich bei der Vorstellung, wie er wohl reagieren würde, wenn ich mit zwei spitzen Fingern prüfen würde, ob sie auch die Beschaffenheit einer solchen aufwiesen. Darüber hinaus beobachtete ich eine Fliege, die seit geraumer Zeit ausdauernd über sein auberginefarbenes T-Shirt kroch.

Als die recht nervenaufreibenden Klänge der Sonate von Hindemith einsetzten, fing ich von Erhard einen verstohlenen Seitenblick auf, der nicht gerade Behagen ausdrückte. Ich mußte mich sehr beherrrschen, um nicht „siehste!" zu sagen.

Draußen legte ein Blick zum Himmel die Vermutung nahe, daß sich bereits das nächste Unwetter vorbereitete.

Erneut war Wind aufgekommen und strich recht stürmisch durch das Blattwerk der Bäume. Über unseren Köpfen war ein verdächtiges Rauschen zu hören.

Erhard trieb zur Eile an. Auf Naßwerden habe er keine Lust, rief er mir im Laufen zu. Mit Erstaunen verfolgte ich, wie schnell er sich bewegen konnte, wenn er nur wollte, doch meistens wollte er nicht.

Der Busfahrer fuhr wie ein Verrückter. Die Fahrgäste purzelten durcheinander. Wir waren froh, daß wir bald wieder aussteigen konnten. Ob er seine Fahrstrecke beenden wollte, bevor der große Regen einsetzte?

Erhard ließ wüste Beschimpfungen gegen den Busfahrer los, als wir schließlich wieder auf der Straße standen und der Bus weitergebraust war. Bemerkungen wie „So ein Idiot!" gehörten dabei zu den freundlicheren Kommentaren. Ich hoffte nur, daß uns die vorbeidrängenden Passanten nicht verstanden.

An die große Plakatwand gegenüber unserem Hoteleingang wurden gerade neue Todesanzeigen tapeziert. Die schwarzen Riesenbuchstaben waren von weither lesbar: Franco Jacono war gestorben und Leonardo Abate und Domenica Cristofaro. Auf der ganzen Insel sah man diese Plakatwände mit den schwarz eingerahmten Namen, die ständig mit neuen Anzeigen überklebt wurden.

Sicher waren es alteingesessene Ischitaner, die ihre wunderschöne Insel selten oder nie verlassen hatten, dachte ich. Aber vermutlich waren sie dabei steinalt geworden.

„Woher willst du das wissen?" fragte Erhard, als ich am Abend ihm gegenüber diesen Gedanken aussprach.

Wir saßen an demselben Tisch in der Ecke am Fenster, an dem wir auch gestern den Tag hatten ausklingen lassen. Die Bar am Pool war noch immer geschlossen, die

Terrasse dunkel. Zwar war der erwartete Regen, vor dem wir so eilig geflüchtet waren, ausgeblieben, dennoch war es zu kühl, um draußen zu sitzen.

„Ich weiß es nicht mit Bestimmtheit, sondern es ist nur eine Vermutung", beantwortete ich Erhards Frage. „Bei all dem gesunden Klima, das auf dieser Insel vorherrscht, wäre es nicht verwunderlich, wenn die Einheimischen, die ihr ganzes Leben hier verbracht haben, ein höheres Alter erreichen als beispielsweise die Menschen, die nur in den Großstädten gelebt haben."

„Prost", sagte Erhard, hob mir sein Weinglas entgegen und wartete, bis ich meines ebenfalls aufnahm. Anscheinend war es ihm zu anstrengend, meinen Gedankengang nachzuvollziehen.

Um ihn ein wenig herauszufordern, tat ich so, als lege ich Wert auf eine Antwort, worauf er scherzhaft meinte, vielleicht hätten die Ischitaner zeitlebens Lebertran geschluckt.

Ich mußte lachen, denn damit war das Stichwort zu einer Geschichte gefallen, die sich während meiner Kinderzeit ereignet hatte.

„Mein Vater bestand darauf, daß ich, wie damals alle Kinder, Lebertran einnahm", erzählte ich. „Anfangs mußte ich ihn löffelweise schlucken, später gab es Lebertrankapseln, die weitaus angenehmer waren.

Trotzdem unterbreitete ich meinem Vater eines Tages eine verrückte Idee: Ich wollte artig alle Kapseln einnehmen – bis auf eine einzige, die übrigbleiben sollte. An dieser Kapsel wollte ich mich für all die anderen rächen, die ich zuvor hatte schlucken müssen.

Mein Vater hatte nichts dagegen. Auf diese eine käme es nicht an, meinte er großzügig.

O doch – gerade auf diese eine kam es mir an! Schon Tage zuvor freute ich mich auf den Zeitpunkt, da nur

noch eine Kapsel in der eingeschweißten Folie zurück-
bleiben würde. Mit Rachegefühlen legte ich diese in die
Mitte des Waschbeckens, nahm eine Nadel und stach
hinein. Im selben Moment traf ein Lebertranstrahl genau
in mein Auge und verbreitete gleichzeitig einen ekelhaf-
ten Geruch."

„Und somit hat sich die Lebertrankapsel an dir gerächt",
ergänzte Erhard monoton die Geschichte. Das war sein
ganzer Kommentar. Er konnte nicht einmal darüber
lachen, und ich schloß daraus, daß er den Erlebnissen
meiner Kinderjahre kein besonderes Interesse entgegen-
bringen wollte.

Schlagartig hatte sich die Distanz zwischen uns wieder
vergrößert. Zum ersten Mal fühlte ich trotz der schönen
Umgebung eine unvermutete Leere in mir. Es war, als sei
die warme Sonne plötzlich hinter einer Wolkenwand
verschwunden, und alles, was zurückblieb, war ein trost-
loser, grauer Himmel.

Ohne Erhard anzusehen, spürte ich, daß er seinen Blick
auf mich gerichtet hatte. Doch ich erwiderte den Blick
nicht.

Am Nebentisch bestellten österreichische Gäste Sekt. Es
schien, als gäbe es etwas zu feiern. Eine Weile beobachtete ich, scheinbar interessiert, den Vorgang des
Einschenkens und Zuprostens. Auf diese Weise brauchte
ich Erhard nicht anzuschauen. Doch die gelöste Fröh-
lichkeit der Leute am Nachbartisch färbte heute abend
nicht auf mich ab.

Vorn am Eingang erschien Una für einen Augenblick.
Als ich das nächste Mal hinsah, war sie schon wieder
verschwunden.

Die Zeit, da ich Erhard geliebt hatte, war in weite Ferne
gerückt. Hatten wir je zueinander gepaßt?

Diese so oft gestellte Frage war bereits geklärt: Ich

liebte ihn nicht, weil wir zueinander paßten. Ich liebte ihn einfach. Doch heute war nichts mehr davon vorhanden.

Ich trank einen Schluck Wein und stieß einen verhaltenen Seufzer aus, als ich das Glas auf den Tisch zurückstellte. Wahrscheinlich war es so, daß ich mich selbst mal wieder viel zu wichtig nahm.

Kapitel 27

„In Gedanken fängt auf jeden Fall eine neue Welt an", sagt Friedrich Hebbel.

Läßt sich eine Beziehung, der die Liebe abhanden gekommen ist, sanieren? Diese Frage hatte mich während der ersten Hälfte der Nacht beschäftigt. Die Stunden danach brachte ich mit der Überlegung zu, daß Erhard wahrscheinlich für jede Art von Kompromissen völlig ungeeignet war.

Während der acht Monate, die wir zusammen waren, hatte ich mich wieder und wieder mit der Frage auseinandergesetzt, wohin ich in Wirklichkeit gehöre. Allein diese ständige Auseinandersetzung mit mir selbst bewies, daß ich das Leben an seiner Seite nur mit halbem Herzen gelebt hatte. Wichtiger war es gewesen, daß ich mir Gedanken darüber machte, wie ich es ertrage. Die Antwort hatte gelautet: Jede neue Situation schafft auch neue Möglichkeiten. Man kann sich nicht immer nur pfeifend und singend durch die Weltgeschichte bewegen.

Heute sah ich es anders. Es ließ sich sehr gut auch mit ungelösten Problemen leben. Erhard war so ein ungelöstes Problem, und ich dachte nicht daran, mich mehr als notwendig damit zu befassen.

Das Distanzgefühl meinerseits, das gestern abend aufkam, war noch vorhanden. Schweigend standen wir an der Bushaltestelle nebeneinander.

Schon in den Vormittagsstunden lastete ungewöhnliche Hitze über der Insel. Die Sonne stand wie ein glühender Ball am weißlichen Himmel. Doch sie gehört zum Sommer, zum blauen Süden, zu dem Wenigen, das Kälte, Wintergrau und Düsternis für eine Weile vergessen läßt, dachte ich. Wie man sich daran gewöhnen kann!

Der erste Bus kam – überfüllt bis auf den letzten „bestehbaren" Zentimeter. Die Türen öffneten sich, niemand konnte einsteigen, weil niemand ausgestiegen war. Die Türen schlossen sich wieder, der Bus fuhr weiter.

Erhard machte ein zerknittertes Gesicht und holte Luft, um seinen Unmut herauszulassen. Doch ich kam ihm zuvor.

„Laß es", bat ich ihn. „Der nächste Bus kommt gleich."

Immerhin warteten wir weitere 20 Minuten, um uns dann in einen fast ebenso vollen Bus hineinzuzwängen. Erhard ließ keinen Zweifel darüber aufkommen, daß er diesmal mitfahren wollte, wenn er schon mitfahren mußte. Anscheinend war schon wieder alles nach Sant'Angelo unterwegs.

Wir hatten uns vorgenommen, bis zur Cavascura-Therme zu gehen, um dort zu baden, wo damals die reichen Römerinnen gebadet haben. - Das war so nicht ganz richtig. Vielmehr hatte ich diesen Vorschlag gemacht und Erhards ausgebliebenen Kommentar als Zustimmung oder zumindest nicht als Ablehnung gewertet. Er war ja auch mitgekommen.

Beim „Pescatore" setzten wir uns an denselben Tisch, an dem wir bei unserem letzten Besuch in Sant'Angelo gesessen hatten, und bestellten wieder Carpano mit Eis und Zitrone. Aber Erhard fehlte heute die nötige Ruhe, um solche Momente genießen zu können, und seine Unrast übertrug sich zwangsläufig auch auf mich. Wenn es schon unbedingt sein mußte, daß er diesen Fußweg auf sich nahm, dann wollte er ihn zumindest so schnell wie möglich hinter sich bringen.

Ich war etwas enttäuscht, denn ich wäre gern noch eine Weile länger beim „Pescatore" sitzengeblieben, hätte die schaukelnden Fischerboote in dem kleinen Hafen und den vormittäglichen Betrieb auf der Mole beobachtet.

Doch Erhard hatte dazu keine Lust. Er stand einfach auf und erwartete, daß ich mich anschloß.

Vom Meer blies noch immer ein heftiger Wind, der die Wellen an Land trieb und die weißen Schaumkronen an den aufgeschichteten Steinen am Ufer hochspritzen ließ. Trotz der Sonne fröstelte ich in der dünnen Bluse, und da ich keine Jacke mitgenommen hatte, blieb mir nichts anderes übrig, als das Badehandtuch als Schutz vor dem Wind um die Schultern zu legen.

Unser fehlendes Einvernehmen ärgerte mich ein wenig. Gleichzeitig war mir klar, daß man keine Dauerzustände erwirken kann, sondern immer nur Situationen. Nur um das belastende Schweigen zwischen uns zu beenden, sagte ich: „In Forio gab es bis vor kurzem auch einen „Pescatore". Jetzt ist das Haus geschlossen und steht zum Verkauf."

Erhard sah mich an, nickte, antwortete aber nicht. Na gut, dann eben nicht, dachte ich. Warum soll ich es immer sein, die die Unterhaltung bestreitet?

Langsam stiegen wir die schmalen Gassen zwischen den Häusern hinauf. Hier oben war von dem fast kalten Wind nicht mehr viel zu spüren, so daß ich das Badehandtuch wieder in der Tasche verstaute.

„Morgen werde ich wieder schwimmen", verkündete Erhard lebhaft. Ich nahm es zur Kenntnis und wußte nicht so recht, was ich darauf antworten sollte. Meine Wangen brannten, und ich fragte mich, ob ich heute morgen ausreichend Sonnenmilch aufgetragen hatte.

Im Vorbeigehen bat ich im „La Palma" um einen Hotelprospekt. Mit Sicherheit würde ich wiederkommen – vielleicht schon im nächsten Jahr, und Sant'Angelo gefiel mir für einen Standortwechsel sehr gut. Das „Palio Carmina" in Forio war zwar ein süßes kleines Hotel, aber bei einem neuerlichen Aufenthalt würde es nur unnötig wehmütige Erinnerungen wachrufen. Das wollte ich nach Möglichkeit vermeiden.

Wir nahmen den schon bekannten Weg an der kleinen Kirche San Michele mit dem angrenzenden winzigen Friedhof vorbei und folgten der engen Straße in Richtung Cavascura-Therme. Links standen farbenprächtige Bougainvilleas, rechts einer der seltenen Flügelnußbäume und immer wieder Weingärten.

Im sanften Himmelsblau schwebten ein paar lustige weiße Wolkengebilde. Eines davon sah aus wie ein Engel mit weit ausgebreiteten Flügeln – so wie ich mir als Kind meinen Schutzengel vorstellte. Im Nu verwandelte sich der Wolkenengel in einen tapsigen Eisbären, und auch der zerrann nach einer Weile im Ätherblau.

Heute gibt es nur Angenehmes, um daran zu denken, sagte ich mir und war zufrieden.

„Schau mal, dort unten heißt ein Hotel „La Media Luna" – der mittlere Mond", sagte ich zu Erhard und blieb stehen. Ich war überrascht und erstaunt, daß auch er stehenblieb und nicht einfach weiterlief. Manchmal war er wirklich unkalkulierbar. Bis heute war es mir nicht gelungen herauszufinden, wie ich es möglich machen konnte, irgendwelche Übereinstimmungen herbeizuführen. Nun war es vermutlich zu spät. Es lohnte nicht mehr.

Durch eine wilde Tuffsteinlandschaft mit außergewöhnlichen Formationen gelangten wir zur Cavascura-Therme. Der Weg in das Tal führte teilweise recht steil abwärts. Wir mußten vorsichtig die Füße setzen, um nicht abzurutschen und auf dem Hosenboden zu landen. Ich war sicher, daß mich Erhard dafür verantwortlich machen würde, wenn ihm ein solches Mißgeschick widerfahren sollte.

„Du wolltest doch unbedingt in die Cavascura", würde er sagen. – Nur gut, daß es nicht passierte.

Ein rascher Blick traf mich. „Willst du hier baden?"
fragte Erhard.

Wir standen vor dem Eingang der Thermen und gingen
nur zögernd unter einem Dach von Bambusmatten auf
das kleine weiße Kassenhäuschen zu.

Ab hier würden wir Eintritt bezahlen müssen, dachte
ich, wagte aber trotzdem einen Blick an der Kasse vorbei
um die Ecke. Da die italienische Kassiererin kein Wort
darüber verlor, daß ich mich mit der Kamera auf die in
den Fels gehauenen leeren Badekabinen zubewegte und
einige Fotos schoß, wurde ich zusehends mutiger und
wagte mich auf dem schmalen Gang bis zum Ende. Dort
befand sich die Sauna, die mich mit ihren abartigen
Temperaturen unvermittelt zurückschrecken ließ. Das
war ich nicht gewohnt.

Auf einer steinernen Plattform, auf der bunte Liege-
stühle standen, ruhten einzelne Kurgäste in der Sonne.
Ich wollte mit meiner Kamera nicht etwa indiskret oder
aufdringlich erscheinen und ging deshalb schnell weiter,
ehe sich die Sonnenanbeter in ihrer Ruhe gestört fühlten.

„Willst du hier baden?" wiederholte Erhard seine Frage.
Ich hatte das Gefühl, daß dahinter der unausgesprochene
Halbsatz stand: „...dann warte ich hier auf dich." Aber es
genügte mir, in die offenen Kabinen mit den steinernen
„Badewannen" und den weißen Vorhängen hineinzu-
sehen und diese zu fotografieren.

„Meinetwegen können wir weitergehen", erklärte ich zu
Erhards Überraschung. Ich hatte genug gesehen und
wollte seine Geduld nicht überspannen, weshalb ich
einen dankbaren Blick von ihm auffing.

„Und was machen wir jetzt?" wollte er wissen.

„Wenn du nichts dagegen hast, würde ich gern bis zum
Marontistrand weitergehen", erwiderte ich und sah ihn
fast bittend an. Er antwortete nicht, folgte mir aber wort-

los, als ich mich in Bewegung setzte. Vermutlich hielt er es mir zugute, nicht auf mich warten zu müssen, während ich ein Bad nahm.

Auf einem als Privatweg ausgezeichneten Pfad, der durch eine ziemliche Wildnis führte, gelangten wir schließlich zum Marontistrand. Ein anderer Weg war nicht auszumachen gewesen. Das Meer brandete noch immer recht hoch. Von Baden konnte keine Rede sein. Der schönste Strand von Ischia war zur Hälfte überspült. Nicht einmal verwegene Urlauber wagten sich ins Wasser. Die auf Stelzen gebauten Strandrestaurants blieben ohne Gäste. Der Dampf der Fumarolen, der heißen Quellen, die hier aus dem Sand kamen, mischte sich mit dem zerstäubenden Meerwasser, das bis zu den Fenstern der Stelzenrestaurants hinaufspritzte.

Erhard zeigte sich von dem Schauspiel der Naturgewalten nicht ganz so begeistert wie ich. Er machte ein Gesicht, als sei ihm das alles nicht recht geheuer, und ich schloß daraus, daß er nicht länger hierbleiben wollte. Schade.

Er hatte gehört, daß es am Rande von Ischia Porto einen Aquädukt aus der Zeit des Kaisers Augustus gibt. Der interessierte ihn mehr – den wollte er sehen. Also warteten wir auf den Bus und stiegen an der Via Vincenzo di Meglio wieder aus.

Doch was dann? Es war erst 16.00 Uhr, und die Tageskarte für den Bus hatten wir noch längst nicht abgefahren.

„Wir warten einfach auf den nächsten Bus und fahren in der Gegenrichtung wieder zurück", schlug ich leichthin vor. „Auch über Sant'Angelo ist Forio zu erreichen. Es dauert nur etwas länger. Aber auf diese Weise bleiben wir noch ein bißchen unterwegs."

„Meinetwegen", erklärte Erhard überraschenderweise.

Mit einer so schnellen Zustimmung hatte ich gar nicht gerechnet.

Wir hockten uns auf eine halbhohe Mauer und warteten und warteten auf den Bus. Aber er kam nicht. Auf der anderen Straßenseite fuhr bereits der dritte in die entgegengesetzte Richtung, nur der von uns gewünschte blieb aus.

„Im Schatten ist es ziemlich kühl", fand ich und vermißte die Jacke, die ich nicht mitgenommen hatte. Alles, was mir als Ersatz blieb, war das Badehandtuch, und das schlang ich mir wieder um die Schultern – mochte es aussehen, wie es wollte.

Vor uns auf der Straße trabte mit klappernden Hufen ein Schimmel heran, der vor der Brust mit roten Bändern geschmückt war. Er zog ein einachsiges Gefährt mit eisenbeschlagenen Holzspeichenrädern und einem schmiedeeisernen Geländer hinter sich her, das einem römischen Streitwagen glich. Auf dem Wagen stand ein Italiener in knielangen Shorts, einem hellen T-Shirt und weißen Pantoffeln und lenkte das Pferd. Als er bemerkte, daß ich eilig die Kamera auf ihn richtete, hielt er an und wartete, bis ich auf den Auslöser gedrückt hatte.

„Grazie", rief ich ihm zu. Er nickte freundlich und ließ das Pferd wieder antraben.

Der Bus kam noch immer nicht. Ich sah auf die Uhr. 20 Minuten warteten wir nun schon. Es war erstaunlich, daß Erhard nicht zu murren anfing.

Hinter uns luden Obsthändler Stiegen mit grünen und blauen Weintrauben auf hölzerne Karren, die sie in Richtung des Aquäduktes zogen, wo sich die Verkaufsstellen befanden.

Ich schwang mich von der Mauer hinunter, pflückte mir in einem unbewachten Augenblick zwei einzelne Weintrauben und ließ sie genüßlich im Mund verschwinden.

Sie schmeckten wunderbar süß und aromatisch. Als Erhard das sah, drohte er mir mit dem Finger.

„Das ist Diebstahl", sagte er belehrend.

„Mundraub aus Langeweile", verbesserte ich ihn und grinste. Zum weiteren Pflücken kam ich nicht mehr, denn endlich, endlich nahte unser Bus.

Wir fuhren bis Barano, stiegen aus, weil ich von oben herab Fotos auf den Marontistrand mit den noch immer tosenden Wellen schießen wollte, und hielten danach auf freier Strecke einen anderen Bus an, der uns bis nach Fontana mitnahm.

Direkt an der Bushaltestelle befand sich die „Bar Epomeo", eine kleine, unauffällige Cafeteria. Der Besitzer stand draußen und warb bei den Aussteigenden für seine Gastronomie.

„Beste Cappuccino – hier bei mir", rief er uns entgegen und vollführte eine hinweisende Geste hinüber auf den Platz rund um das Kriegerdenkmal, wo eine junge Italienerin eifrig damit beschäftigt war, das Kaffeegeschirr von den Tischen abzuräumen, das eine Reisegruppe zurückgelassen hatte.

„Warum nicht?" meinte Erhard. „Hast du Lust auf einen Cappuccino?"

Ich nickte begeistert, und wir suchten uns einen Tisch aus, der noch von den letzten Sonnenstrahlen getroffen wurde. Trotzdem fröstelte ich. Es waren nicht mehr die gleichen Temperaturen wie vor dem Unwetter. Es hatte sich erheblich abgekühlt, und ohne lange zu überlegen, holte ich das Badehandtuch wieder hervor.

Der von der Servieren empfohlene hausgebackene Maiskuchen schmeckte vorzüglich. Erhard zählte die Tische, die rund um das Kriegerdenkmal angeordnet waren, und überschlug die Anzahl der zur Verfügung stehenden Plätze.

„160 Leute können hier draußen sitzen", staunte er.

Ich war aufgestanden, um das Denkmal näher in Augenschein zu nehmen. Es war errichtet worden für die ischitanischen Opfer der beiden Weltkriege von 1915 bis 1918 und von 1940 bis 1945. Offensichtlich waren die Italiener beide Male erst ein Jahr später in den Krieg eingetreten.

„Laß uns aufbrechen", sagte ich dann. „Es wird Zeit."

Zu Fuß folgten wir der Straße bis Serrara, die an in den Tuffstein gehauenen Erdwohnungen früherer Zeiten vorbeiführt. Erhard machte mich auf einen Felsen aufmerksam, der in einer Straßenkehre in die Höhe ragt und über und über von Tauben besetzt war.

„Anscheinend leben die alle hier in irgendwelchen Nischen und Höhlen", vermutete er.

Vom „Belvedere" aus, einer der dreizehn festgelegten lohnenswerten Aussichtspunkte der Insel, wollten wir mit dem Bus nach Forio zurückfahren. Also stellten wir uns an die Straße und warteten.

Ein alter Mann kam heran, sah uns und wies uns darauf hin, daß wir auf der falschen Straßenseite warteten. Er schien stumm zu sein, denn aus seinem Mund drangen nur unartikulierte Laute. Aber wir verstanden seine Gesten, und als er gar noch durch Winken den eben um die Kurve biegenden Bus für uns anhielt, bedankten wir uns fast überschwenglich.

Wir schafften es gerade noch, rechtzeitig zum Gala-Dinner, das jeden Montag ausgerichtet wurde, im Hotel zu sein. Rasch die bunte Sommerhose gegen einen Rock getauscht – fertig.

„Du hast dich überhaupt nicht verändert", sagte Erhard unvermittelt.

„Sollte ich?" fragte ich zurück. Es war nicht zu erkennen, worauf er seine Aussage im einzelnen bezog.

„Immer erscheinst du erst auf die letzte Minute, als sei dir alles gar nicht so wichtig", erklärte er. An seinem Tonfall hörte ich, daß er es nicht scherzhaft meinte.

„Du irrst dich", widersprach ich deshalb. „Für ein gutes Essen bin ich immer zu haben."

Als ich es ausgesprochen hatte, wurde mir die Doppeldeutigkeit meiner Worte bewußt, und ich schickte einen forschenden Blick zu Erhard hinüber, der schon an der Tür stand, die Hand auf der Klinke. Doch anscheinend hatte er mir gar nicht zugehört.

„Du hast die Angewohnheit, einen „Trottel" auch einen Trottel zu nennen, nicht wahr?" sagte ich provozierend. Irgendwie war ich verärgert.

Diese Worte waren ihm nicht entgangen. Er schickte einen vernichtenden Blick zu mir zurück und drückte auf die Klinke, ungeachtet dessen, daß ich noch keine Schuhe anhatte. Auf jemanden warten zu müssen, war für ihn ein Problem. Dazu brachte er keine Geduld auf.

Es ist ziemlich lange gut gelaufen, dachte ich. Nun verfielen wir wieder in die alten, kleinlichen Streitereien. Überraschend meldete sich mein Gefühl für den eigenen Wert. Keine falschen Kompromisse mehr eingehen, nahm ich mir vor. Am Ende der Woche würde ohnehin jeder von uns seinen eigenen Weg gehen – diesmal unwiderruflich. Ende gut – alles gut. Sonderbar, daß einen die alten Binsenweisheiten noch immer zu trösten vermochten. Alles geruhsam abwarten. Was richtig ist, wird sich von selbst zeigen und ergeben.

Wir aßen „Fagioli all' ucelletto" – weiße Bohnen mit Salbei und „Gamberoni in padella" – Garnelen aus der Bratpfanne. Selbstverständlich gab es auch diesmal wieder als Dessert die drei obligatorischen „Torten des Hauses". Nur wurden sie nicht auf der Terrasse serviert. Es war zu kühl, um jetzt noch draußen Platz zu nehmen.

Wir setzten uns in die hellblauen Korbsessel im Aufenthaltsraum und verfolgten, wie die nach Rasierwasser schmeckenden Tortenstücke verteilt wurden.

„Je später der Abend, desto kleiner die Reste", sagte Erhard poetisch. Die Unstimmigkeiten schienen vergessen.

Der Musiker traf in einer Ecke des Raumes seine Vorkehrungen für die weitere Unterhaltung.

„Wir sollten mal miteinander reden", meldete sich Erhard nach einer Weile mit etwas unsicherer Stimme.

„Worüber?" wollte ich wissen. Ihm durfte man nicht trauen.

„Über dies und das", antwortete er ausweichend. Doch es wollte kein richtiges Gespräch in Gang kommen. Statt dessen fielen viele inhaltlose Worte und ließen irgendwie Verlegenheit entstehen.

Was für ein verlorener Abend, dachte ich plötzlich und fühlte mich einsam – allein unter vielen – wie Zierfische im Aquarium. Auch sie schwammen aneinander vorbei und umeinander herum, ohne die geringste Notiz von den „Mitfischen" zu nehmen.

Die Flamme über der mit Duftpetroleum gefüllten dunkelblauen Glaskugel auf unserem Tisch brannte mal ruhig, mal flackernd. Zu den sanften Melodien, die durch den Raum schwebten, drehten sich die Paare im Tanz: „I just call to say I love you".

Erhard, der sonst so gern tanzte, saß heute nur da und schaute zu. Vom Nachbartisch drangen die verhaltenen Gespräche der anderen Gäste zu uns herüber.

„How deep is your love?" sang der Musiker völlig unitalienisch.

„Willst du mir irgend etwas nicht erzählen?" fragte ich und bemühte mich um einen lockeren, ungezwungenen Tonfall. Schließlich war er es gewesen, der mit mir reden wollte, und nun kam er nicht mit der Sprache heraus. Statt dessen erklärte er: „Der Tanz ist die Vorstufe der Sexualität. So, wie die Paare miteinander tanzen, so gehen sie auch miteinander im Bett um. Die meisten verhalten sich völlig unbeholfen. Schau sie dir doch an."

Ich war überrascht. „War es das, was du mir sagen wolltest?"

Er saß wie erstarrt da. Seine Augen glänzten aus dem Halbdunkel.

„Der Klügere gibt so lange nach, bis er der Dumme ist", murmelte er vor sich hin, und ich ahnte, worauf das hinauslaufen würde.

„You are the sunshine of my life", begann der Musiker nach einer kurzen Pause, und wieder füllte sich die Tanzfläche. Doch auch jetzt blieb Erhard sitzen. Offensichtlich hatte er keine Lust zum Tanzen. Oder lauerte er etwa darauf, daß ich die Initiative ergriff? Darauf konnte er lange warten. Das würde ich nicht tun – nicht unter diesen Gegebenheiten.

Da ist kein Mensch auf der Welt, den ich liebe, dachte ich traurig – niemand, der zu mir gehört und zu dem ich gehöre, niemand, zu dem ich flüchten kann, wenn ich mich haltlos fühle.

Otto fiel mir ein. Er war außer meiner Mutter der einzige Mensch, der mir nahestand, der mir etwas bedeutete, den ich einfach gern hatte – auf eine eigene Art. Aber Otto war nicht da, und ich hatte ihm noch nicht einmal geschrieben. Überhaupt hatte ich noch keine einzige Karte versandt. Es wurde wirklich langsam Zeit, daß ich ein paar Grüße schickte. Morgen wollte ich Karten kaufen.

Ach, Otto! seufzte ich tonlos. Wenn du hier säßest, würde ich mich nicht so leer fühlen. Es gibt Menschen, die tragen ihr Zuhause im Herzen. Deshalb ist es egal, wo sie sich befinden.

„Glaubst du, daß es Engel gibt?" fragte Erhard plötzlich.

Ich war von neuem überrascht. Was geisterte nur in seinem Kopf herum?

„O ja", sagte ich ruhig, „ich kenne sogar zwei oder drei. Flügel haben sie allerdings alle nicht."

„Das eine hat mit dem anderen überhaupt nichts zu tun", entgegnete er trocken. Er schien mit meiner Antwort nicht zufrieden zu sein.

Ich wartete auf eine nähere Erklärung, da jedoch nichts folgte, sagte ich leicht ironisch: „Ein heiterer Abend krönt den reichen Tag."

Das nächste Musikstück ließ ihn wie elektrisiert aufspringen und nach meiner Hand greifen, so daß uns die Gäste am Nachbartisch erstaunt musterten. Der Musiker spielte „Samba Part Ti" von der Popgruppe „Santana". Das war „unser" Titel, und in unserer beider Gedanken tauchte unvermittelt die Frage auf: „Weißt du noch...?"

Ich spürte eine wohlige Gänsehaut, als wir uns langsam zu der Musik drehten. Erinnerungen wurden wach, und ich bemühte mich nicht, sie zu verdrängen. Es war eine schöne Zeit damals, als alles seinen Anfang genommen hatte.

Aber die Zeit war vorbei, und unser Musikstück ging auch zu Ende. Erhard hauchte einen zarten Kuß auf meine Schläfe, als der letzte Ton verklungen war und die Tanzenden klatschten. Dann zog er mich mit sich fort.

„Was für ein stimmungsvoller Abend", meinte er theatralisch.

Wir standen eine Weile draußen vor dem Hotel, und ich empfand die kühle Luft als äußerst wohltuend. Es war eine finstere Nacht. Der Mond schnitt wie eine Sichel durch dunkle Wolkenberge. Nur hin und wieder gab er der Erde ein wenig von seinem geborgten Glanz.

„Wir hatten nicht genug Zeit", sagte Erhard leise, und als ich nicht antwortete, weil ich nicht wußte, was ich darauf erwidern sollte, fuhr er fort: „Trotzdem ist jeder Tag, den wir haben, einer mehr, als wir verdienen."

„Warum hast du mich nicht gefragt, wie ich das sehe?" wagte ich zu entgegnen.

Er sah mich ernst an. „Du bist noch nie dumm gewesen", sagte er dann. „Die Antwort auf diese Frage kannst du selbst formulieren.

Kapitel 28

„Warum nicht mal auf den Epomeo?" schlug ich am nächsten Morgen vor und dachte im selben Moment: Ich sollte es lassen. Erhard machte ein so gequältes Gesicht, daß ich lachen mußte.

„Eigentlich ist das überhaupt nicht zum Lachen", meinte er. „Spreche ich so undeutlich? Wieso verstehst du immer „ja", wenn nicht „nein" sage?"

Aber dann kam er doch mit, weil er den Tag nicht allein verbringen wollte und ich auf jeden Fall den Aufstieg auf den Epomeo gewagt hätte. Die Zeit lief weiter – heute war schon Dienstag.

„Damit du nicht annimmst, ich sei unsportlich", begründete er seine Entscheidung. „Früher war ich mal sehr gut beim Kibotu. Besser ging's nicht."

Ich blickte ihn fragend an. „Was ist das denn? Eine Verteidigungssportart?"

„Kinderbodenturnen", grinste er.

Obst- und Gemüsehändler waren mit ihren dreirädrigen Vehikeln unterwegs, als wir an der Haltestelle auf den Bus warteten. Wie an den Vortagen, war er auch heute wieder hoffnungslos überfüllt. Aber wenn man glaubte, daß niemand mehr hineinpaßt, fand sich doch immer noch ein Stehplatz.

Der Frau neben mir war es zu eng. „Das mache ich nicht mehr mit!" schimpfte sie. „Das passiert mir nicht noch einmal!"

Als der Bus durch Panza fuhr, vermutete sie, das sei wohl Lacco Ameno. Ich wagte zu widersprechen, Lacco Ameno liege ganz woanders, worauf sie unwirsch erklärte, sie sei bereits zum fünften Mal zur Kur auf der Insel. Es kostete mich einige Beherrschung, die Bemerkung zurückzuhalten, daß sie es dann eigentlich wissen sollte, daß dieser Ort nicht Lacco Ameno sein könne.

Im nächsten Moment regte sie sich darüber auf, daß ihr jemand an den Fuß gestoßen habe, und versah mich dabei mit einem empörten Blick.

„Tut mir leid, aber ich habe meinen Fuß gar nicht bewegt", entgegnete ich in ruhigem Ton.

Im Vorbeifahren entdeckte Erhard ein Schild an der Straße: Mini-Hotel „Rendez-vous".

Seine Augen wurden größer und bekamen plötzlich Leben, und er verdrehte noch immer den Hals, als das Haus längst nicht mehr zu sehen war.

„Was vermutest du denn darin?" fragte ich ihn. „Das ist ganz sicher kein Hotel, in dem du „Minirock-Mädchen" findest."

Auf dem Parkplatz vor Sant'Angelo drehte der Bus. Die meisten der Fahrgäste stiegen hier aus – so auch die verärgerte Frau. Wir fuhren weiter bis Fontana.

Erhard fragte nach der Beschaffenheit des Weges, der auf den Epomeo hinaufführt. Ich erklärte ihm, er solle sich nur keine Hoffnung machen, eine Rennbahn vorzufinden. Aber so strapaziös, wie ich es befürchtet hatte, gestaltete sich der Aufstieg dann doch nicht. Anfangs folgten wir einer leicht ansteigenden, asphaltierten Straße, die nach einiger Zeit von einem Waldweg abgelöst wurde und dann in einen schmalen, steinigen Pfad wechselte.

Unterwegs hatten wir an einem Obstkarren für 2000 Lire frisch gepflückte grüne und blaue Weintrauben als Wegzehrung gekauft, so daß wir eigentlich nur am Naschen waren und dadurch nicht so sehr auf den Weg achteten, der zuletzt ein Hohlweg wurde. Der Rest mußte kletternd überwunden werden.

Ich wartete darauf, daß Erhard schimpfen würde, doch

er blieb die ganze Zeit über ruhig und äußerte keinerlei Unmut. Das einzige, was er sagte, war: „Mit dir bleibt man wirklich im Training."

Wo er recht hat, hat er recht, dachte ich, behielt den Gedanken jedoch für mich, damit er nicht etwa auf die Idee kam, ich wolle ein Qualifikationsprofil erstellen. Nur - mit Turnhosen allein kann man nicht Fußball spielen...

Ein alter Spruch fiel mir ein: Wenn du aufhörst, vorwärts zu gehen, fällst du schon zurück. – Das ließ sich in der Tat nicht bestreiten.

„Wir sind bald da", versuchte ich, ein aufmunterndes Wort loszuwerden.

Erhard drehte sich zu mir um, ohne stehenzubleiben, und sagte nur: „Na ja, wenigstens können wir die Richtung nicht verfehlen." Seine Mimik war dabei schwer zu deuten.

Der Blick von oben entschädigte für alle Mühen, die wir aufgewandt hatten.

„Hier auf dem Berg sind wir dem lieben Gott ein bißchen näher", sagte ich und schaute ergriffen in die Tiefe, wo Lacco Ameno ausgebreitet in der Sonne lag. Daneben sah man Casamicciola.

Es war windig, und ich zog aus meinem Beutel meine Jacke heraus, die ich während des Aufstiegs nicht gebraucht hatte. Dabei dachte ich nicht mehr an das Teleobjektiv, das ich zuoberst in den Beutel gelegt hatte und das nun herausfiel und zu meinem Entsetzen auf dem felsigen Grund über einige Löcher sprang, auf den Abgrund zurollte und in allerletzter Sekunde in einer kleinen Mulde liegenblieb.

Mir stockte der Atem. Das Teleobjektiv war mein teuerstes Objektiv, und beinahe hätte ich ihm nur noch hinterherschauen können.

„Laß uns in einer der beiden Gaststätten eine Kleinigkeit essen", schlug Erhard vor, um mich von dem Schreck abzulenken. Mich zum Essen einzuladen, war von je her in unerfreulichen Situationen seine Art des Trostes für mich gewesen. Daran hatte sich nichts geändert.

Wir wählten die hintere der beiden Gaststätten, die uns am Eingang durch eine Schiefertafel begrüßte, auf der mit Kreide in gutem Deutsch geschrieben stand: „Schön, daß Sie da sind! Herzlich willkommen!"

Ein dünner Maschendrahtzaun, der an den Tischen vorbeiführte, war die einzige Begrenzung nach unten. Dahinter stand auf dem Felsen verblühter Ginster mit seinen schmalen, dunkelbraunen Schoten. Ich wunderte mich darüber, daß er hier oben gedeihen konnte. Immerhin befanden wir uns in einer Höhe von knapp 800 Metern.

Kalt pfiff uns der Wind um die Ohren, und ich war dankbar für die Wolldecke, die an der Rückenlehne meines Stuhles hing. Nicht jeder der Gäste konnte sich über diesen Komfort freuen.

Am Nachbartisch saßen fünf Schweizer. Eine etwas stabilere junge Frau mit kurzgeschnittenen, glänzenden, mahagonifarbenen Haaren in einem hellgrünen, kurzärmeligen T-Shirt redete laut und ungeniert ohne Pause. Angesichts dieses herrlichen Panoramas empfand ich es als überaus störend. Aber das war nicht zu ändern.

Erhard hatte für sich eine Bohnen-Lauch-Suppe bestellt, und nachdem ich davon gekostet hatte, bedauerte ich es, daß ich nur die übliche „Bruschetta" gewählt hatte. Sie schmeckte zwar auch, aber die Suppe war einfach köstlich.

Doch länger als unbedingt nötig blieben wir nicht hier draußen sitzen. Es war zu kalt.

Die beiden fensterlosen, steinernen Wohnzellen, in

denen in der zweiten Hälfte des 17. Jahrhunderts die ersten Eremiten der Insel gelebt hatten, standen zur Besichtigung offen. Zu dieser Zeit trug der Epomeo noch den Namen Monte Forte.

Interessiert las ich die enggeschriebenen Hinweise über die Geschichte der Einsiedelei, die sowohl in italienischer als auch in deutscher Sprache an der Wand neben den Wohnzellen angebracht waren.

Es hatte einen Bruder Georgio gegeben und einen Bruder Valentino Meretti del' Amorrea und einen Bruder Gabriele d'Ambra. Auch über einen Deutschen las ich, der sich Pater Michele nannte und aus der Pfalz stammte. Er verließ das Rheingebiet, um in der Einsiedelei auf dem Epomeo zu leben.

Der bekannteste war Bruder Giovanni Mattera, der letzte aller Eremiten des Epomeo. Nach dem ersten Weltkrieg verfielen die Räume der Einsiedelei, und Bruder Giovanni Mattera wurde gezwungen, in seine Wohnung in Fontana zurückzukehren, weil die Zellen der Einsiedelei nicht mehr bewohnbar waren.

Bedauerlicherweise konnte die kleine Kirche nicht besichtigt werden, da sie restauriert wurde. Wir hatten von außen das Baugerüst gesehen und Derartiges schon vermutet. Doch der Besitzer der Gaststätte, der uns noch immer eifrig lesend im Durchgang stehen sah, als er bereits die sechste Bestellung auf die Terrasse hinaustrug, trat bei seinem nächsten Gang mit einem aufgeschlagenen, dicken Fotoalbum auf uns zu und zeigte uns Fotos des Kircheninneren. Im Boden vor dem Altar befand sich das Grab von Bruder Gaspare, einem weiteren Eremiten aus Deutschland, der 1763 im Alter von 90 Jahren starb und später in der Kirche der Einsiedelei beigesetzt wurde.

Als uns der Wirt bei seinem nächsten Serviergang noch

immer lesend vorfand, brachte er uns unaufgefordert auf einem Tablett zwei „Lemoncello", jenen gelben ischitanischen Zitronenschnaps, den wir bereits in den Läden in kunstvollen Flaschen gesehen hatten.

„Wenn Lemoncello ist kalt, er ist köstlich", erklärte der Wirt und küßte zur Bekräftigung seiner Aussage drei aneinandergelegte Fingerspitzen. Er wartete, bis wir ausgetrunken und die Gläser wieder auf das Tablett zurückgestellt hatten. Als wir Anstalten zum Bezahlen machten, hob er abwehrend die freie Hand.

„No, das ist Geschenk von Haus, weil so viel Interesse für Eremiten", sagte er und war ehrlich erfreut. „Andere Leute alle gehen vorbei, ohne wollen lesen."

Erhard lächelte vor sich hin. War er zufrieden, obwohl ich ihm doch wieder Geschichte aufgezwungen hatte? Ich lächelte auch, weil ich dachte, daß er es sich mit Sicherheit vorher dreimal überlegen würde, ehe er noch einmal einen Urlaub mit mir gemeinsam verbringen wolle. Aber das kam ohnehin nicht mehr in Frage.

Auf den zweiten Gipfel des Epomeo verzichteten wir.

„Schau mal, wie sich der Himmel verdunkelt", sagte Erhard besorgt. „Wir sollten so schnell wie möglich und ohne Verzögerungen den Rückweg antreten."

Schon rannte er los, ungeachtet dessen, ob ich mithalten konnte oder nicht. Er wollte schließlich nicht naß werden. Ich war erstaunt, in welch' kurzer Zeit man den Weg abwärts schaffen konnte, wenn man zwischendurch nicht stehenblieb und das anfangs eingeschlagene Tempo beibehielt. Aber ich war auch „geschafft", als wir im „Palio Carmina" ankamen, und darüber hinaus war ich durchgefroren. Die oben auf dem Gipfel des Epomeo getankte Kälte steckte noch voll in mir.

Erhard zog die Badehose an und verschwand in dem warmen Mineralbad. Ich stellte mich unter die Dusche und ließ das Wasser heiß auf mich herabregnen, bis ich allmählich meine Lebensgeister wieder spürte. Dann zog ich Jeans und einen Pullover an, legte mich aufs Bett und wartete, daß Erhard zurückkam.

Beim Abendessen stellten wir fest, daß mindestens die Hälfte der Hotelgäste gewechselt hatte. Neue Leute drängten sich um das Salat- und Gemüsebuffet, als gelte es, sich für den Rest des Lebens zu versorgen. Nur keinen anderen heranlassen! Sprachlos beobachteten die alten Gäste die Rücksichtslosigkeit der neuen. Es war doch für jeden genügend vorhanden. Ein solches Vorgehen war nicht erforderlich.

Ich konnte es nicht lassen: Bei unserem anschließenden kurzen Abendspaziergang mußte ich unbedingt noch einmal testen, ob es tatsächlich so war, daß Erhard Geschichten aus meiner Kinderzeit nicht interessierten. Ich wollte seine gezeigte Interesselosigkeit einfach nicht wahrhaben. Deshalb versuchte ich es noch einmal und erzählte ihm eine nette kleine Episode aus der Zeit, als ich vier Jahre alt war:

„Ich war mit meinen Eltern zu Besuch bei meiner Tante Margit, der Schwester meiner Mutter, die in einem Häuserblock wohnte, der vier Hauseingänge besaß. Daß sich eine Vierjährige unter lauter Erwachsenen bald langweilt, ist verständlich. Daher freute ich mich, draußen vor dem Haus ein paar Spielkameraden zu finden, mit denen ich umhertollen konnte.

Erst als die anderen Kinder nach und nach von ihren Müttern heimgerufen wurden und ich zuletzt nur noch allein dastand, wurde mir bewußt, daß ich vergessen hatte, mir den richtigen Hauseingang zu merken. Ich wartete eine Weile, ob mich vielleicht auch jemand rufen würde, aber nichts dergleichen passierte. Ich mußte allein zurückfinden. Aber wie? Lesen konnte ich noch nicht, um mich an den Namensschildern zu orientieren. Das einzige, was ich wußte, war, daß ich auf den obersten Klingelknopf der rechten Reihe drücken mußte.

Also versuchte ich es beim vordersten Eingang der Häuserzeile. Ich betätigte den entsprechenden Klingelknopf, und als der Summer ertönte, stemmte ich mich gegen die Tür und stieg im Treppenhaus bis in das oberste Stockwerk hinauf. Die Frau, die an der Tür erschien und mich neugierig musterte, hatte ich noch nie zuvor gesehen.

„Entschuldigen Sie bitte", sagte ich artig, „aber hier bin ich nicht richtig."

Ich hätte sie nach meiner Tante fragen können, doch auf diese Idee kam ich nicht. Statt dessen lief ich, so schnell mich meine kleinen Beinchen trugen, die Treppen wieder hinunter und nahm mir den nächsten Hauseingang vor. Diesmal hatte ich mehr Glück."

„Na, siehst du", sagte Erhard. Doch ich hatte auch jetzt wieder das Gefühl, daß er sich insgeheim fragte, warum ich ihm das alles erzählte, und zum ersten Mal stellte ich mir selbst auch diese Frage. Buhlte ich etwa um seine Aufmerksamkeit? Das konnte nicht der wahre Grund sein. Das hatte ich doch nicht nötig. Ich hatte etwas erwartet, das wieder nicht eingetroffen war.

Vergiß es, sagte ich mir und nahm innerlich eine aufrechte Haltung an. Enttäuschungen sind nichts anderes als Reaktionen auf „Nichtereignisse".

Kapitel 29

Der Vormittag war schon ziemlich weit fortgeschritten. Wir hatten viel zuviel Zeit damit zugebracht, in den kleinen Tabacchi-Läden nach Tageskarten für den Bus zu fragen. Letztendlich mußten wir uns damit abfinden, daß sie überall ausverkauft waren. Es gab nur noch Einzelfahrkarten, die aber nur jeweils eine Stunde Gültigkeit besaßen.

„Wo möchtest du denn heute hinfahren?" wandte ich mich an Erhard. Ich wollte nicht immer nur allein die Richtung angeben.

„Am liebsten nirgendwohin", meinte er. Es klang wenig unternehmungslustig.

„Das habe ich mir gedacht", entgegnete ich. Wir standen auf der Straße, und Erhard schaute mich mit großen Augen nichtssagend an.

„Möchtest du lieber schwimmen gehen?" half ich ihm auf die Sprünge.

„Nicht unbedingt. Am Strand ist es jetzt ohnehin zu heiß."

„Was dann?" Die Frage bekam einen etwas ungeduldigen Unterton. Alles hätte ich erwartet, nur nicht, daß Erhard statt einer Antwort die Schultern zucken würde. Aber genau das tat er.

Ich hatte mit einem Mal das Gefühl, ihn schütteln zu müssen, damit mehr Leben in ihn hineinkam. War es mir eigentlich früher nie aufgefallen, wie leer er war? Was war es, das sein Leben ausmachte, das seinen Wert und seinen Inhalt bestimmte?

Da er merkte, daß ich auf irgendeinen Vorschlag von ihm wartete, blieb er stumm und schaute trotzig auf die beiden farbigen Händler, die Decken und Folien auf dem

Gehweg ausgebreitet hatten und Modeschmuck, Uhren und Ledergürtel zum Kauf anboten.

„Was ist nun?" fragte ich noch einmal. Seine desolate Haltung ärgerte mich. „Willst du hier stehenbleiben? Willst du ins Hotel zurück?" – Keine Antwort – jetzt erst recht nicht, und auf diese Weise schon gar nicht.

Also lag es wieder bei mir, die Stimmung aufzubessern, obwohl ich es eigentlich leid war. Ich war nahe daran, ihm vorzuschlagen, er solle den Tag nach seinem „Gusto" verbringen, und ich würde allein losziehen. Doch ehe ich einen solchen Gedanken äußern konnte, hatte sich Erhard entschlossen, sich auf die Situation einzustellen.

„Was hast du denn vor?" fragte er einlenkend.

Aha, dachte ich, es läuft also wieder auf mich und meine Pläne hinaus. Es gab eben auch ungute Tage, und heute war so einer.

Belustigt beobachtete ich einen hellbraunen Foxterrier, der so stark an der gestrafften Leine zog, daß die Bewegungen seiner Vorderbeine in der Luft wie in Zeitlupe wirkten.

„Ich möchte morgen gern noch einmal nach Pompeji fahren", erklärte ich und rechnete fest damit, daß er „Um Himmels willen! Muß das sein?" oder etwas Vergleichbares sagen würde. „Deshalb brauche ich die Abfahrtzeiten der Fähre ab Ischia Porto."

Überraschenderweise sagte er daraufhin: „Dann laß uns zum Hafen fahren."

Ich sah ihn ungläubig an. War das sein Ernst? Da sollte einer klug daraus werden.

In Ischia Porto entschieden wir uns für das Schnellboot nach Neapel, das morgen früh um 8.35 Uhr ablegen würde. Dann schlenderten wir gemächlich die Via Roma entlang, schauten im Vorbeigehen die exklusiven Auslagen in den Schaufenstern der Geschäfte an, und ich war erleichtert, daß Erhard nicht fragte, wo ich denn nun schon wieder hin wolle.

Wir kamen bis zu den „parchi publici", den gut gepflegten öffentlichen Parkanlagen, die von der Gemeindeverwaltung vor längerer Zeit angelegt wurden. Vor dem Eingangstor folgte dann doch noch die befürchtete Frage von Erhard. Er konnte es nicht lassen. Für ihn war es wichtig, daß der Tagesablauf bis ins kleinste vorausgeplant war und jeder Weg einen Zweck erfüllte, vor allen Dingen aber notwendig war oder sich zumindest nicht vermeiden ließ.

Wie ein Mühlrad drehten sich die Gedanken in meinem Kopf, während uns der Bus zum Hotel zurückbrachte. Im Augenblick empfand ich Erhard eher als „Klotz am Bein" und nicht als gleichwertigen Partner, mit dem ich mich gemeinsam an den Sehenswürdigkeiten der Insel erfreuen konnte. Aber die Stärke der Männer liegt bekanntlich in der Geduld der Frauen. Wäre es nicht so, dann hätte ich mich nicht auf diesen Urlaub mit ihm einlassen dürfen. Für einen geruhsamen, gemütlichen Kurbetrieb fühlte ich mich gänzlich ungeeignet. Dafür war ich viel zu neugierig, was hinter der nächsten Ecke passierte.

Wenigstens kam ich nun endlich dazu, die Karten zu schreiben, die seit einigen Tagen auf dem Nachttisch lagen.

Erhard stieß ein verächtliches Lachen aus. Er hatte vom Tresen der Rezeption eine gefaltete Broschüre mitgenommen, in der von Ischia als „Isola d'amore" die Rede war.

„Und ausgerechnet ich muß hier allein Urlaub machen", sagte er selbstbemitleidend.

Ich hätte einiges darauf zu erwidern gewußt, doch was

hätte es für einen Sinn gehabt? Noch drei Tage – dann war Schluß.

Sein prüfender Blick streifte mich. „Alles in Ordnung?" erkundigte er sich, als hege er die Befürchtung, mit der vorangegangenen Bemerkung die Stimmung beeinträchtigt zu haben.

„Klar, warum nicht?" entgegnete ich so unbekümmert wie möglich und machte mir an meiner Fototasche zu schaffen. Dadurch blieb es mir erspart, ihn ansehen zu müssen.

Als wir am Spätnachmittag mit dem Bus in Richtung Lacco Ameno fuhren, war die drückende Schwüle noch immer spürbar. An der Haltestelle vor dem Park „La Mortella" stiegen wir aus und schauten noch einmal auf die Inselkarte. „Punta Caruso" und „Punta Cornacchia" waren bestimmt sehr reizvolle Aussichtspunkte. Was sollte sich sonst hinter diesen Bezeichnungen verbergen?

„Möchtest du dort hin?" fragte Erhard.

„Ja, wenn du mitkommst", antwortete ich keck. Aus der Erfahrung heraus wußte ich, daß man ihn mitunter einfach überrumpeln mußte, wenn man ihn zum Mitmachen bewegen wollte. Das funktionierte zwar nicht immer, aber heute hatte ich mit dieser Taktik Erfolg.

Wir trotteten eine schmale, kaum befahrene Straße entlang. Hinter hohen weiß gekalkten Mauern duckten sich noble Häuser, die in den zum Meer hin abfallenden Hang hineingebaut waren. Die Straße führte in ein Waldgebiet, in dem wir auf Reste einer historischen Siedlung stießen. Was mochte das für eine Siedlung gewesen sein? In keinem der Reiseführer war etwas darüber erwähnt.

Nachdem wir eine Weile dem Verlauf der Trockenmauern gefolgt waren und ich Erhard dazu angeregt hatte, sich – wenn auch widerwillig – Gedanken über diese Siedlung zu machen, begegneten uns auf dem Weg zwei alte Männer. Wir deuteten auf die Mauerreste und hofften, von ihnen eine Erklärung bekommen zu können. Doch sie verstanden uns nicht. Vielmehr glaubten sie, daß wir uns nach dem Weg erkundigten.

„Dort Forio – dort Lacco Ameno", sagte der Jüngere der beiden und wies erst in die eine und danach in die andere Richtung.

„Fehlanzeige", sagte ich bedauernd, und als Erhard genervt die Stirn runzelte, setzte ich hinzu: „So wichtig ist es auch wieder nicht."

Am Ende des Weges gab der Wald den Blick von oben herab auf die Therme „Negombo" frei. Türkisblaue, nierenförmig geschwungene Wasserbecken waren zu sehen. Sonnenschirme aus maisgelbem Bast standen, aufgespannt oder zugeklappt, am Rande der Wasserbecken. Ich fand, daß sie an die Röcke von Hulamädchen auf den Südseeinseln erinnerten.

Wer kümmerte sich hier um die Horrormeldungen aus Zeitungen oder Fernsehen? Wen interessierten Korruptionsaffären, Terror und Krieg? Das alles war weit weg von diesem bunten Treiben sorgloser Genießer. Ein Pechvogel, wer sich dem nicht anschließen kann.

Ich ertappte mich dabei, daß ich einen etwas neidvollen Gedanken zu diesen Leuten dort in ihren Liegestühlen hinuntersandte. Es sah so aus, als hätten sie das, was ihnen das Leben an Annehmlichkeiten bot, mit beiden Händen ergriffen, ohne lange zu fragen, ob sie auch berechtigt waren, davon Gebrauch zu machen. Benutzte man selbst nicht immer wieder viel zu viele Imperative: Du mußt... du sollst...?

Die letzten Zeilen eines Gedichtes kamen mir in den Sinn und entlockten mir ein wehmütiges Schmunzeln, das einem tonlosen Seufzer gleichkam:

„Weine nicht um das Verpaßte.
Denke: Was du hast, das haste.
Kriegst du nicht, was du gewollt,
hat es wohl nicht sein gesollt."

Wirklich? – Ich kannte auch ein anderes Sprichwort, das besagte: „Wenn du groß gewinnen willst, mußt du groß spielen."

Nach dem Abendessen beeilten wir uns aus unerklärlichen Gründen, unseren Stammplatz an dem kleinen Tisch in der Ecke zu verteidigen. Warum eigentlich, wo wir doch zu keinem zwanglosen Gespräch fähig schienen? Aber unser „Ischia rosso" veränderte rasch die Vorzeichen des Abends.

Am Nachbartisch hatte ein auffallendes Paar Platz genommen: eine etwas rundliche Frau mit orangerot gefärbten strähnigen Haaren in einem langen, engen, schwarzen Rock – natürlich hoch geschlitzt. Der Mann, der ihr gegenübersaß, war ein sehr großer, sehr dunkelhäutiger Farbiger mit überlangen Beinen, die in schwarzen Jeans steckten. Zu den Jeans trug er ein himmelblaues Hemd.

Sie sprachen Deutsch miteinander. Ich war bemüht, so unauffällig wie möglich ihrem Gespräch zu lauschen, was nicht lückenlos gelang, denn die Stimmen der anderen Gäste übertönten die beiden.

Ich verstand das Wort „untertauchen", das die Orangerote sagte. „Immer wenn ich mich nach einiger Zeit aus der großen Masse der Menschen herausgehoben habe, hatte ich das Gefühl, daß ich woanders hingehen sollte, wo ich wieder unerkannt bleiben kann", führte sie aus und blickte ihren Partner dabei ernst an. Der antwortete etwas, das in der Lachsalve der drei Romméspielerinnen vom Nebentisch zur anderen Seite unterging. Wenn ich

216

auch den Wortlaut nicht verstand, hatte ich dennoch den Eindruck, daß seine Aussprache wie mit vollem Munde klang.

„Zieh den Kreis nicht zu klein", war der letzte Satz, den ich bewußt von der Orangeroten vernahm. Danach folgte ich diesem merkwürdigen Gespräch nicht weiter. Aus der Entfernung war es ohnehin zu mühsam.

Von der Bar drang Musik herüber: „What a wonderful world".

„Willst du mir wieder eine Geschichte aus deinem Leben erzählen?" fragte Erhard über den Rand seines Weinglases hinweg.

Fast hätte ich mich verschluckt. „Willst du eine hören?" fragte ich zurück, ohne damit zu rechnen, daß er zustimmend nicken würde. Am liebsten hätte ich mich erkundigt, wo denn sein plötzliches Interesse herkomme. Es lag mir auf den Lippen, aber ich sprach es nicht aus.

„Der Wein ist köstlich", lenkte ich statt dessen ab, um nicht doch noch in Versuchung zu geraten, das Mundwerk laufen zu lassen.

Doch jetzt, da ich aufgefordert wurde, eine Geschichte zu erzählen, wollte mir keine einfallen. Erhard schenkte noch einmal Wein nach, und ich trank einen großen Schluck und überlegte angestrengt, was ich zum besten geben könnte. Noch ein Schluck – dann hatte ich eine Geschichte parat:

„Meine Mutter und ich waren von einer Nachbarin zum Geburtstag eingeladen worden", begann ich. „Ich erinnere mich noch genau daran, daß wir uns um 19.00 Uhr einfinden sollten. Es war Sommer, und ich pflückte im Garten rasch ein paar Blumen, die ich mitnehmen wollte.

Eine andere Nachbarin war ebenfalls damit beschäftigt, einen Strauß zusammenzustellen, und ich rief ihr über den Gartenzaun hinweg zu: „Sind Sie auch eingeladen?

Dann treffen wir uns ja in ein paar Minuten."

„Nein", rief sie zurück, „nicht in ein paar Minuten. Ich habe vorhin noch einmal telefoniert. Die Gäste sollen erst um 20.00 Uhr eintreffen."

Ach, du liebe Güte! Das hieß, noch eine ganze Stunde zu warten. Darüber hatte mich niemand informiert.

Ich setzte mich mit meiner Mutter in die Küche, aber es wollte kein sinnvolles Gespräch zustandekommen, weil wir beide immer wieder ungeduldig auf die Uhr schauten und darauf warteten, daß die eine Stunde verstrich.

Nachdem etwa die Hälfte der Zeit vergangen war, klingelte das Telefon. Das Geburtstagskind erkundigte sich aufgeregt, warum wir denn nicht kämen. Das Abendessen ließe sich nun beim besten Willen nicht mehr länger warmhalten, und die anderen Gäste warteten schon auf uns.

Ich verstand die Mahnung nicht und erzählte von dem Gespräch mit der Nachbarin und dem verschobenen Termin. „Nun sitzen wir in der Küche und warten, daß es 20.00 Uhr wird", sagte ich, worauf sie erklärte, daß diese Nachbarin gar nicht bei ihr eingeladen sei.

Erhard und ich tauschten einen belustigten Blick, der mir verriet, daß er diesmal zugehört hatte.

„Da war sie wohl woanders eingeladen?" fragte er.

„Genau so war es", bestätigte ich.

Kapitel 30

Als ich am nächsten Morgen die Vorhänge zur Seite zog, sah ich, daß es regnete. Der Epomeo war ganz im Dunst verschwunden und somit aus dem Blickfeld gerutscht. Ich schaute auf den Wecker: Es war kurz nach 6.00 Uhr. Dann schaute ich Erhard an.

„Was meinst du: Wollen wir trotzdem fahren?" fragte ich unsicher.

„Meinetwegen", sagte er. „Es wird doch wohl nicht den ganzen Tag regnen."

Hoppla! Plötzlich ging das Licht aus. Stromausfall? Auch das noch! Aber nach einer Weile war der Schaden behoben – wenigstens für ein paar Minuten – dann wurde es erneut dunkel. Macht nichts.

Mir war eingefallen, wonach ich in Pompeji unbedingt Ausschau halten wollte, vorausgesetzt, das Wetter ließ es zu, daß wir überhaupt dorthin kamen: Ich wollte meiner Mutter eine Flasche eines besonderen Weines mitbringen, der nur auf den Hügeln des Vesuvs wuchs: „La Cryma Christi" – die Träne Christi.

Das spornte mich an. Um 6.45 Uhr saßen wir allein beim Frühstück, das der Nachtportier für uns bereitgestellt hatte, und um 7.30 Uhr fuhr der Bus nach Ischia Porto ab. Um diese Zeit bekam man noch mühelos einen Sitzplatz.

Der Regen hatte aufgehört, und die Sonne, die sich zögernd zwischen den Wolken hindurchschob, versprach einen schönen Tag.

„Wann fährt das Schnellboot nach Neapel ab?" fragte Erhard. Ich hatte den Eindruck, daß auch er sich auf den heutigen Tag freute. Irgend etwas war anders als sonst.

„Wir haben jede Menge Zeit", erklärte ich großzügig.

Ein Hund sprang schnüffelnd an meinem Beutel hoch und war nicht zu beruhigen. Vermutlich verspürte er Appetit auf das Wurstbrötchen, das ich als Proviant eingepackt hatte. Er sah aus wie ein gutmütiger brauner Wolf mit hellbraunen Augen und ziemlich großen Ohren, die er, aufmerksam lauschend, in alle Richtungen drehte, wo immer es etwas zu vernehmen gab. Doch im Augenblick war mein Beutel mit dem darin befindlichen Wurstbrötchen das einzige, was ihn zu interessieren schien, und er unternahm ausgiebige Anstrengungen, um dessen habhaft zu werden. Er heftete sich auch an meine Fersen, als ich noch einmal zu den Hafenrestaurants hinüberging. Artig lief er bald neben mir, bald hinter mir her, den Blick ständig zu mir emporgehoben.

„Na gut", sagte ich zu ihm, „dann komm mit." Als Begleiter und Beschützer war er mir eben recht, denn Erhard hatte sich auf eine der Bänke an der Anlegestelle gesetzt und wollte dort auf mich warten.

So früh morgens war auf der Mole noch nicht viel los. Ein dreirädriges Vehikel „pöt-pöttete" an mir vorbei und zog eine Abgasfahne hinter sich her. Zwei ältere Eheleute, die unschwer als Touristen zu erkennen waren, trotteten in weißen Joggingschuhen vor den wie verschlafen wirkenden Restaurants dahin – das war alles.

Beeilt euch, ihr anderen, die Sonne scheint! dachte ich gut gelaunt und warf einen Blick auf „meinen" Hund, der mir noch immer folgte und, da er merkte, daß ich ihn ansah, meinen Blick erwiderte.

Als ich vor einem der Restaurants verweilte und mich in die ausgestellte Speisekarte vertiefte, ließ er sich auf dem Straßenpflaster nieder und wartete geduldig, bis ich mich zum Weitergehen anschickte. Es mußte schön sein, einen so treuen Hund zu besitzen – einen wie diesen hier. Seine Gegenwart vermittelte Sicherheit, gerade wenn man allein unterwegs war.

„Komm, wir gehen wieder zurück", sagte ich zu ihm, obwohl er vermutlich nur Italienisch verstand. Doch er erhob sich gehorsam, lief ein paar Schritte vor mir her und blieb dann stehen, um sich nach mir umzuschauen, ob ich ihm auch folgte. Das Wurstbrötchen in meinem Beutel schien er vergessen zu haben. Jetzt war er nur noch Freund. So trafen wir beide bei Erhard ein, der uns gelangweilt von seinem Platz aus entgegensah.

„Bist du ihn noch immer nicht losgeworden?" fragte er, ohne zu bemerken, daß wir inzwischen Freunde geworden waren. Ich mochte ihn, und er mochte mich. Doch unsere Freundschaft fand ein rasches Ende, als das Schnellboot nach Neapel ablegte und er traurig zurückblieb.

Mit besorgter Miene beobachtete ich den leichten Wellengang und hoffte, die vierzigminütige Überfahrt ohne Magenprobleme zu überstehen. Um mich von diesem Gedanken abzulenken, konzentrierte ich mich auf den Fernsehapparat, der irgendeine niveaulose italienische Sendung ausstrahlte. Der Empfang auf dem Wasser ließ sehr zu wünschen übrig, doch darauf kam es nicht an.

Eine große Autofähre begegnete uns. „Sibilla, Napoli", las ich auf ihrem Rumpf. Ein älterer Herr, der in der Reihe vor uns saß, blätterte eine rosafarbene Zeitung um. Als ich Erhard tonlos darauf aufmerksam machte, erklärte er, das sei nichts Außergewöhnliches. Er wüßte von einer französischen Sportzeitung, die auf gelbem Papier erscheint.

„Deshalb trägt auch der Spitzenreiter der „Tour de France" ein gelbes Trikot."

In Neapel wies uns ein Verkehrspolizist, bei dem wir uns nach dem Weg zum Bahnhof erkundigten, den Corso Umberto I. entlang bis zur Piazza Garibaldi. Die Stadt machte einen überaus geschäftigen Eindruck. Geräuschvoll brauste der Straßenverkehr an uns vorbei. Menschen hasteten eilig auf den Bürgersteigen entlang. Aber es gab auch Leute, die Zeit für ein Schwätzchen fanden und mitten auf dem Gehweg stehenblieben, so daß man um sie herummanövrieren mußte.

Ich schaute an hohen Häuserfronten aus der Gründerzeit empor, warf im Vorbeigehen einen Blick auf die hübschen Auslagen in den Schaufenstern und hätte gern mehr Zeit für einen zwanglosen Stadtbummel gehabt. Doch das ließ sich leider mit der Fahrt nach Pompeji nicht kombinieren. Also weiter, Anna-Ruth!

Wir erreichten den Zug in allerletzter Minute, ohne daß wir von der Abfahrtzeit Kenntnis gehabt hatten. Einsteigen, die Türen schlossen sich, und schon fuhr er los, als habe er nur gerade noch auf unser Eintreffen gewartet.

Ich sah Erhard an, weil ich wußte, daß er solche „Termin-Maßarbeiten" in keinster Weise liebte und sich jedesmal mürrisch darüber ausließ. Daran war ich längst gewöhnt. Doch heute verlor er kein Wort darüber, und ich dachte zum zweiten Mal: Irgend etwas ist anders als sonst.

Die Tafeln mit den Namen der einzelnen Bahnstationen waren mit Graffiti-Sprühereien fast bis zur Unleserlichkeit verunstaltet. Mit Mühe entzifferte ich „S. Giorgio cavalli di bronzo" und „Portici Bellavista".

Ein bosnisches Mädchen in Jeans und weißem T-Shirt, mit einem kleinen Jungen auf dem Arm, vermutlich ihrem jüngeren Bruder, stieg unterwegs zu, leierte in monotonem Tonfall einen auswendig gelernten Spruch herunter und hielt danach bettelnd nach beiden Seiten des Mittelganges die Hand auf. Die Fahrgäste legten bereitwillig Lire-Scheine hinein. Das Mädchen stopfte sie unbeholfen in die Taschen seiner Hose und verließ den

Zug wieder an der nächsten Haltestelle, als hätte sich nichts ereignet.

Wir erreichten den Eingang der Ausgrabungsstätte gerade noch rechtzeitig, um uns vor dem Naßwerden schützen zu können. Aufatmend beobachteten wir die Regentropfen, die sich wie sinnlos in die Tiefe stürzten, um dort von vorbeieilenden Touristen zertreten zu werden. Verkaufstüchtige Händler boten Regenschirme und -jacken feil.

Doch es war nur ein Schauer, der nicht lange anhielt. Kurze Zeit später kam die Sonne wieder hervor und ließ sich nicht aufhalten. Es sah aus, als hätte ein Maler mit willkürlichen Pinselstrichen kühn und wild Wolken an den Himmel gemalt.

In der Warteschlange vor der Kasse stand ein junger Mann, der seinen Regenschirm in der gesamten Länge in der Gesäßtasche seiner Hose deponiert hatte. Es sah lustig aus, und als er gewahr wurde, daß ich mich darüber amüsierte, wandte er sich zu mir um und grinste mich an.

Durch die Porta Marina betraten wir die Ausgrabungsstätte. Es waren zwei Torbogen, von denen seinerzeit einer den Fußgängern und der andere den Eseln und Maultieren als Durchgang diente.

Am Antiquarium vorbei gelangten wir zum Apollotempel, der während des Erdbebens im Jahre 62 nach Christus beschädigt und während des Vesuvausbruchs 79 nach Christus fast gänzlich zerstört wurde. Nur noch wenige Reste waren von dem einst herrlichen Tempel übriggeblieben.

Weiter zur Basilika, dem damals wichtigsten öffentlichen Gebäude, das den Gerichtshof aus vorrömischer Zeit (um 120 vor Christus) beherbergte.

Nicht alle Häuser und Straßen waren für Besucher

zugänglich. Das Anwesen der Julia Felix, einer reichen Frau, von der geschrieben steht, daß sie Teile ihres prachtvollen Hauses auf fünf Jahre befristet vermietete, wurde restauriert und konnte daher nicht besichtigt werden. Ebenso war das Casa degli Amanti, das Haus der Liebenden, im Augenblick nicht freigegeben. Dort sollte sich eine alte Wandschrift befinden, die besagte: „Die Liebenden führen, wie die Bienen, ein honigsüßes Leben." – Schade, ich hätte mir die Räume gern angesehen.

Auf der Via Stabiana zeugten tiefe Rillen in den großen Kalksteinblöcken am Boden von einem nicht geringen Verkehr auf dieser bedeutenden Straße, die den Stadtkern Pompejis mit dem Hafen und den wichtigsten umliegenden Ortschaften südlich des Golfes verband.

Eine Gruppe Japanerinnen mit glänzenden, tiefschwarzen Haaren schob sich, laut diskutierend, an uns vorbei. Heute waren kaum deutsche Touristen zu entdecken.

In dem großen Theater, das auch derzeit noch für Schauspiele genutzt wird, bereitete man irgendeine Aufführung vor. Hierfür wurde eine Braut in umfangreiche Bahnen strahlendweißen Tülls gehüllt. Daneben wartete eine andere Darstellerin in einem hautengen Anzug, der sämtliche Farben, vorwiegend Orange, trug. Als wir uns erdreisteten näherzutreten, wurden wir recht unfreundlich aufgefordert zu verschwinden. Es war ein Ton, der keine Kompromisse zuließ. Dagegen war das benachbarte Odeon, das kleine Theater, in dem einst Musikaufführungen dargebracht wurden, zu besichtigen, ohne daß man uns daraus vertrieb.

Erhard ließ sich umständlich auf der untersten der dikken Steinreihen nieder, die einstmals den Senatoren von Pompeji als Sitzplatz gedient hatten, und zog irgendwelche nicht klar nachvollziehbaren Vergleiche zwischen der Lebensweise der Menschen damals und heute. Den Kopf zurückgelegt, schien er dies alles der Sonne zu erzählen. Ich lächelte verständnisvoll und setzte mich neben ihn.

„Willst du etwa noch weiter?" fragte er mißtrauisch.

„Mir reicht es eigentlich für heute."

„Nur noch bis zur Villa dei Misteri", sagte ich etwas kleinlaut. „Die gehört einfach dazu."

Er versah mich mit einem mißbilligenden Seitenblick.

„Und wie weit muß ich mich noch dahinschleppen?" fragte er zerknirscht.

„Da es eine herrschaftliche Vorstadtvilla war, liegt sie außerhalb der Stadtmauer", erklärte ich, was Erhard mit einem gelangweilten „aha" quittierte. Da er aber ansonsten keinerlei Gegenmaßnahmen ergriff noch irgendwelche weiteren Proteste anmeldete, nahmen wir den Weg zu der mysteriösen Villa der Antike auf, deren Räume eine etwas zu deutlich zur Schau getragene Wohlhabenheit verrieten.

Vorherrschend waren die Wandfresken in naturgetreuer Größe der Figuren: ein nackter Jüngling zwischen zwei Matronen, der das Ritual liest, ein junges Mädchen mit einem Tablett voll Gaben, von hinten auf eine Opfernde zugehend, der zwei Diener assistierten, ein alter Silen, der die Leier spielt, ein Satyr und eine ländliche Gottheit in Gestalt des Pan, die einem Ziegenbock zu trinken gibt.

Die hintere Wand beginnt mit der Darstellung eines alten Silen, der einem kleinen Satyr zu trinken gibt, während sich ein zweiter Satyr eine Theatermaske abnimmt. Die Mitte der Wand wird von Dionysos eingenommen, der sich in die Arme der Ariadne stürzt, die auf dem Thron sitzt.

Wir besichtigten das „Torcularium" – die Weinkelter mit den zwei noch vorhandenen Weinpressen, und

Erhard machte mich ohne Worte auf ein Pärchen aufmerksam, das eben den Raum verließ, als wir hineingingen. Auffallend war der große Altersunterschied. Die beiden waren gekleidet, wie es für einen Opernabend schicklich wäre. Er trug eine schwarze Hose und ein weißes Seidenhemd, unter dem kein Unterhemd zu sehen war. Seine dichten weißen Haare und die tadellos schlanke, aufrechte Figur erschwerten ein Schätzen seines Alters.

Seine blonde Begleiterin war um einiges jünger als er. Sie trug einen langen, schwarzen Hosenrock, ein schwarzes, rückenfreies Top und hatte ein sahneweißes Tuch um den Hals geschlungen. Interessiert sah ich ihr hinterher, wie sie in ihren schwarzen Schuhen mit den hohen Blockabsätzen langsam davonstelzte.

„Nun ist aber endgültig Schluß", vermeldete Erhard mit Bestimmtheit. Sein Tonfall ließ keinen Zweifel darüber aufkommen, daß er jetzt nirgendwohin mehr mitgehen würde. Er wollte zurück ins Hotel - koste es, was es wolle.

Der Zug nach Neapel fuhr so pünktlich ab, daß mir zum Kauf der Flasche Wein, die ich meiner Mutter mitbringen wollte, keine Zeit mehr blieb. Ein wenig ärgerte ich mich darüber, denn so bald würde sich diese Gelegenheit nicht wieder ergeben.

In Neapel fing es an zu regnen, was Erhard auf dem Weg zum Hafen ein recht zügiges Tempo einschlagen ließ. Nicht ein einziges Mal blickte er sich nach mir um, ob ich auch mithalten konnte. Das war einzig und allein mein Problem. Das lila-grüne Regencape wehte hinter mir her, während ich kräftig ausschritt und bemüht war, mich durch die Fußgängerpulks hindurchzuschlängeln. Von den verlockenden Auslagen in den Schaufenstern sah ich auf diese Weise noch weniger als am Vormittag.

Knapp erreichten wir das Tragflügelboot nach Ischia um 17.00 Uhr. Durch die noch offene Vordertür sah ich hoch oben auf dem Dach eines Hauses in großen weißen Buchstaben eine Campari-Reklame, und wieder strahlte die Sonne, als sei sie zwischendurch nie verschwunden gewesen.

40 Minuten Überfahrt, mit dem Bus nach Forio und ein Bad im Mineralpool, ehe es Zeit für das Abendessen wurde: „Spaghetti alla giardiniera" – Spaghetti Gärtnerinart.

Danach noch einen Abendspaziergang in den Ort? Heute nicht. Wir setzten uns wieder an „unseren" Tisch in der Ecke, bestellten den gleichen Rotwein wie an den Abenden zuvor, und ich schrieb die letzten zwei Karten, die ich noch abzuschicken mir vorgenommen hatte.

Erhard hatte weder an seine Rosi noch an sonst jemanden geschrieben. Aber hatte er mir jemals geschrieben?

Ich beobachtete, wie ein junger Mann an einem der Tische ein Streichholz anzündete und dann mit dem brennenden Streichholz in der Hand in seiner Jacke nach der Zigarettenpackung suchte, um sich eine Zigarette herauszuklopfen. Derweil hatte die Flamme schon fast seine Finger erreicht. Aber er schaffte es noch, die Zigarette in Brand zu setzen, ohne sich zu verbrennen. Ich fragte mich, ob er diesen Vorgang wohl immer in dieser Reihenfolge absolvierte, oder ob er einfach nicht nachgedacht hatte.

Unser letzter „Überseeausflug" lag hinter uns. Ich hätte gern noch ein wenig mit Erhard über die Eindrücke des vergangenen Tages diskutiert, doch er ließ keine Bereitschaft dazu erkennen. Dann eben nicht.

Ein einziger Tag blieb uns noch – ein einziger Tag auf der Insel, von der ich so lange geträumt hatte.

Ein Traum ist wie ein Besuch im Himmel: Man sieht

etwas sehr Schönes, aber dann muß man zurück auf die Erde. Doch man vergißt ihn nie.

Kapitel 31

„Die Frage nach dem Sinn unseres Lebens ist überaus wichtig. Sie ist deshalb so wichtig, weil wir nur ein einziges Leben haben", sagte ich zu Erhard. „Hast du mal darüber nachgedacht, was es bedeutet, nur ein einziges Leben zu haben?"

Erhard drehte im Bad den Wasserhahn auf und wusch sich geräuschvoll die Hände. Dann kam er mit dem Handtuch ins Zimmer zurück.

„Wir sollten aufhören, in Rätseln zu sprechen", entgegnete er und warf das Handtuch achtlos auf das Bett. „Ich finde, daß davon nun wirklich schon genug geredet wurde."

Ich sah ihn erstaunt an. Irgend etwas hatte er wohl falsch verstanden. Seine Worte paßten überhaupt nicht als Antwort auf meine Aussage. Wir hatten wieder einmal aneinander vorbeigeredet, und keiner von uns unternahm den Versuch zu einer besseren Verständigung. Hätte ich es tun sollen? Aber ich war es leid, immer wieder von neuem Erklärungen finden zu müssen und letztendlich doch zu wissen, nicht verstanden zu werden. Wir leben zwar alle unter dem gleichen Himmel, aber wir haben nicht alle den gleichen Horizont.

„Nichts für ungut", sagte er gemütlich, als wir das Hotel verließen, um mit dem Bus nach Lacco Ameno zu fahren. Damit sollte wohl das Einvernehmen wiederhergestellt werden.

In Lacco Ameno bummelten wir die Geschäftsstraße entlang, kauften zum Mitnehmen eine Flasche Lemoncello, den gelben ischitanischen Zitronenschnaps, den wir auf dem Epomeo angeboten bekamen und der so gut schmeckte, und ein Buch über Neapel.

Wie schon mehrmals zuvor, waren wir auch diesmal wieder über die Beharrlichkeit der Geschäftsleute, mit der sie ihren Kunden die Kassenzettel aufdrängten, erstaunt.

„Lukki, lukki – Polizei", hatte mir die freundliche alte Dame in dem kleinen Schuhladen, in dem ich in der vergangenen Woche die weißen Schuhe kaufte, erklärt und mir mit einem ernsthaften Gesichtsausdruck den Kassenzettel in die Hand gedrückt.

Die Ladenbesitzer fürchten die Finanzbehörde, die hohe Strafen verhängt, wenn Einnahmen nicht registriert werden. Die Zeiten der Zusatzgewinn bringenden Steuerhinterziehung, da das Geld nur im versteckten Kasten klingelte, sind vorbei. Sogar Touristen, die von einem Steuerprüfer in Zivil mit gekaufter Ware ohne Kassenbon angetroffen werden, können bestraft werden. Sie sollen die Verkäufer zur Ehrlichkeit anhalten. Hat man die Steuergesetze eingeführt und verschärft, ist man auch darauf bedacht, daß sie beachtet werden, vor allem von den kleinen Unternehmern.

Das archöologische Museum in der Krypta der Kirche Santa Restituta schloß um 12.00 Uhr, und Erhard betonte mit Nachdruck, daß es für die noch verbleibende Viertelstunde nicht lohne, den Eintrittspreis von 5.000 Lire pro Person zu zahlen.

Ich brachte ein gequältes Lächeln zustande, denn mir war klar, daß ihm dieses Argument als willkommene Ausrede diente. Auf diese Weise blieb es ihm erspart, die Besichtigung der Ausgrabungsfundstücke über sich ergehen lassen zu müssen, auf die der Pfarrer der Gemeinde bei Instandsetzungsarbeiten in den fünfziger Jahren gestoßen war. Mauerreste einer frühchristlichen Kirche sowie Spuren einer spätantiken Besiedlung, insbesondere Fragmente von Begräbnisstätten, Vasen und

Amphoren als Grabbeigaben waren entdeckt worden. In den Schaukästen konnte man aber auch Fundstücke von anderen Orten Ischias sehen: neolithische Knochenfossilien, Muschelfossilien, von der Nachbarinsel Procida stammende Utensilien der Bronzezeit, römische Tonkrüge sowie Keramiken vom Monte Vico in Lacco Ameno. Doch Erhard wollte davon nichts wissen. Daß das Museum um 15.00 Uhr wieder öffnete, stieß bei ihm auf taube Ohren.

„Also, was dann?" fragte ich etwas verstimmt. „Zurück ins Hotel, nehme ich an."

Er blickte an mir vorbei und blieb mir die Antwort schuldig. Teilnahmslos beobachtete er, wie ich einen neuen Film in die Kamera einlegte – vermutlich den letzten auf dieser Reise. Es war dabei geblieben: Es gab kein einziges Foto, auf dem Erhard zu sehen sein würde, und die Frage, ob ich dies noch ändern sollte, stellte sich eindeutig nicht.

„Komm, laß uns gehen", sagte ich, nachdem ich die Verschlußklappe der Kamera zugedrückt hatte.

Mit dem Bus fuhren wir zurück nach Forio, schlenderten noch ein wenig durch die malerisch verwinkelten Gäßchen der Altstadt, bis Erhard nach kurzer Zeit klagte, sein „Geläuf" schmerze bereits – für ihn sei jetzt Schluß.

Als ich nachgab, unterbreitete er den Vorschlag, am Nachmittag noch einmal zu der kleinen auf einen Felsen gebauten Gaststätte „L'Arca" in Ciglio zu fahren und dort einen Schoppen Wein zu trinken – zum Abschied von der Insel. Doch jetzt wolle er erst einmal Siesta halten, verkündete er.

Im Hotel streckte er sich lang auf dem Bett aus und griff sich den Italienisch-Sprachführer vom Nachttisch. Nachdem er eine Weile darin geblättert hatte, fing er an zu lachen.

„Was ist denn so lustig?" fragte ich erstaunt.

Er rollte sich auf die Seite und las mir vor: „Überschrift: Verabredung/Flirt: – Haben Sie für morgen schon etwas vor? – Wollen wir zusammen hingehen? – Wann treffen wir uns? – Sind Sie verheiratet? – Haben Sie einen Freund? – Ich habe mich den ganzen Tag auf Sie gefreut. – Sie haben wunderschöne Augen. – Ich habe mich in dich verliebt. – Ich mich auch in dich. – Ich liebe dich. – Es tut mir leid, aber ich bin nicht in dich verliebt. – Gehen wir zu dir oder zu mir? – Ich möchte mit dir schlafen. – Ich habe keine Lust dazu. – Ich will nicht. – Hör' sofort auf! – Aber nur mit Kondom! – Hast du Kondome?"

„Das klingt so nach verpaßten Gelegenheiten", grinste ich, und Erhard versuchte, nun auch die italienische Übersetzung zu lesen. Nur gut, daß uns kein Einheimischer hörte. Er könnte vielleicht annehmen, daß hier für den „Ernstfall" geprobt wurde.

Am Nachmittag fuhren wir mit dem Bus bis Serrara, genossen ein letztes Mal den zauberhaften Blick hinunter auf Sant'Angelo und liefen dann auf der kurvenreichen Straße zurück bis Ciglio zu der kleinen Gaststätte „L'Arca".

Der Wirt freute sich, daß wir noch einmal zu ihm kamen, und begrüßte uns sehr herzlich. Wie bei unserem letzten Besuch, nahmen wir auch heute wieder draußen auf der überdachten Terrasse Platz und bestellten einen weißen Landwein. Damit stießen wir an, lächelten uns zu, und ich dachte, daß es doch ein schöner Urlaub war, der morgen zu Ende ging. Doch in der Befürchtung, Erhard könnte mir möglicherweise nicht zustimmen, äußerte ich diesen Gedanken lieber nicht laut. Ich hatte ganz für mich allein die Feststellung getroffen, daß ich rundherum zufrieden war.

Aus dem Lautsprecher an der Wand klang die sympathische Stimme von Andrea Bocelli, und im Inneren der Gastwirtschaft jaulte ein kleiner Hund in den höchsten Tönen mit. Wie lange würden wir wohl unseren letzten Abend auf Ischia in Erinnerung behalten?

Länger, als es mir lieb sein würde. Als wir später vor dem Haus auf den Bus warteten, kamen zwei junge Frauen die Straße von Serrara herunter. Die eine trug hautenge weiße Jeans und hatte ihre durchsichtige hellrote Bluse unter dem Busen geknotet, so daß der gebräunte Bauch zu sehen war.

Die andere schien Erhard jedoch mehr zu interessieren, denn er starrte wie gebannt auf ihren superkurzen schwarzen engen Lederrock und ihre gertenschlanken langen Beine, die sich flott vorwärtsbewegten. Unter dem kurzen weißen Leibchen mit den Spaghettiträgern wölbten sich allzu deutlich ihre fraulichen Formen durch den dünnen Stoff. Unruhig verfolgte Erhard das Näherkommen der beiden Frauen, und ich merkte, wie sich in mir ein Gefühl des Unmutes breitmachte. Einen Augenblick lang fürchtete ich, sie könnten vielleicht ebenfalls mit dem Bus fahren wollen. Das wäre für Erhard sicher das größte Erlebnis. Aber dann stelzten sie mit ihren hochhackigen Riemchenschuhen kichernd an der Haltestelle vorbei, während Erhard ihnen nachschaute, bis sie hinter der nächsten Kurve verschwunden waren.

Was er dann sagte, verletzte mich tief, doch daran dachte er sicher nicht, als er sich mir wieder zuwandte.

„Du bist eine anständige Frau, aber ich brauche „sowas" wie diese beiden", erklärte er unverblümt und schnippte vor Begeisterung mit den Fingern.

Für einen Moment verschlug es mir den Atem, so daß ich unwillkürlich nach Luft schnappte. Hatte ich richtig gehört?

Ehe ich eine Antwort parat hatte, hielt der Bus vor uns, die Türen sprangen zur Seite und forderten stumm zum Einsteigen auf.

Meine Knie und Hände zitterten, als ich mich neben eine alte Dame auf den noch freien Sitz fallen ließ. Mein Kopf versuchte, die Gefühle zu ordnen, die Erhards Worte spontan in mir ausgelöst hatten: Empörung, Wut, Eifersucht, verletzte Eitelkeit – und Enttäuschung. Aber was hatte ich denn anderes erwartet? Doch nicht, daß er mir erklären würde, ich sei die tollste Frau für ihn, und ich solle ihn um Himmels willen nicht verlassen. Er könne ohne mich nicht mehr leben. Das wäre wenig überzeugend.

Dennoch war mir zumute, als sei ich „durchgefallen". Nicht ich hatte ihn aussortiert, vielmehr mußte ich es mir gefallen lassen, von ihm aussortiert zu werden. Das war eine deprimierende Erfahrung.

Unser Urlaub war von Anfang an auf meinen ausdrücklichen Wunsch hin lediglich von einem kameradschaftlichen Einvernehmen bestimmt gewesen. Trotz unserer Trennung hatten wir den untauglichen Versuch unternommen, eine gemeinsame Zeit zu gestalten, um auf diese Weise die Reiserücktrittskosten zu sparen. Es kann sicher kein anderer beurteilen, aus welchen Gründen zwei zusammenbleiben oder es nicht lange miteinander aushalten.

Ich hatte kaum einen Blick für den wundervollen Sonnenuntergang, auf den ich zwei Wochen lang gelauert hatte und der uns heute abend wie ein Abschiedsgeschenk vom lieben Gott präsentiert wurde. Die alte Dame neben mir verrenkte sich fast den Hals, um nur keinen Moment dieses prachtvollen Naturschauspiels zu verpassen, bevor die Sonne ins Meer tauchte. Nur ein rosa Hauch blieb noch eine Weile am Himmel vorhanden, der sich in die Breite verteilte und schließlich ganz verblaßte. „Weg isse", sagte sie zu mir. Ihr freundliches Lächeln, mit dem sie mich bedachte, tat mir wohl.

Beim Abendessen konnte ich nur mühsam verbergen, wie sehr mich Erhards Worte getroffen hatten. Mir war, als hätte sich in der Badewanne der Stöpsel gelöst, und alle behagliche Wärme schwände allmählich dahin, bis ich frierend im Trockenen sitzen würde. Doch so weit wollte ich es nicht kommen lassen. Ich hoffte, noch rechtzeitig aus der Wanne gestiegen zu sein, bevor ich allzu sehr frieren mußte.

Mißbilligend beobachtete ich, wie Erhard mit sichtlichem Appetit seine „Sogliola" – Seezunge, verspeiste, während ich mich zum Essen geradezu zwingen mußte. Merkte er denn nicht, was in mir vorging? Aus seinem Blickwinkel schien der Himmel wolkenlos zu sein. Oder doch nicht?

Als ich die Serviette zusammenfaltete, legte er wortlos seine Hand auf meinen Ellenbogen. Ich empfand die Berührung als unangenehm, und mein Blick, den ich ihm zuwarf, brachte die zurückgehaltene Frage zum Ausdruck: „Was soll das?"

„Wollen wir noch eine letzte Flasche Wein trinken?" fragte er kleinlaut.

Ich sah auf meinen leeren Teller mit dem abgelegten Besteck und antwortete nicht. Entgegen meinem Willen füllten sich meine Augen mit Tränen.

Er hatte sich ein paar Schritte vom Tisch entfernt, blieb dann aber stehen und sah mich flehend an. Doch er schien keine Antwort zu erwarten.

Ich raffte mich auf und folgte ihm zu „unserem" Tisch in „unserer" Ecke. Er sollte nur nicht glauben, daß sich unsere bereits beendete Beziehung zu einer Liebestragödie griechischen Ausmaßes ausweiten würde.

Mitnichten. Dazu besaßen wir viel zu unterschiedliche Charaktere. Wir würden eben beide einen neuen Anfang suchen müssen – aber nicht sofort.

Als „unser" Wein vor uns auf dem Tisch stand, hob ich demonstrativ das Glas und prostete ihm zu mit einem Lächeln, das mich viel Kraft kostete und das zeigen sollte, wie unwichtig mir seine Aussage gewesen ist.

Um nicht von neuem mit den Tränen kämpfen zu müssen, erzählte ich ihm die erstbeste Story aus meiner Kinderzeit, die mir gerade einfiel. Dabei war es mir egal, ob er sie hören wollte oder nicht. Nur nicht heulen!

„Als ich meine erste Ferienreise ohne Eltern unternahm, war ich zehn Jahre alt", begann ich nachdrücklich.

Erhard hob den Kopf und schaute mich an, als ob er zuhören wollte. Also erzählte ich weiter. Ich sprach so schnell, als könnte ich es kaum erwarten, all das loszuwerden, was ich zu sagen hatte:

„Mit dem Sportverein fuhr ich in ein Zeltlager auf der Halbinsel Priwall bei Travemünde. Wochenlang hatte ich mich darauf gefreut. Außerdem wollte ich meinen Eltern beweisen, daß ich schon selbständig genug war und gut allein zurechtkam.

Nach der anfänglichen Begeisterung stellte sich jedoch bereits am dritten Tag das Heimweh ein und verschlimmerte sich zusehends, je mehr ich mir bewußt machte, daß ich Heimweh hatte. Ich kam zu der Überzeugung, daß ich es auf keinen Fall drei Wochen lang hier aushalten würde, und strengte Überlegungen an, was passieren müßte, damit man mich vorzeitig nach Hause schickte.

So kam ich auf die Idee, am nächsten Vormittag bei einem gemeinsamen Strandspaziergang über Kopfschmerzen zu klagen, die tatsächlich nicht vorhanden waren, die aber ständig an Ausmaß zunahmen. Ich stellte mir vor: Wenn ich drei Tage lang beharrlich weiterjammerte, würde man mich wohl nach Hause fahren lassen. Doch mit dieser Annahme hatte ich mich getäuscht. Als die anderen Kinder am Nachmittag mit der Zeltleiterin im Meer badeten, durfte ich nicht mit ins Wasser.

„Du hattest heute vormittag so starke Kopfschmerzen", erklärte sie. „Deshalb bleibst du am Strand."

Fortan klagte ich nie wieder über Kopfschmerzen. Doch das Heimweh blieb.

Ehe ich mir etwas Neues ausdenken konnte, das mir eine vorzeitige Rückfahrt sicherte, freundete ich mich in der zweiten Woche mit einem Mädchen aus meinem Zelt an, das ebenso an Heimweh litt wie ich. Das Mädchen hieß Brigitte und hatte dicke dunkelblonde Zöpfe. Gemeinsam ertrugen wir unser Heimweh und machten dabei die angenehme Erfahrung, daß geteiltes Leid nur halbes Leid ist.

Als am Ende der zweiten Woche die Eltern zu Besuch kamen und am Abend wieder wegfuhren, brach das Heimweh von neuem auf. Ich mußte noch eine ganze Woche hierbleiben. Aber ich besaß wenigstens eine Freundin, für die ich ebenso wichtig war wie sie für mich."

Erhard hatte Wein nachgeschenkt und stellte die Flasche auf den Tisch zurück.

„Und was ist aus der Freundschaft mit der Brigitte geworden?" wollte er wissen. „Hast du mal wieder etwas von ihr gehört?"

„Ja", sagte ich. „Nach dem Ferienzeltlager waren wir noch ein paar Jahre im Sportverein zusammen, bis wir die Schule beendet hatten. Dann verloren wir uns aus den Augen. Später erfuhr ich, daß sie einen Franzosen geheiratet, zwei Kinder bekommen hatte und in Frankreich lebte.

Eines Tages blätterte ich im Telefonbuch, ohne gezielt jemanden zu suchen, und stieß zufällig auf den Namen ihrer Mutter. Als ich bei ihr anrief, erzählte sie mir, daß Brigitte mit ihrer Familie wieder nach Deutschland zurückgekehrt und in die alte Wohnung ihres Elternhauses gezogen war, an der ich täglich auf meinem Weg zur Arbeit vorbeikam."

Ich trank noch einen Schluck Wein. Der Gedanke an die Freundin und das Wiedersehen nach so vielen Jahren hatte mir den erhofften Abstand zu der Enttäuschung mit Erhard beschert.

„Damals während dieses Zeltlagers entstanden auch meine allerersten Fotoversuche", erinnerte ich mich. „Mein Vater hatte mir einen Fotoapparat geschenkt, den ich bei dieser Gelegenheit stolz ausprobierte. Brigitte diente mir dabei als Model. Die Bilder sind alle noch vorhanden."

„Schön", sagte Erhard.

„Wo Freunde sind, da ist Leben", setzte ich hinzu, als hätte ich sein „schön" nicht gehört. Ich fühlte mich wieder besser, doch ich war hundemüde, und wir mußten noch die Koffer packen und auf den Flur hinausstellen. Morgen in aller Frühe sollten sie abgeholt werden, während für uns noch bis 12.00 Uhr Zeit blieb.

Als wir endlich im Bett lagen – jeder in seinem – fing Erhard ein zusammenhangloses Gespräch an, dem ich zu der vorgerückten Stunde weder folgen konnte noch wollte.

„Du hast das Herz auf dem rechten Fleck", schloß er. Doch da war ich bereits, unterstützt durch den schweren roten Wein, so müde, daß ich nicht mehr hörte, wo ich mein Herz hatte.

Kapitel 32

Das letzte Kapitel von Ischia war angebrochen - wie bei einem Roman, den ich voller Hingabe verschlungen hatte und nun mit einem wehmütigen Gefühl feststellte, daß mir nur noch wenige Seiten zu lesen blieben. Danach würde die Handlung keinen Fortgang mehr haben. So war es vorgesehen.

Als wir zum Frühstück ins Restaurant im Untergeschoß hinuntergingen, befanden sich unsere Koffer bereits auf dem Weg zum Flughafen. Unaufhaltsam tickte die Uhr Minute um Minute der noch verbleibenden Zeit fort. Wohin ging die abgelaufene Zeit? Gab es vielleicht irgendwo einen Sammelbehälter, in dem sie aufbewahrt wurde – für uns Menschen unzugänglich, aber dennoch vorhanden?

Das einzige, was ich als Erinnerung aufbewahren konnte, waren meine Fotos von der Insel. Ich wollte den Film, den ich gestern in die Kamera eingelegt hatte, noch nutzen und schaute mich auf dem letzten Gang durchs Städtchen gezielt nach lohnenswerten Motiven um.

In der Basilica ciesamadre Pontificia San Vito wurde eine Hochzeit vorbereitet. Vor dem Altar standen zwei Hocker mit krummen vergoldeten Beinen und schwarzen samtenen Sitzkissen. Die Kirche wirkte mit ihren weißen und grünlich-gelben Wänden wie frisch renoviert.

Für einen Augenblick setzte ich mich in die hinterste Reihe, und sogleich erfüllte mich eine wohltuende Ruhe und Gelassenheit. Heute war kein Planen mehr nötig, kein Einhalten der Essenszeiten im Hotel. Die letzte Mahlzeit war bereits eingenommen.

Ich sah mich nach Erhard um, der hinten an der Tür stehengeblieben war. Ob er auch ein bißchen Wehmut empfand wie jemand, für den etwas zu Ende ging, das in derselben Form nie wiederkehren würde? Aber für solche Überlegungen vergeudete er sicher keine Gedanken.

Über die Via Degli Agrumi gelangten wir zu einem malerischen alten Rundturm, den wir bereits aus der Entfernung ausgemacht hatten und der den gesamten Rest meines Filmmaterials in Anspruch nahm. Zufrieden verfolgte Erhard, wie ich danach den Film zurückspulte und die Kamera endgültig einpackte.

„Das wurde aber auch Zeit", raunte er grimmig.

„Hier meldet sich der Neid der Besitzlosen", antwortete ich keck.

„Von Neid kann keine Rede sein", behauptete er streitbar, „eher von Verärgerung über die langen Wartezeiten."

„Übertreib's nur nicht", entgegnete ich. „Ich hab' auch nicht übertrieben."

Im Vorbeigehen las ich das Straßenschild der Via Casa Capezza und neben einem Hauseingang den Hinweis auf einen „dentista spezialista".

„Den haben wir glücklicherweise nicht gebraucht", sagte ich zu Erhard, als ich sah, daß sein Blick dem meinen gefolgt war.

In einem kleinen Laden erstanden wir eine Flasche Rotwein und versuchten, dem Besitzer zu verdeutlichen, daß er sie für uns öffnen sollte, da unser Flaschenöffner bereits im Koffer die Rückreise angetreten hatte. Der Korken wurde zur Hälfte wieder in den Flaschenhals hineingedrückt, und wir hofften, daß er so lange dicht hielt, bis wir auf der Reise das letzte Schlückchen ischitanischen Wein genießen wollten. Wir hatten eine lange Fahrt vor uns.

Immer kürzer wurde die Zeit, die uns noch verblieb. Auf der Hotelterrasse hatten sich die Gäste versammelt, die mit uns gemeinsam abreisten. Erhard hatte von seinem restlichen italienischen Geld zwei kleine Gläser Weißwein bestellt.

„So haben wir den Urlaub begonnen, und so beenden wir ihn auch", erklärte er feierlich.

Als wir an der Straße vor dem Hotel auf den Bus warteten, der uns abholen sollte, fuhr laut hupend ein Hochzeitsauto vorüber. Vermutlich befand sich darin das Brautpaar, dessen Trauung in der Kirche San Vito stattfinden sollte.

Der Bus kam pünktlich und trug uns hinweg aus Forio. Noch einmal schickte ich im Vorbeifahren einen letzten Blick hinauf zum Epomeo. Wer weiß, wann wir uns wiedersehen! Aber es wird ein nächstes Mal geben – ganz bestimmt.

Ich hätte den Bus anhalten mögen – einfach den Signalknopf drücken und aussteigen. Doch was nützte es? Heute war Samstag, und am Montag mußte ich wieder arbeiten. Also, vernünftig sein und heimfliegen. Etwas anderes kam nicht in Frage.

Es lief alles „wie am Schnürchen": die Überfahrt mit der Fähre von Ischia Porto zum Hafen Mergellina in Neapel und der anschließende Bustransfer zum Flughafen. Erhard wich meinem Blick aus, doch was er dachte, konnte ich von seinem Gesicht ablesen: Geschafft! – Endlich nach Hause und wieder frei und unabhängig sein!

Wir fuhren durch die elegante Via Caracciolo auf das „Castel dell' Ovo" – die Eierburg, zu und entdeckten mehrere Brautpaare, die für ihre Hochzeitsfotos die Burg als stilvollen Hintergrund gewählt hatten. Vor dem Eingang stand sogar ein weißer Cadillac.

Weiter ging die Fahrt an der Rückfront des Königspalastes entlang. Am Rathausplatz gerieten wir in einen kleinen Verkehrsstau – nicht der Rede wert. Ein letzter Blick hinauf zum Kloster San Elmo. O-Busse neben uns, Antennenwälder auf den Hausdächern. Wir bogen auf die Autobahn ab. Im Hintergrund waren die Abruzzen zu sehen, rechts der Vesuv – dann kam das Flughafengelände.

„Arriviederci e bon viaggio", verabschiedete uns die Reiseleiterin, die uns bis hierher begleitet hatte, und winkte mit einem freundlichen Lächeln. – Arriviederci. Es klang endgültig.

Ich sah auf die Uhr. Noch fast zwei Stunden bis zum Abflug. In der Wartehalle waren alle Stühle besetzt. Immer mehr Passagiere trafen ein. Nach einer Weile wurde ein einzelner Platz frei, und ich steuerte schnell darauf zu.

Erhard deponierte sein Gepäck neben meinen Füßen und verschwand zu einem Erkundungsgang, den er reichlich ausdehnte, denn er kam erst wieder zurück, als unsere Maschine bereits aufgerufen war.

Die Wartenden ringsum gerieten in Bewegung und begannen zu drängen. Am Flugsteig stand eine Aero Lloyd-Stewardess und wünschte allen ein herzliches „Auf Wiedersehen". Sie wirkte natürlich und in keiner Weise marionettenhaft.

Ich mußte mich zwingen, den Weg der Passagiere weiterzugehen. Mir war, als läge eine undefinierbare Musik in der Luft, die, von der Sonne ausgehend, sich über Neapel verbreitete, vom Vesuv reflektiert wurde und verstärkt auf mich einwirkte.

„Gepäck nehmen und umkehren", schoß es mir noch einmal durch den Kopf, „in den Bus steigen und irgendwie den Weg zurück nach Ischia suchen."

Und doch betrat ich bereits die Gangway...

Kapitel 33

Lautloser Regen fiel, als ich am Sonntagmorgen allein beim Frühstück saß. Ich hatte die Gardine zur Seite gezogen, um vom Tisch aus in den Garten schauen zu können. In ein paar Tagen war Herbstanfang. Noch war es warm, aber der jahreszeitlich bedingte Abstieg lag schon in der Luft.

Unabsichtlich befaßten sich meine Gedanken wieder mit Erhard. Schade, daß alles so kommen mußte! Irgendwie war er doch auch nett gewesen. Was hatten wir nicht alles für Pläne gehabt – anfangs. Und nun dieses unrühmliche Ende. Unsere Beziehung war nur eine Illusion gewesen. Er war meinen Weg nicht mitgegangen und ich nicht den seinen. Unser Miteinander hatte keine Veränderung erfahren, und nun waren wir endgültig am Schlußpunkt unserer Geschichte angelangt.

Ich seufzte und beobachtete nachdenklich, wie draußen der Regen von den Blättern des Mandelbäumchens tropfte.

Erhard war eine harte Nuß, und ich hatte es nicht geschafft, sie zu knacken. Er suchte noch immer bei jeder Frau den „Haupttreffer", doch ich glaubte nicht, daß er ihn jemals finden wird, denn er hat ihn besessen und wieder verspielt – damals, als er seine Brita verließ. Zu spät erst war ihm das schmerzhaft bewußt geworden.

Zeit vertrödeln muß nicht unbedingt etwas Schlimmes sein, dachte ich. Schließlich ist das Leben kein Wettlauf. Nicht die Zeitersparnis zählt, sondern die Fähigkeit, aus dem Erlebten zu lernen, eine „innere Mitte" zu finden.

Hatten wir versucht, zueinander zurückzukehren? Dann war es eine Rückkehr, die nicht gelang, und ich machte keinen Hehl daraus: Wir paßten nicht zueinander – in keiner Weise. Nun hatte jeder von uns seine Freiheit wiedererlangt. Doch besaß sie noch denselben Wert wie früher?

Trotz allem fühlte ich mich irgendwie zurückgelassen, und ich war mir nicht im klaren darüber, ob ich über den Schlußpunkt froh oder traurig sein sollte, denn da, wo vorher etwas gewesen ist, hinterließ er eine Leere. Ich gelangte zu keinem rechten Ergebnis und beschloß daher, zunächst beide Gefühle in mir zuzulassen: Erleichterung und auch ein klein wenig Wehmut. Noch hatte ich die „innere Mitte" nicht gefunden. Aber ich tröstete mich mit dem Gedanken: Lieber auf neuen Wegen stolpern, als in den alten Bahnen auf der Stelle treten.

Ich dachte an den Rückflug von Neapel nach Frankfurt. Erhard war nicht sehr gesprächig gewesen, hatte überwiegend nur aus dem Fenster gestarrt. Die letzte noch verbleibende gemeinsame Zeit zu einem Gespräch zu nutzen, war ihm nicht in den Sinn gekommen. Wozu auch? Es war ja Schluß – aus und vorbei. So hatte ich dem Rechnung getragen, mich in mein Buch vertieft und meinerseits von ihm keine Notiz genommen.

Erst im Zug von Frankfurt nach Kronsberg, als wir den ischitanischen Wein tranken, den wir für die Rückfahrt gekauft hatten, kam ein wenig Leben in die Atmosphäre. Doch über allem Geschehen lag bereits Abschiedsstimmung.

Nun hatten wir zwei Wochen verstreichen lassen, damit sich die „emotionalen Wogen" ein wenig glätten konnten, und dann ein Treffen vereinbart, um dem anderen die jeweiligen persönlichen Dinge zurückzugeben.

Um neuerlichen Gemütsbewegungen vorzubauen, wählten wir als Treffpunkt einen neutralen Ort: den Brunnen am Kronsberger Marktplatz. Die Entscheidung, ob wir zum Abschied noch einen Kaffee zusammen trinken würden, ließen wir bis zuletzt offen. Warum sollte es nicht möglich sein, daß sich zwei erwachsene Menschen in aller Freundschaft trennen und fortan ihre eigenen Wege gehen, ohne den anderen zu verwünschen?

Ich hatte das Café „Petite" vorgeschlagen – mehr oder weniger unbewußt aus dem Beweggrund heraus, den Rückhalt einer mir vertrauten Umgebung zu haben. Erhard hatte mit seiner Zustimmung gezögert, war aber dennoch mitgekommen. Aber dann verdarb er alles, indem er plötzlich im Eingang stehenblieb und erklärte, er wolle doch nicht mit hineingehen. Ob er wohl ahnte, daß das kleine Café mein ganz persönlicher Zufluchtsort war?

Nur um nicht neben ihm zum Marktplatz zurückgehen zu müssen, wo unsere Autos standen, entschloß ich mich, allein hierzubleiben. Wenn Schluß war, dann sollte jetzt Schluß sein. Warum den Zeitpunkt des Abschieds unnötig hinauszögern?

Doch ich merkte, daß auch dieser „Zufluchtsort" für mich nicht mehr denselben Stellenwert besaß wie noch vor einiger Zeit. Lag es an der Unruhe, die ich in mir trug, daß ich mich nirgendwo mehr zu Hause fühlte?

Ich schlürfte den heißen Kaffee, ohne ihn recht zu genießen, und machte mich bald danach ebenfalls auf den Weg zum Marktplatz. Erhards Auto würde vermutlich jetzt nicht mehr dort stehen.

Orgelmusik drang auf die Straße heraus, als ich an der Heinrichkirche vorbeikam. Als Kind bin ich oft mit meinen Eltern sonntags in diese Kirche zum Gottesdienst gegangen.

Einen Augenblick lang zögerte ich, dann öffnete ich die schwere, dunkle Holztür und trat hinein – auf der Suche nach einem neuen Zufluchtsort, nach irgendeinem Halt in meiner Situation. So souverän, wie ich geglaubt hatte, einen Schlußstrich unter unsere gemeinsame Zeit ziehen zu können, kam ich mir im Moment doch nicht mehr vor. Vielmehr hatte ich das Gefühl, daß es lange dauern würde, bis ich – wenn überhaupt – zu meiner „inneren Mitte" finden würde.

Hinten an der Tür blieb ich stehen und ließ die Blicke durch das Innere der Kirche streifen. Es war nicht mehr die Kirche meiner Kinderjahre, wie ich ein wenig enttäuscht feststellte. Sie war in der Zwischenzeit umgebaut und grundlegend modernisiert worden. Der Altar war in die Mitte gerückt und von drei Stuhlreihen umgeben. Die noch verbliebenen Bänke im Mittelgang hatten einen dunklen blaugrünen Anstrich bekommen. An den Pfeilern zu beiden Seiten rankten sich moderne Lampen mit jeweils drei Lichtquellen empor, die gut in das Foyer eines Theaters gepaßt hätten. Die beiden großen Gemälde am Ende der Seitenschiffe, die ich noch in Erinnerung hatte, waren verschwunden, ebenso die Bänke in den Seitenschiffen.

Das einzig Vertraute, das aus meiner Kinderzeit noch vorhanden und in die heutige Zeit hinübergerettet worden war, war eine überlebensgroße Christusfigur, die in einem glatten, goldenen Gewand und mit einer goldenen Krone auf dem Kopf mit ausgebreiteten Armen an der Wand des früheren Altarraumes hing.

Nicht einmal die alte Geborgenheit der Kinderjahre hatte Bestand, dachte ich wehmütig, obwohl mir die Veränderung, die hier vor sich gegangen war, durchaus gefiel. Doch ich hatte etwas gesucht, das geblieben war, ohne zu berücksichtigen, daß auch hier die Zeit nicht stillgestanden hatte.

Um den Altar herum hatte eine Hochzeitsgesellschaft Platz genommen – das Brautpaar saß vor dem Altar – und ich lauschte unfreiwillig den Worten des Pfarrers.

Eine Hochzeit war im Augenblick nicht gerade das, was der Trauer um meine verlorene Beziehung entgegenkam. Dennoch trat ich ein paar Schritte näher und setzte mich in eine der hinteren Bankreihen.

„Es ist einfacher zu verkünden, daß es keinen „Sinn des Lebens" gäbe, als seine gesamte verfügbare Zeit darauf zu verwenden, ihn zu suchen", hörte ich den Pfarrer sagen. „Ihr aber, Konstantin und Sinta-Ileana, habt den Sinn eures Lebens gefunden, als ihr euch für den „Dienst in Israel" entschieden habt – die Hand am Drücker, beide Beine auf dem Boden, die Nase im Wind und das Ohr auf der Schiene."

Der Pfarrer gefiel mir. Seine Worte waren „fetzig" und zeitnah.

„Ich erwarte, daß ich nur einmal durch diese Welt gehe", sprach er weiter. „Deshalb will ich all das Gute, das ich tun kann, und jede Freundlichkeit, die ich einem Menschen erweisen kann, ihm jetzt erweisen. Ich will es nicht verschieben und nicht übersehen, denn ich werde denselben Weg nicht zurückkommen. – In der Bibel heißt es: „Ich lebe, und ihr sollt auch leben!"

Seine Worte klangen noch in mir nach, als ich längst wieder im Auto saß und nach Hause fuhr. Galten sie möglicherweise auch mir? Doch um auf einen neuen Weg zu gelangen, würde es notwendig sein, daß ich den Blick mehr und mehr von mir selbst wegrichtete und andere Menschen ins Blickfeld nahm, so wie Otto es tat, dachte ich. Vielleicht konnte ich mich in dieser Lebensweise an ihm orientieren.

Kapitel 34

Der Oktober war verstrichen, und auch der November ging ohne besondere Vorkommnisse vorüber. Für die fortgeschrittene Jahreszeit war es ungewöhnlich warm; dafür regnete es ununterbrochen, Tag für Tag. Wie gelbe und braune Puzzleteile lagen die Blätter der Bäume auf der Straße verstreut.

Ich hatte die Zeit genutzt, um ausgiebig über mich nachzudenken und mich kritisch mit mir selbst auseinanderzusetzen. Das Leben ging weiter, aber seit ich zufälliger Hochzeitsteilnehmer in der Heinrichkirche gewesen war, hatte ich das Gefühl, daß es allmählich an der Zeit war, all die Hilfestellungen und Unterstützungen, die ich bisher von anderen Menschen bekommen hatte, weiterzugeben und nicht für mich allein zu behalten. Zumeist war es Otto gewesen, der stets für mich da war, wenn ich ihn brauchte.

Noch dachte ich weiter darüber nach, wie ich mein Leben diesbezüglich ändern konnte, und so kam der Dezember. Bisher hatte ich das Leben nur geübt – jetzt wollte ich es aktiv leben. Es ist nicht wenig Zeit, die man hat, sondern viel Zeit, die man nicht nutzt.

Dennoch war ich irgendwie festgefahren. Der schmale neue Weg, den ich vor mir gesehen hatte, schien versandet. Immerhin hatte ich fast 35 Jahre gebraucht, um so zu werden, wie ich war. Eine Neuorientierung von heute auf morgen war nicht so einfach.

Der Gedanke beschäftigte mich. Nur weil mir eine Änderung auf Anhieb nicht gelang, konnte es doch nicht so bleiben. Ich wollte nicht mehr weiter fremde Hilfe für mich in Anspruch nehmen, sondern vielmehr künftig selbst diejenige sein, die anderen Hilfe anbot.

„Die Spuren, die du hinterläßt, müssen bleibender sein als die Fußstapfen im Schnee", hatte Otto einmal gesagt. Nur – wer in die Fußstapfen anderer tritt, hinterläßt keine eigenen Spuren. Ich wollte nicht einfach jemanden nachahmen, sondern meinen eigenen Weg finden, wo der auch sein mochte.

Da sich Otto noch immer nicht meldete, versuchte ich, ohne ihn auszukommen. Vermutlich war er eifrig mit der Umgestaltung seines neuen Hauses zugange, weshalb ihm die Zeit für jegliche Außenkontakte fehlte.

Ich vermißte die Gespräche mit ihm. Sie hatten dazu beigetragen, meine seelische Balance zu erhalten. Doch da ich fortan darum bemüht sein wollte, dieses Gleichgewicht eigenständig zu entwickeln, konnte ich sein Schweigen akzeptieren, ohne daß es mich belastete. Ich wußte, daß er da war, und das genügte.

Um ein wenig auf andere Gedanken zu kommen, sah ich mir in der Woche vor Weihnachten im Museum die Paul-Gauguin-Ausstellung an, die unter der Überschrift „Das verlorene Paradies" fünfzig Werke des Malers präsentierte. Die Gemälde waren aus den großen Museen und Privatsammlungen in Europa und Übersee entliehen worden. Sie dokumentierten Gauguins Suche nach dem irdischen Paradies Eden, aber auch das Scheitern seiner Träume von einer besseren und schöneren Welt. Seine Bilder, die er während seiner Aufenthalte auf Tahiti malte, stehen als Symbol sowohl für den Zauber der Südsee als auch für den Traum vom einfachen Leben in einem exotischen Inselparadies.

Gern hätte ich die Ausstellung gemeinsam mit Otto besucht. Ich war sicher, daß seine Erklärungen hierzu eine Bereicherung gewesen wären, denn er hätte einiges über Paul Gauguins Lebensgeschichte zu erzählen gewußt, zum Beispiel, daß der Maler am 7. Juni 1848 in

Paris geboren wurde, sein Vater Journalist war und seine Mutter die Enkelin einer Schriftstellerin.

Nach seiner Entlassung aus dem Militärdienst arbeitete Gauguin zunächst als Angestellter in einem Geldinstitut. Erst als er im Jahre 1882 seinen Job als Börsenmakler verlor, machte der Sonntagsmaler sein Hobby zum Beruf.

Er war mit der Dänin Mette-Sophie Gad verheiratet, die ihm fünf Kinder schenkte und die er dennoch verließ, um in der Südsee mit einer dreizehnjährigen und später mit einer vierzehnjährigen Inselschönheit zusammenzuleben, die ihm beide glückliche Jahre bescherten. 1903 starb er in Atuona auf der Marquesas-Insel Hiva Oa an Schwindsucht.

Ich wußte, daß Otto die farbenfrohen Bilder Gauguins liebte. Aber er schien noch immer keine Zeit zu haben. Zumindest rief er mich nicht an, und es lag auch keine Weihnachtspost von ihm in meinem Briefkasten. Ich fand es zwar ein wenig merkwürdig, aber vielleicht hatte er in diesem Jahr allgemein auf das Schreiben von Weihnachtskarten verzichtet.

Zu dumm, daß ich seine Telefonnummer nicht hatte! Mit einer kleinen Hoffnung versuchte ich es noch einmal über die Telefonauskunft, doch vergebens. Es war dabei geblieben: kein Eintrag im Telefonregister.

Mit einem Seufzer faßte ich den Entschluß, Otto nach den Feiertagen in Bavenheim zu besuchen. Ich wollte wissen, wie es ihm geht und ob er vor lauter Arbeit überhaupt noch aufschauen konnte. Vielleicht würde er jetzt sogar für ein wenig Hilfe dankbar sein. Darüber hinaus wollte ich ihm von meinem neuen Lebensplan erzählen, wenn er auch noch nicht ausgereift war.

Doch gleich zu Beginn des neuen Jahres entwickelte sich eine leichte Erkältung binnen kurzer Zeit zu einer schweren Grippe, die mir mehr oder weniger vier Wochen lang zu schaffen machte und all meine Energien lähmte. Also wartete ich, bis auch das Restrisiko einer Ansteckung ausgeschlossen werden konnte, und das war Anfang Februar.

Ich hatte einen guten Grund, unangemeldet bei Otto aufzutauchen: Ich wollte ihn zu meinem Geburtstag einladen, und diesmal würde ich keine Ausflüchte gelten lassen. Seine Arbeit konnte auch mal einen Tag liegenbleiben, wenn es sich nicht gerade um wichtige Handwerkertermine handelte. Doch die würden sich sicher koordinieren lassen. Otto hatte immer alles gut im Griff gehabt.

Zu meinem Beschämen mußte ich feststellen, daß ich auch seine neue Adresse nicht mehr kannte. Sie hatte ebenfalls auf dem verlorengegangenen Zettel gestanden. Ein einziges Mal hatte ich Otto in Bavenheim besucht. Seitdem waren einige Monate vergangen. Aber der Ort war nicht so groß, daß ich das Haus nicht mehr finden würde. Ich wußte, wie es aussah und daß es an einer Straßenecke stand.

Das Thermometer zeigte minus drei Grad an. Von Vorfreude auf den Frühling konnte noch keine Rede sein. Doch auf den Besuch bei Otto freute ich mich – auf sein überraschtes Gesicht, auf seinen, wie immer, viel zu starken Kaffee...

Und dann mußte ich erfahren, daß Otto vor drei Monaten gestorben war und sein Haus, das er gerade erst bezogen hatte, jetzt von fremden Leuten bewohnt wurde, als sei es nie anders gewesen. Ich konnte es nicht glauben.

Der junge Mann, der auf mein Klingeln an der Haustür erschien und mir die schlimme Nachricht schonungslos übermittelte, hatte Otto nicht gekannt. Was nützte ein

Gespräch mit ihm? Er hatte nur das Haus eines Verstorbenen gekauft.

Mit weichen Knien ging ich zum Auto zurück, schloß es auf und warf das Album mit den Urlaubsfotos von Ischia, die ich Otto hatte zeigen wollen, auf den Rücksitz.

Otto war tot – gestorben an Leberzirrhose. Es gab ihn nicht mehr. Das durfte doch nicht wahr sein! Deshalb hatte er mich auch nicht mehr angerufen.

Ich rechnete zurück: Drei Monate – also war er bereits im November gestorben. Und ich hatte geglaubt, er sei nur zu beschäftigt, um für irgend etwas anderes Zeit zu haben als für die Arbeiten, die in seinem neuen Haus anfielen. Doch ich hätte es besser wissen müssen: Otto hatte immer Zeit gehabt, wenn er sie haben wollte, weil er sich die Zeit nahm, anstatt sich von der Zeit bedrängen zu lassen.

Zwei Tränen bahnten sich den Weg die Wangen hinunter und fielen auf meine Hose, wo sie zwei dunkle Flecken hinterließen. Ich legte die Arme auf das Lenkrad, den Kopf darauf und weinte – weinte, wie ich damals um meinen Vater geweint hatte, als er gestorben war.

Kapitel 35

Was nun? Ottos Tod hatte mich zweifellos aus der Bahn geworfen. Ich hatte ihm noch so viel sagen wollen, und nun war er nicht mehr da – plötzlich nicht mehr da, und es war, als habe er alles Licht und alles Leben mitgenommen.

Ich ging noch einmal in die Heinrichkirche, setzte mich still in die letzte Reihe und lauschte ganz allein für mich in diese Stille hinein. Bis vor kurzem, so schien es mir, hatte ich die Menschen, die ich näher gekannt hatte und die bereits gestorben waren, an den Fingern einer Hand abzählen können. Doch in letzter Zeit hätte ich einen Computer gebraucht, um die Liste auf dem aktuellen Stand zu halten.

Die Toten belasten einen nicht durch ihre Abwesenheit, sondern vielmehr durch das, was unausgesprochen geblieben ist, ging es mir durch den Kopf.

Ich versuchte, mir unseren letzten Abschied in Erinnerung zu rufen. Hatte Otto mich nicht länger als sonst in den Arm genommen, bevor ich nach Ischia unterwegs war? Hatte er etwa schon gewußt, wie es um ihn stand und daß wir uns nicht mehr wiedersehen würden? Sein krankhaftes Aussehen und seine plötzliche Kraftlosigkeit hatte ich auf die Überbeanspruchung durch den Wohnungswechsel bezogen, nicht aber auf eine etwaige ernsthafte Krankheit. Leberzirrhose. Was wußte ich darüber? – Nichts. Die Nachbarin, bei der ich mich nach seinem Grab erkundigte, hatte mir erklärt, er habe nicht lange leiden müssen. Und doch war es für mich unfaßbar.

Es stand mir nicht zu, Gott nach dem Warum zu fragen und was Er sich dabei gedacht hatte, eine Welt voller wunderbarer Menschen zu erschaffen, die man lieben konnte, nur damit sie einem irgendwann wieder entrissen wurden und man mit dem Gefühl zurückblieb, ein Narr gewesen zu sein, weil man sich in der Illusion gewiegt hatte, Halt in etwas so Vergänglichem wie banalen sterblichen Menschen finden zu können. Sich auf die Liebe oder auch nur auf Freundschaft einzulassen hieß, von vornherein Enttäuschungen vorzuprogrammieren. Aber es konnte doch auch nicht die Lösung sein, deshalb gar nicht erst zu lieben.

Otto! – Wo bist du jetzt? Ich fragte mich, ob er mir wohl von irgendwoher aus einer anderen Welt zusah, während ich hier allein in einer Kirche saß und um ihn weinte, weil ich ihn verloren hatte.

Ein Gespräch mit ihm kam mir in den Sinn, das noch gar nicht allzu lange zurücklag. Dabei hatte er geäußert, einen Körper zu besitzen, der über ein halbes Jahrhundert auf dem Buckel hätte, sei wie ein Auto mit einem Stand von 170.000 Kilometern zu fahren. Man fragte sich die ganze Zeit über, was wohl als nächstes ausfallen würde, flickte das Klapperding immer wieder notdürftig zusammen, wünschte, man könnte es für ein verläßlicheres Vehikel in Zahlung geben, und schaute auf der Straße neidisch schnittigen neueren Modellen hinterher.

Dieser Ausspruch deutet zweifelsfrei darauf hin, daß Otto seine Krankheit gekannt hat, dachte ich resigniert.

Und Gott hat dich vor einem längeren, ernsten Leiden bewahrt. Warum also traurig sein, nur weil du für mich nicht mehr da bist? Für dich selbst war es sicher das Beste gewesen.

Doch niemand ist mit dem Tod vollkommen ausgelöscht. Irgend etwas bleibt immer zurück. Trauer und Hoffnungslosigkeit sind nicht das Leben. Ich hatte von Otto eine andere Lebensweise gelernt, die ich mir, so gut es ging, zunutze machen wollte, wenn es auch nur nach und nach möglich sein würde.

Ein chinesisches Sprichwort sagt: „Nicht ewig freut man sich der Ruhe und des Friedens, und doch sind Unglück und Zerstörung nicht das Ende. Wenn das Gras vom Steppenfeuer verbrannt ist, sproßt es im Frühjahr neu."

Was mich mehr als alles andere betrübte, war, daß es kein Grab gab, in dem ich Otto finden konnte – keinen letzten Platz auf dieser Erde, der ihm geblieben war und wo man ihn wußte. Er war einfach ins Nichts entschwunden, als sei er niemals dagewesen – als habe es ihn nie gegeben.

Und ich war zu spät gekommen. Aber ich mußte mir auch vor Augen halten, daß ich nicht für das reibungslose Funktionieren der ganzen Welt zuständig war. Das oblag einem anderen, und der hatte bewiesen, daß Er alles fest in Seiner Hand hielt und nicht den Überblick verloren hatte. Auf Ihn konnte man sich verlassen.

Kapitel 36

Ein paar Tage später hatte ich einen eigenartigen Traum: Zwei Männer aus meinem Bekanntenkreis, die nicht das Geringste miteinander verband, die sich nicht einmal kannten, auch nicht in derselben Stadt wohnten, filmten eine Eisenbahnfahrt, die sie gemeinsam unternahmen.

Ich wußte, daß gleich ein langer Tunnel kommen würde, und wollte ihnen sagen, daß sie während der Fahrt durch den Tunnel die Kameras ausschalten könnten, um Filmmaterial zu sparen. Doch es war mir nicht möglich, den Zug zu erreichen. Das Unkraut in meinem Garten war so hoch, daß es mich am Vorwärtskommen hinderte.

Ein großes rotes Auto kam vorbei, und der Fahrer bot mir an einzusteigen. Er wendete auf einer schmalen Straße vor einer Treppe, und ich spürte deutlich die Angst, daß wir die Treppe rückwärts hinunterstürzen könnten, da der Platz zum Wenden für das große Auto nur sehr knapp war.

Otto hätte mir sicher Anhaltspunkte darüber geben können, auf welche unverarbeiteten seelischen Belastungen dieser Traum hindeutete. Aber Otto war nicht mehr da.

Tags darauf fand ich auf meinem Schreibtisch den so lange gesuchten Zettel mit Ottos Telefonnummer: „52907".

Eine Weile starrte ich ungläubig das kleine Blatt Papier mit Ottos Schrift darauf an. Zu spät. Nun brauchte ich es nicht mehr. Otto würde sich unter dieser Rufnummer nicht mehr melden.

Dennoch verwahrte ich den Zettel wie eine Kostbarkeit in meinem Notizbuch. Wie wichtig wäre er noch vor ein paar Wochen für mich gewesen! Warum hatte ich ihn nur nicht gefunden? Er lag doch eigentlich einigermaßen sichtbar da. Und trotzdem...

Hatte mir der liebe Gott das Wissen um Ottos Heimgang vor dem Weihnachtsfest ersparen wollen? Er hielt doch wirklich alles gut in Seiner Hand, dachte ich noch einmal. Selbst so eine kleine Angelegenheit mit einer Telefonnummer.

Nachdem ich am Wochenende still und für mich allein Ottos Tod betrauert hatte, faßte ich am Montagabend kurzerhand den Entschluß, zum CVJM zu gehen, wo um 19.00 Uhr ein Filmabend stattfinden sollte. Die Ankündigung hierzu hatte ich im Vorbeigehen draußen im Schaukasten vor dem Haus gelesen. Ein Film über die Geschwister Scholl: „Die weiße Rose."

Nicht, daß mich dieser Film sonderlich interessierte. Darüber hinaus machte ich mir nichts vor: Beim CVJM würde ich nur fremde Gesichter vorfinden. Doch das war nicht ausschlaggebend. Ich mußte irgend etwas unternehmen. Ich durfte mich nicht „einigeln". Otto würde so oder so nicht wiederkommen.

Der Film hatte bereits angefangen, als ich beim „Christlichen Verein Junger Menschen" eintraf. Das war mir ganz recht, weil es mir ein sonst notwendig gewordenes Vorstellen ersparte. Eine Weile blieb ich in der offenen Tür stehen, bis sich meine Augen an die Dunkelheit gewöhnt hatten und einen noch freien Platz auf dem Sofa gewahrten. Doch kaum hatte ich mich hier niedergelassen und versucht, meine Aufmerksamkeit auf das Geschehen vorn auf der Leinwand zu lenken, als mir, ohne daß ich es verhindern konnte, die Tränen über die Wangen hinabrannen. Und kein Taschentuch. Ich schniefte immer wieder von neuem.

Nach einer Weile stand der junge Mann, der neben mir saß, leise auf, holte mir aus der Küche eine Tasse Tee und stellte sie wortlos vor mich auf den Tisch. Dann setzte er sich wieder auf seinen Platz und schaute dem Film weiter zu.

„Danke", flüsterte ich schniefend und nahm die Tasse mit dem heißen Tee.

Wieder sind es andere Menschen, die sich um mich kümmern, die für mich da sind, dachte ich. Dabei hatte ich doch selbst hilfreich auf andere zugehen wollen. Nur war es wohl noch nicht an der Zeit.

Von der Handlung des Filmes im einzelnen bekam ich nicht allzu viel mit. Vielmehr war ich darauf bedacht, das Weinen einzustellen, und dazu war mir jede Aktion recht. Bis zum Ende des Filmes hatte ich es geschafft. Doch wie meine Augen aussahen, wagte ich gar nicht zu fragen.

„Ich heiße Helmut", stellte sich der junge Mann neben mir vor, als das Licht wieder angeschaltet wurde. Er streckte mir mit einem warmen Lächeln seine Hand entgegen, und ich legte meine hinein.

„Ich heiße Anna-Ruth", erklärte ich daraufhin und suchte insgeheim nach Worten, die meine augenblickliche Verfassung entschuldigen sollten.

Aber Helmut enthob mich dieser nutzlosen Anstrengung, indem er mich in eine Diskussion über den Film verwickelte. Ich konnte ihm nur zuhören, da ich den Inhalt kaum verfolgt hatte und daher wenig darüber zu sagen wußte. Doch falls es ihm aufgefallen war, ließ er es mich zumindest nicht merken.

Er war etwa so alt wie ich, hatte dunkles, lockiges Haar und fast schwarze Augen. Genau wie Otto, dachte ich, obwohl er ihm nicht ähnlich sah. Abgesehen davon mußte ich endlich aufhören, Otto nachzutrauern. Es half mir nicht, meine Situation zu verbessern. Ein klarer Schnitt, ein neuer Anfang war das Beste.

Eine junge Frau mit kurzem, dunkelblondem Kraushaar kam heran und setzte sich zu uns an den Tisch. Das Gespräch über den Film ging weiter. Ich erfuhr, daß sie Maria hieß, und am Ende des Abends hatte sie mir ihre Telefonnummer aufgeschrieben und mich gebeten, sie mal anzurufen, wenn ich Zeit hätte.

Ich steckte den Zettel in mein Notizbuch und hoffte, daß es mir mit dieser Telefonnummer nicht ebenso gehen würde wie mit Ottos, die ich monatelang vergeblich gesucht hatte.

„Kommst du wieder?" fragte mich Helmut beim Verabschieden.

„Ja", versprach ich und dachte: Mal sehen.

Als ich nach Hause fuhr, war ich auf eine vorsichtige Art recht guter Dinge. Vielleicht hatte ich heute abend sogar schon den Anfang zu einer neuen Lebensweise eingeleitet.

Kapitel 37

Das wird so nicht funktionieren, dachte ich schon nach ein paar Tagen, und die Vokabel „voreilig" drängte sich mir auf. Auch wenn ich mich gegen den Gedanken sträubte, fühlte ich mich durch Ottos Tod wie „am Straßenrand des Lebens". Ein bißchen „power" mußte her, Grenzen sprengen, Eigenständigkeit entwickeln. Nur wie?

Ich fühlte mich alt – alt wie meine Großmutter, und nachdem ich lange darüber nachgegrübelt hatte, kam ich zu dem Schluß, daß vermutlich nie jemand danach gefragt hatte, ob meine Großmutter glücklich war. Zufrieden war sie sicher gewesen, und Zufriedenheit ist mehr wert als Glücklichsein, weil sie sich als dauerhafter erweist.

War es möglich, das Wort „Zufriedenheit" ohne Verlegenheit zu erwähnen, oder war es ein Begriff, den niemand mehr benutzt?

Das Eigenartige war, daß, wenn neue Zeiten anzubrechen schienen, gleichzeitig irgendwelche anderen Zeiten, die man Jahre hindurch verfolgt hatte, vorbei waren. Altes und Neues liefen selten parallel nebeneinander her.

Ich hielt mein Versprechen und rief Maria an, und es entstand zwischen uns mit der Zeit eine lockere Freundschaft. Wir verabredeten uns zu einem Theaterbesuch. Maria wollte gern das Musical „Hair" sehen, aber nicht allein ins Theater gehen. Außerdem fürchtete sie, es könnte unversehens während der Aufführung ein weiterer Bombenanschlag verübt werden wie erst kürzlich auf dem Altstadtfest. Also begleitete ich sie zu ihrer Beruhigung.

Oft war sie es, die mich abends anrief. Sie hatte sich

unsterblich in einen Busfahrer verliebt, der sich jedoch nicht allzu sehr für sie zu interessieren schien und immer wieder seinen Fahrdienst vorschob, wenn sie ein Treffen arrangieren wollte. Dann beklagte sie die Situation und die Tatsache, daß er so wenig Initiative hervorbrachte.

Es war nicht einfach, ihr wenigstens andeutungsweise den Gedanken nahezubringen, daß ihre Bemühungen um ihn kaum Zukunftsaussichten hatten. Er mochte es ihr vermutlich ebensowenig offen sagen wie ich. Doch Maria blieb dabei, er habe ihr erklärt, sie zu lieben, und das sei schließlich das Wichtigste. Sie müsse eben Geduld haben und auf seinen Dienstplan Rücksicht nehmen.

Ihre Anrufe wurden häufiger. Wenn abends das Telefon klingelte, wußte ich bereits im voraus: Das Thema „Busfahrer" geht weiter. Ich hörte ihr geduldig zu, gab ein paar vorsichtige Kommentare, hielt mich aber mit guten Ratschlägen wohlweislich zurück. Eines Tages würde sie die Aussichtslosigkeit dieser Beziehung selbst erkennen, sagte ich mir.

Doch das dauerte noch einige Zeit. Erst als sie sich der Volleyballgruppe des CVJM anschloß und sich in einen der Spieler verliebte, der Martin hieß, hörten ihre vergeblichen Bemühungen um den Busfahrer auf. Neue Probleme entstanden, als Maria gewahr wurde, daß Martin mit der Volleyballtrainerin „ging". Doch dadurch bekamen die abendlichen Anrufe zumindest eine andere Note.

Beharrlichkeit schien Marias Stärke zu sein. Nur fand ich, daß sie diese Fähigkeit recht unbesonnen einsetzte. Als sich Martin mit der Volleyballtrainerin verlobte, mußte ich alle Register ziehen, um Maria möglichst behutsam von ihrer Unvernunft zu überzeugen, die sie noch immer nicht einsehen wollte. Dummheiten können zwar reizend sein, Dummheit aber nicht.

„Warum passiert so etwas immer nur mir?" fragte sie mich.

„Es passiert ja nicht nur dir", entgegnete ich und dachte dabei an Erhard – zum ersten Mal seit langer Zeit. Vielleicht würde ich ihr später einmal von ihm erzählen, aber im Augenblick noch nicht.

„Ich werde das Gefühl nicht los, mich verlaufen zu haben", gestand sie mir nach einer Weile. „Kennst du das auch, daß man plötzlich nicht mehr weiß, welchen Weg man einschlagen soll?"

„Das habe ich auch schon oft gedacht", sagte ich, „und dann gab es immer wieder jemanden, der mir weitergeholfen hat. Wir brauchen andere Menschen. Wir können uns all das, was das Leben ausmacht, nicht selbst sagen."

Ich war erstaunt über meine Worte. Es gab Zeiten, da war auch ich dankbar dafür, wenn jemand so zu mir gesprochen hatte, und nun war ich im Begriff, etwas davon weiterzugeben, was ich bekommen hatte, es nicht festzuhalten, ohne daß mir dieses bewußt wurde. Erst das Gespräch mit Maria ließ mich in dieser Hinsicht nachdenklich werden. Aber meine eigenen Fragen und Zweifel standen jetzt nicht zur Diskussion.

„Manchmal sind wir diejenigen, die Halt suchen und finden, und manchmal werden wir diejenigen sein, die Halt geben", erklärte ich und dachte gleichzeitig: Bin das wirklich ich, die da redet?

„Aber ich habe keinen Freund", beklagte sich Maria.

Woher nahm ich plötzlich die Worte, ihr zu sagen: „Du kannst nur einen Freund besitzen, indem du selbst einer bist."

Und dann fiel mir „Rumpel-Rudi" ein, und ich erzählte Maria von ihm. Fast kam ich mir dabei wie eine Märchentante vor, doch ich fand, daß der Spielkamerad aus meinen frühen Kindertagen auch in unserer heutigen Zeit eine passende Symbolfigur darstellt. Mitunter war es notwendig, einen Weg gewiesen zu bekommen – und sei es auch nur von einem Stehauf-Männchen in Form eines kleinen bunten Clowns.

Ich erinnerte mich, daß er einen spitzen, roten Hut auf dem Kopf trug. Als Kind hatte ich oft sein breites Grinsen belächelt und versucht, seine behäbige Figur dazu zu bringen, auf dem Rücken, auf dem Bauch oder auf der Seite liegenzubleiben. Ich hatte sogar seinen Oberkörper mit Gegenständen beschwert, um ihn daran zu hindern, sich wieder aufzurichten. Doch sobald meine Hand ihn nicht mehr niederdrückte, drehte er sich unter der Last hervor und erhob sich wieder, schaukelte auf seinem runden Unterbau ein paarmal hin und her und blieb schließlich, erhaben und allem Zwang trotzend, vor mir stehen – breit grinsend wie zuvor.

Oft hatte ich in späteren Jahren an ihn gedacht. War es möglich, ihm nachzueifern, sich nicht unterkriegen zu lassen, ganz egal, was passierte? Konnte es gelingen, immer wieder aufzustehen, sooft man auch niedergedrückt wurde, und vor allem nie sein Lachen zu verlieren?

Rumpel-Rudi! – Gab es ihn eigentlich noch?

Am Abend stieg ich auf den Dachboden hinauf und suchte in den Kartons, in denen ich meine Kinderspielsachen aufbewahrte, nach ihm. Doch ich fand ihn nicht mehr.

Kapitel 38

Der Weg durch die Wüste ist kein Umweg. Wer nicht die Leere erlitt, bändigt auch nicht die Fülle. Wer nie die Straße verlor, würdigt den Wegweiser nicht.

Im Laufe der Zeit merkte ich, daß ich beschenkt wurde, indem ich verschenkte, daß ich reich war, weil ich weitergab, und daß ich gewann, weil ich losließ.

„Setze Akzente in dein Leben, sonst bleibt alles grau in grau", hatte Otto einmal gesagt, und das versuchte ich, nach und nach Maria nahezubringen.

„Auf jeden von uns kann etwas Schönes, etwas Unerwartetes zukommen, wenn die Liebe in uns die treibende Kraft unseres Lebens wird und nicht nur für besondere Stunden reserviert bleibt", sagte ich bei einem unserer nächsten Gespräche. „Aber sie muß mehr sein als ein Standpunkt, den wir einmal bezogen haben. Sie muß leben und gelebt werden, sonst ist sie tot, und wir fühlen uns nur betrogen. – Und daran ändern auch vierzehn Tage Italien nichts", fügte ich in alter Erinnerung hinzu.

Plötzlich war Farbe in mein Leben gekommen – so ziemlich ohne mein Zutun. Wer nichts riskiert, kann nichts gewinnen, aber ich wollte gewinnen. Für mich war Hoffnung mehr als nur ein Weltbild, mit dem wir uns und andere vertrösten, anstatt sie zur Richtschnur für unsere Arbeit werden zu lassen.

Ich ging zwar nicht regelmäßig zum CVJM, aber doch immer öfter, denn dort traf ich Helmut und lernte Christel und Fritz, Margret und Carsten, Esther und Jochen und Jutta und Rolf kennen. Ich brauchte nicht allein zu sein, wenn ich es nicht wollte.

An einem der heißesten Tage im Juli fuhr ich mit zum CVJM Eisenach, wo im Garten unter großen Kastanienbäumen gemeinsam mit vielen netten Leuten eine Grillfete stattfand. Die Besichtigung der Wartburg erwies sich allerdings angesichts der hochsommerlichen Temperaturen als eine enorme Strapaze – ebenfalls die Rückfahrt in dem von der Sonne aufgeheizten Bus. Doch es war schön, die Erfahrung machen zu können, nicht allein unter vielen zu sein, sondern eine von vielen.

Beim CVJM hatte ich Freunde gefunden, und das war es, was ich brauchte. Darüber hinaus hatte ich das Gefühl, daß Maria mich brauchte, denn sie hatte sich mir eng angeschlossen und erwog dankbar meine Ratschläge, wenn sie wieder einmal in einer Sackgasse gelandet war.

Ich war sicher, auf einem guten Weg zu sein. Von Zeit zu Zeit verabredete ich mich mit Helmut und Maria beim Italiener „Il Caminetto".

Einmal sagte Helmut zu mir: „Ich mag dich nicht, weil du so bist, wie du bist, sondern weil ich in deiner Gegenwart so sein kann, wie ich bin." – Schön!

Doch dann kam Helmuts Herzinfarkt. Er war erst 35 Jahre alt, und ich fragte mich, wie einen ruhigen und ausgeglichenen Menschen wie Helmut ein solcher Schicksalsschlag treffen konnte. Ich besuchte ihn jeden Tag im Krankenhaus, bis er wieder entlassen wurde, und freute mich, als er mir sagte, daß ihm meine Freundschaft den Mut zum Leben wiedergegeben habe.

„Du hast mir damals auch geholfen, als ich todtraurig das erste Mal zum CVJM kam und du mir eine Tasse Tee aus der Küche holtest. Erinnerst du dich noch?"

„Ja", sagte er und lächelte lieb.

„Das habe ich nicht vergessen", ergänzte ich, und dann erzählte ich ihm von Otto, dem Grund meiner Traurigkeit. Er war der erste, mit dem ich über Otto sprechen konnte.

„Schön, daß es solche Menschen gibt", sagte er, „sonst

wäre die Welt arm."

Helmut gegenüber konnte ich offen aussprechen, daß ich es mir als Lebensziel gesetzt hatte, Ottos „Erbe" anzutreten. Daß ich in seiner Nachfolge bereits mittendrin stand, war mir bis zu diesem Zeitpunkt noch immer nicht bewußt.

Vielmehr freute ich mich, als mich an einem der folgenden Abende mein Nachbar aufsuchte mit der bescheidenen Frage, ob es mir vielleicht möglich und nicht allzu lästig wäre, während seines Urlaubs sein Katzenpärchen zu versorgen.

„Sehr gern", verkündete ich strahlend. Ich liebte Claire und Paolo, und warum sollte ich „Ottos Erbe" nicht gerade mit diesen beiden beginnen?

Manche Menschen wissen nicht,

wie wichtig es ist, daß sie einfach da sind.

Manche Menschen wissen nicht,

wie gut es tut, sie nur zu sehen.

Manche Menschen wissen nicht,

wie tröstlich ihr gütiges Lächeln wirkt.

Manche Menschen wissen nicht,

wie wohltuend ihre Nähe ist.

Manche Menschen wissen nicht,

wieviel ärmer wir ohne sie wären.

Manche Menschen wissen nicht,

daß sie ein Geschenk des Himmels sind.

Sie wüßten es, würden wir es ihnen sagen.

Von derselben Autorin sind bereits erschienen:

Herrn Linskis Lara
Roman:
ca. 231 S. DM 19, 80
ISBN 3-89704-076-X

Heinz-Jürgen ist in Frauenstein zu Hause, einer mittel-
großen Stadt, die Lara sehr liebt, weil es eine "Stadt im
Grünen" ist. Sie hätte dieser Stadt tausend Liebeserklä-
rungen machen können, und manchmal drängt sich ihr
der Gedanke auf, ob es nicht gar Frauenstein ist, das sie
an Heinz-Jürgen bindet. Obwohl Lara diese Gedanken
schnell wieder zu verdrängen sucht, weil Heinz-Jürgen
ein guter Kamerad ist, der ihr jeden Wunsch von den
Augen abliest, wächst die Gewißheit, daß er nicht "der
Richtige" ist.
Lara und Heinz-Jürgen leben vierhundert Kilometer
voneinander getrennt und führen eine Wochenendbezie-
hung. Er möchte seine geliebte Lara heiraten, doch sie
vertröstet ihn und schiebt es immer wieder auf, die
Wahrheit auszusprechen. Der gemeinsame Urlaub in der
Türkei ermutigt Lara schließlich, den entscheidenden
Schritt zu tun: Zurück in Deutschland, verläßt sie Heinz-
Jürgen. Es folgen Wut, Trauer und Unverständnis auf
beiden Seiten.
Lara besinnt sich auf eine alte Bekanntschaft, schließt
neue Freundschaften, beginnt, Bauchtanz zu lernen und -
ist einsam. "Das Leben ist Abschied, ist Wandel, ist
Begegnung, und in der Begegnung liegt schon wieder der
Abschied. Wenn wir dies akzeptieren, begreifen wir
auch, daß im Abschied schon die nächste Begegnung
liegt", erklärt ihr eine Freundin. Und während Lara von
"ihrem" Frauenstein Abschied nimmt, begegnet sie
unerwartet der Liebe.

Irgendwas blüht immer

Roman:
ca. 236 S. DM 19, 80
ISBN 3-89704-106-5

Schon mit 14 steht für Leandra-Marie fest: Ich werde ein Buch schreiben, das ein Verleger herausgeben soll. Es muß nicht unbedingt ein Bestseller sein. Sie gewinnt die "Brieffreundschaft" der fast 60 Jahre älteren erfolgreichen Kinderbuchautorin Judith Breithaupt, die sie ernst nimmt und ihr Ratschläge erteilt.

Mit 17 sieht Leandra-Marie ihre Hoffnungen und Träume zerschlagen. Die Realität holt sie ein. Ihr "Erstling" war ein Phantasieprodukt, und die vielen nervenaufreibenden Versuche, einen Verlag zu finden, blieben ohne Erfolg.

Sie ist 24, als sie ein neues Manuskript zu schreiben beginnt: das Tagebuch einer Israelreise. Mit diesem Buch erntet sie den ersten Lohn für ihre Mühen. Ein kleiner Verlag veröffentlicht das Werk. Nach und nach erscheinen 6 Bücher von ihr. Doch der Erfolg wühlt ihre Seele auf, und ihr wird bewußt: Sie ist eine Einzelgängerin geworden. Ständig angespannt und intensiv arbeitend, ist sie immer unterwegs, wenn nicht auf Reisen, so doch gedanklich.

Ein Brief an Judith Breithaupt nach langer Pause bleibt unbeantwortet. Leandra-Maries schlechtes Gewissen treibt sie auf die Spuren der Vergangenheit. Sie besucht das Grab ihrer inzwischen verstorbenen Mentorin, und sie wird ein neues, ein ganz besonderes Buch schreiben: Dies erzählt ihrer beider Geschichte und bewahrt Judith Breithaupt ein Andenken. Leandra-Marie gibt ihm eine Weisheit ihrer alten Freundin als Titel: "Irgendwas blüht immer."